용인
203
이야기

용인 203 이야기

1판 1쇄 펴냄 | 2014년 1월 15일

지은이 | 정찬민 외
펴낸이 | 박찬규
디자인 | 허형옥
출판기획 | 약속의 나무. 용인북클럽
펴낸곳 | 구름서재

출판등록 제396-2009-000058호(2009.05.01)
121-839 서울시 마포구 동교로 18길 33(서교동 375-24) 그린홈 – 301호
전화 | 02 – 3141 – 9120 팩스 | 02 – 6918 – 6684
전자우편 | fabrice1@chol.com
블로그 | http://blog.naver.com/fabrice

ISBN 978-89-6664-009-6(03810)

구름서재

값 : 15,000원

용인
203
이야기

구름서재

203편의 용인 이야기를 들려드립니다

정찬민 용인북클럽닷컴(www.yonginbookclub.com) 클럽지기입니다.

먼 옛날 삼국시대 우리 용인은 백제의 영토에 속해 있었습니다. 이후 고구려의 20대 장수왕이 용인지역을 점령하고 구성현(駒城縣)으로 명명하면서 고구려의 영토가 됩니다. 삼국통일 뒤에는 신라에 귀속되었던 용인지역은 고려의 건국과 조선을 거치면서 행정구역 명칭이 변화하다가 조선 고종 32년인 서기 1895년 용인군(龍仁郡)이 됩니다. 이전의 명칭은 용인현(龍仁縣)이었습니다. 이렇게 오랜 역사를 가지고 있는 우리 용인은 고종 19년 서기 1232년에 있었던 몽골의 제2차 침략 당시에 몽골 장수 살리타의 공격을 받습니다. 이렇다 할 전투장비도 없던 용인 주민들은 김윤후를 중심으로 일치단결하여 손에 손에 농기구를 들고 돌멩이를 던지며 몽골의 정예군과 치열한 전투를 벌여 마침내 적장 살리타를 죽이고 역사에 남을 대승을 거두었습니다. 적군을 격퇴시킨 것은 기적이 아니었고 오로지 나라와 내 가족을 지켜내겠다는 용인사람들의 단결과 용기가 가져온 당연한 결과였습니다. 지금 대한민국에서도 가장 앞선 신도시와 풍요로운 농촌이 어우러진 큰 도시 용인시로 발전해온 과정에는 용인이 긴 역사 속에서 거친 외세의 도전에 정면으로 맞선 불굴의 항전정신이 있었습니다. 우리에겐 이렇듯 힘든 역경을 이겨내고 발전을 이어가게 하는 슬기롭고 자랑스러운 승리자의 DNA가 선조부터의 유산으로 남아있는 것입니다.

그러나 용인의 행정구역이 서울만큼이나 거대해지고, 가족의 해체를 통한 개인중심 사회로의 변화가 가속화되면서 우리 용인 사람이 함께 공유하고 유지 발전시켜 나가야 하는 소중한 이야기들이 흩어지고 소멸되는 것이 너무나 안타까웠습니다. 지금은 "우리"는 사라지고 "나" 홀로의 시대가 되어가고 있습니다. 이러한 때에 저는 어린이, 청소년, 청년, 주부, 어르신에 이르기까지 우리 용인의 보통사람들 이야기들을 한데 모아 책으로 묶어서 용인의 정서를 함께 공유할 필요를 느꼈습니다. 용인 북클럽의 회원 여러분과 함께한 이러한 노력과 작업들은 앞으로 수년, 수십 년이 흐르는 동안 '용인 203 이야기'에 담겨진 하나하나의 작품이 소중한 사회적, 문화적, 문학적 가치를 더해갈 것으로 확신합니다.

　이 작은 책은 용인북클럽 가족의 큰 꿈을 담은 소중한 첫 번째 책입니다. 우리의 이러한 노력은 용인이 책 읽는 책의 도시가 되고 지식으로 대한민국을 선도하는 지식 선도 도시 용인이 되는 그날까지 멈추지 않고 계속될 것입니다. 여러분도 함께 책을 읽어 주십시오. 용인의 미래를 결정하는 것은 용인사람들의 지식과 지혜이기 때문입니다.

　－클럽지기 정찬민

용인북클럽이 용인 사람들의 이야기를 모아 '용인스토리'를 출간한다는 소식에 먼저 기쁨의 마음을 감출 수가 없습니다.

또한 부족한 저에게 추천서를 부탁을 해주시니 부담감과 고마움이 교차하면서 용인의 밝은 미래를 위한 일이라 기꺼이 몇 자 적어보기를 용기를 내어봅니다.

정말 뛰어나신 분들의 추천서를 써 달라고 하거나 써 주시겠다는 분들이 많으실 텐데 내게 손 내밀어 주신 용인북클럽 정찬민 클럽지기님께 감사드립니다.

"모기가 모이면 천둥소리를 내고,
거미줄도 수만 겹이 쌓이면 호랑이를 묶으며,
개미도 천 마리 이상 달려들면 큰 뱀 역시 물리친다."고 합니다.

용인 북클럽 식구들이 각자의 아름다운 무지개 같은 글로써 세상을 정화시키는 데 앞장서 주실 것을 부탁드리며, 이 책을 쓰는 공동저자들로부터, 이 책을 읽는 독자들부터 한마음 한뜻으로 함께한다면 이 어려운 용인의 어두운 그림자도 거뜬히 물러갈 거라 믿습니다. 이 책이 한 알의 밀알이 되길 기대하며 기도합니다.

- 반딧불이 문화학교장 **박인선**

차례

_최순자 _박상돈 _김한수 _강창식 _최은일 _이현숙 _황종구 _김인규 _윤태경 _김정우
_구덕현 _육재우 _정풍기 _유향금 _이수근 _정일용 _맹계호 _김민수 _김혜수 _오주은
_박인선 _최재석 _윤세희 _임동철 _이윤송 _황호현 _안주원 _오 룡 _이은규 _공기평
_윤선하 _박용효 _차예림 _류재덕 _김선자 _이종호 _유미경 _이희재 _정자혜 _정다영
_구수영 _앵 커 _최정욱 _최예은 _권길순 _조순희 _고순희 _조수흥 _표순덕 _김순임
_김복남 _김삼주 _이숙희 _정상임 _김정희 _한윤정 _박세영 _임형규 _이상욱 _유재란
_한종수 _김제훈 _윤문숙 _황진철 _윤희윤 _오정환 _여용호 _강영애 _손란희

|첫 번째 이야기보따리|

함께 사는
용인 人
이야기 Story

경기도 곳고리 혼성합창단
_최순자

경기도 곳고리 혼성합창단!

이름은 생소하지만 멋있고 구수한 냄새가 나지요?

새로 창단된 합창단이랍니다.

경기도에 있는 4대 도시 용인시, 수원시 ,오산시 ,화성시가 합쳐서 만든 합창단인데요.

'곳고리'의 뜻이 뭐냐 하면 순수한 우리말로 '꾀꼬리'란 뜻이랍니다.

다들 노래가 좋아서 한마음 한뜻으로 모여 결성되었고, 좋은 지휘자 교수님의 가르침에 우리는 무척 행복하답니다.

노래하는 곳에 행복이 있고 건강이 있고 아름다움이 있습니다.

저는 합창을 한 지 50년이 넘었지만 노래하는 모습을 보면 그 사람의 성격과 마음을 알 수가 있거든요.

항상 웃음 속에서 행복해하고 즐거워하고 희로애락이 다 들어있는 것 같아요.

내가 사는 삶 속에서 노래가 나의 인생을 다 차지하는 인생이 누구도 부럽지 않고 살아온 발자취라고나 할까?

정말 감사드려요. 이렇게 글을 쓸 수 있는 시간을 주시고 학창시절에 못다 한 꿈이지만 새롭게 얘기를 꾸밀 수 있다는 게…

설레는 가슴으로 글을 표현하는 거는 참 뜻이 있다고 봐요.

용인에 와서 살면서 많이 느끼고 좋은 환경 속에서 이렇게 합창도 하고 좋은 사람 만나고 서로 나눌 수 있다는 게 정말 보람된 일이 아닐 수 없지요?… 우리 곳고리 합창단에 많이 들어오셔서 기쁨과 즐거움을 마음껏 누리시길 바랍니다.

행복하소서!!! 말처럼 열심히 일하시고 달리시길 바랍니다. 감사합니다.

○ 지은이가 전하는 말 : 저는 이 합창단의 단장입니다. 새로 조직된 합창단이라 가슴이 벅차고 새롭고 모든 게 신기할 정도로 희망이 보이고 서로 한마음 한뜻이 모여서 재미있고 유쾌한 합창단이 되었으면 하는 바람입니다. 많이들 모여주세요. 합창을 좋아하시는 분은 누구든지 오셔도 됩니다.

이순(耳順)의 단상(斷想)
−힘든 세상을 살아가는 이들에게

_박상돈

하늘이란 무엇일까?

석가도 예수도 아니다.

수세기를 거쳐도 퇴색하지 않고 오히려 숱한 사람들의 가슴에 선명히 남아 멸하지 않는 빛을 주었던 그들도 마침내는 거스르지 못했던 것.

정연한 우주의 질서요 대자연의 섭리 바로 그것이다.

온갖 풀과 나무는 저마다 그들 나름대로의 꽃을 피운다.

왜 꽃을 피우는가?

열매를 맺고 씨앗을 잉태하여 하나의 생명체가 사라져 가는 대신 또 하나의 생명체를 탄생시키기 위함이다.

그럼으로 해서 자연계의 질서가 조화와 균형 속에 이어져 나가게 되는 것이 실로 오묘하고 신비한 우주의 법칙인 것이다.

짐승이나 작은 미물이 어떤 가르침과 계시를 주지 않음에도 단지 모성애와 본능에 의해 열심히 알을 품고 새끼를 낳아 기른다.

그들이야말로 아무 불평도 거역도 없이 순리에 따르는 착한 선지자들.

순리를 알고 있다면 이 세상에서 무엇을 강요하고 강요당할 수 있

12

겠는가?

그러나 인간은 이성과 감정을 겸비한 철학적 존재이기에 단순한 생물과는 다른 이상의 삶을 추구한다.

사람은 왜 살고 있으며 왜 살아야만 하는가?

먹기 위해 산다면 비참한 일이고, 죽지 못해 산다면 가련한 일이다.

태양 아래 이루어지는 모든 움직임이 단지 배고픔을 해결하기 위한 행동이라면 차라리 죽는 편이 나으리라.

하지만 자살할 용기마저 없어 숙명에 매여 사는 삶이라면 인간의 생은 그 얼마나 가여운 것이랴.

이제까지 수많은 사람들로 하여금 작으나마 보람을 느끼며 살게 해주고, 이후로도 그렇게 살게 해줄 이유와 의미는 바로 인간관계 때문이 아닐까?

한 사람이 물론 아무런 선택의 의사도 개입되지 않은 채 생겨나지만 태어남으로 해서 부모와 자식, 형과 아우라는 인간관계를 형성한다.

그리고 철모르는 어린 시절을 거쳐 희미하나마 그 나름대로의 의식을 가질 무렵엔 이미 여러 의무가 주어졌을 때이다.

문득 자살을 생각해 보라.

고통스런 생활, 괴로운 삶에서 떠나고 싶기도 하겠지만 그 순간까지 우리 자신에게 쏟아온 부모의 희생적 노고와 기대를 쉽사리 저버릴 수 있겠는가?

만일 혼자의 안식을 위해 책임을 회피하는 지극히 이기적이고 의지박약한 사람이 아니라면 그 바람들을 외면한 채 죽음의 길을 택하지는 못하리라.

그 까닭은 자식으로서 또는 형이나 누이동생으로서 부모형제들의 믿음에 커다란 실망과 슬픔을 안겨주고 싶지 않은 의무감 때문일 것이다.

고립하여 살 수 없는 인간이란 존재는 성장하는 과정에서 보다 많은 관계를 맺고 그 관계로 인해 생겨난 책임감을 느끼며 충실히 실행할 수록 만족과 보람을 얻는다.

오직 나 자신만을 내세우는 자는 행동과 사고가 편협하므로 혼자를 충족시키는 기쁨이 작을 수밖에 없고, 가족만을 생각하는 자는 가정의 테두리를 벗어나지 못하나 사회와 국가를 나아가 전 인류를 염려하여 스스로를 희생할 줄 아는 사람은 모든 것이 성실하면서도 공명정대하여 나누는 만족도 따라서 크다.

인간은 누구이든 이 책무감을 벗어나 살 수 없으며 망각한 채 살아서도 안 된다.

비록 우리를 키워준 부모가 세상을 떠난 후일지라도 친구로서, 부부로서, 자식을 가진 어버이로서 새로운 인간관계를 형성하여 살아가기 때문이다.

이따금 현실의 도피를 생각하고, 죽음을 동경하는 사람은 자신에게 주어진 도리를 깨닫지 못하므로 살아야 할 의욕과 책임을 다하는 인간으로서의 긍지를 잃어버린 나약한 존재일 것이다.

고독과 절망의 늪에서 비탄하는 자들은 깨달아야 하리라.

자신이 삶을 저버리려 할지라도 삶은 언제나 사람을 외면하지 않으며 인생은 결코 무의미하거나 외로운 길이 아니고 누군가의 기대와 소망을 실은 시선이 머물러 살아야 할 의무가 지워져 있다는 것을.

그리고 또한 자신이 사랑하는 누구인가 생을 포기했을 때 크게 실

14

망하듯 자신이 희망의 끈을 놓게 되면 그 사람 역시 크게 노여워하리라는 사실을.

의무감과 도리.

인간들이 뚜렷이 의식하지 못하면서도 우리로 하여금 살아가게 하고 살아야만 하게 하는 것은 바로 인간관계와 의무감이니 절망하고 회피하려 하기에 앞서 스스로에게 주어진 책임의 크기와 자신에게 향해 있는 누군가의 기대 어린 시선을 한번쯤 돌보아야 하리라.

●용인 구갈동 주민자치위원장 박상돈 님이 보내주신 삶에 대한 단상의 글입니다.

체험

아이를 사랑하는 모임 아사모조리봉사단

_ 김한수

지난 2009년 12월 20일 강원도 홍천에 있는 초록반디마을을 찾았다. 초록반디마을은 믿음, 소망, 사랑의 정신으로 자연 속에서 장애인들과 함께하는 집이다. 우리 사랑의 가족 제작팀이 이곳을 찾게 된 계기는 2009년 마지막을 뜻깊은 나눔으로써 맺고 싶은 마음에 준비한 특집 덕분이었는데, 그날 우리가 내세운 나눔의 콘셉트는 바로 '재능기부'. 자신이 가지고 있는 특기를 가지고 외로운 우리 이웃들에게 나눔을 실천하는 봉사단체만을 모은 건 그런 이유에서였다. 그날 방문한 빛소리 앙상블의 우광혁 교수, 웃음치료봉사단 편 발런티어의 배기효 교수, 클라리넷 연주가 이상재 교수, 한손 마술사 조성진, 강원대학교 동아리 'classic & jazz', 풍선으로 만든 세상, 그리고 대한적십자사 홍천지구협의회 등 바쁜 주말인데도 많은 분들이 자릴 빛내주었다. 30명 가까이 되는 봉사단원 한 분 한 분의 마음이 모여 그날 초록반디마을은 어느 때보다 빛나고 따뜻했는데…

그 중 그날 가장 일찍 도착해 가장 끝까지 남아있던 조리봉사단 '아사모(아이를 사랑하는 모임)'가 생각난다. 큰 차에 수많은 식자재와 조리기구 그리고 가장 중요한 따뜻한 마음을 싣고 온 그들.

김한수 회장(43)을 비롯하여 다양한 직업을 가진 아사모 회원 10명은 입고 온 일상복에서 조리복을 갈아입자마자 그 어떤 장면보다 아름다운 한 편의 풍경을 만들어냈다. 주방 한 켠 에서 필요한 가스를 공급받기 위해 직접 전기를 점검하고 영하를 웃돌아 개울가가 얼어버린 추운 날씨에도 협소한 공간 때문에 밖에서 요리를 해야 했던 그들. 여러 가지 식자재가 그들의 손을 거치자 아름다운 모습으로 탈바꿈했고 그렇게 맛깔스런 향기로 초록반디마을 안에 있는 모든 이들의 코끝을 간질이고 입맛을 다시게 했다.

스프, 샐러드, 함박스테이크가 모두 완성되었고 교자상 위에 하얀 테이블보가 깔리자 어느새 주방은 멋진 레스토랑이 됐고, 삼삼오오 장애인 친구들이 모이기 시작했다. 죽 밖에 먹지 못하는 친구들은 아사모 회원들의 도움을 받아 스프를 먹었고 평소 편식이 심하다는 친구도 어느새 두 그릇을 먹기도 했다. 장애인 친구들이 식사를 끝내자 그제야 선생님들과 봉사단 그리고 스텝들도 식사를 할 수 있었는데, 역시 보기 좋은 음식이 맛도 좋다고, 그 어떤 멋진 레스토랑에서 먹어본 스테이크와 다를 것 없는 훌륭한 맛이었다. 세 개밖에 없는 상으로 돌아가면서 먹었기에 이미 테이블보가 지저분해졌을 즈음, 그제야 아사모 회원 10명이 식사를 시작했다.

왜 이렇게 늦게 식사를 하시냐는 물음에 "원래 저흰 가장 늦게 먹어요. 저희가 가장 늦게 먹는 게 맞죠."라며 소박한 웃음을 짓던 그들. 하얀 조리복이 음식물 색깔로 물들고 이마엔 땀이 흐르고 있었지만 그들은 전혀 힘든 내색을 하지 않았다. 식사가 끝나기 무섭게 80명이 식사한 접시들을 설거지하느라 바빴는데… 그 모습은 마치 우리 어머니들이 자식들에게 밥을 해주고 설거지를 하는 모습과 닮아있었다. 그만큼 바라는 것 없이 그저 한없이 베풀어주는 모습이었다.

그렇기에 그들이 만들어준 음식은 오래도록 초록반디마을 친구들

혀끝에, 머릿속에, 기억 속에 남아있을 것이다. 그들이 만들어낸 아름다운 풍경 하나가 2009년을 떠나보내는 이 시점에 우리의 마음을 따뜻하게 만든다. 다시 이렇게 추운 계절이 오면, 그날 먹었던 스테이크가 생각날 것 같다. 해맑게 웃던 아사모의 모습도.

아사모조리봉사단(아이를 사랑하는 모임)
-KBS.1 TV 사랑의 가족 제작팀과 함께

●글을 주신 김한수 님은 용인시 자원봉사협회 회장입니다.

한세대의 메마른 눈물

_강창식

겨울나무 된 엄마는 사막의 황폐 속 말라가는 식물과도 같았다.

그렇게 커보이던 둥지는 금방이라도 부서질 듯 떨리고 있었고,

문풍지 사이 찢어진 틈새로 들어오는 바람소리보다 약한 신음소

리는 먼 산 메아리 받던 엄마의 소리가 아니었다.

메마른 가지 위 하얀 눈 이고 앉아 긴 여정 두고두고 생각나,

그 모습 속 깊이 묻어,

내 세대 또 물려줄까 두렵다.

가물어 말라버린 샘물처럼,

그리움과 슬픔으로 이어진 가슴속 여민 사연은,

얼마 남지 않은 두 번째 생일날,

먼 날까지…

그 님이 뿌려놓은 식생들은 눈물꽃 이야기 만발할 것이다.

아직도 엄마는,

젖 덜 뗀 새끼 떠나보내는 어미처럼 큰소리로 울고 싶어한다.

두 눈 실룩이며 그리움에 울고 있던 엄마…

한쪽 눈에서만 주체할 수 없이 터져버린 눈물의 의미는,

소리 없이 쓸어내리는 가슴으로의 통곡이었다.

한세대 접어두고 저세상 좋아

이 세상 님 두고 먼저 가신 그 님 사모하다,
몇 수십 년 홀로 살 이, 외로워 그 님 따라 가시려나보다.

−2008년 3월 7일날 임종이 보이는 엄마를 보고

◐용인시 태권도협회 회장 강창식 님이 원고를 보내주셨습니다.

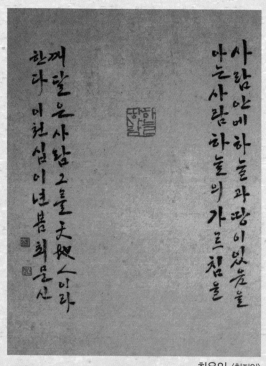

_최은일 〈천지인〉

따뜻한 눈으로

_이현숙

12월14일 딸과 함께 오랜만에 쇼핑도하고, 서점도 가고, 맛있는 것도 먹자고 시간을 내었다.

부쩍 커버린 딸이 요즘엔 엄마가 힘들 때면 힘내라고 응원을 많이 해주는 든든한 활력소 역할을 해준다.

운전을 하고 가면서 이런 저런 이야기를 하며 분당 아울렛에 도착했다.

크리스마스 분위기에 흠뻑 젖어있을 줄 알았는데 조금은 한산한 분위기였다. 오늘은 사람들이 별로 없는 걸 생각하며 매장 안으로 들어서는데 아뿔싸 역시나 크리스마스장식을 사려고 많은 사람들이 북적거렸고, 한 해 동안 감사한 분들에게 선물하려고 선물을 고르는 사람들이 많이 눈에 띄었다.

부모님들이 아이들을 크리스마스 장식 코너에 앉혀놓고 스마트폰으로 사진을 찍으며 행복해 하는 모습, 부부가 부모님께 따뜻한 이불을 사다드린다고 점원에게 물으며 행복해하는 모습, 엄마와 딸이 액세서리를 사는데 서로 자기가 고른 것이 예쁘다고 티격태격하는 모습을 보면서 딸과 함께 미소 지으며 우리 또한 행복해지는 걸 느꼈다. 우리도 선물을 위한 예쁜 찻잔과 작은 트리용 나무를 사가지고 서점으로 자리를 옮겼다.

나는 책을 보면 얼마나 행복해지는지 모른다. 1년에 두 번 정도는 꼭 시간을 내어 이곳 서점에 와서 새로 나온 책들도 보고, 읽고 싶었던 책들을 사 가지고 온다.

책이 필요하면 인터넷으로 주문할 때도 있지만 책을 좋아하는 사람들은 서점에서 다양한 책들을 눈으로 보고 새로 나온 책들이 무엇인지 알아 가고 서점에 앉아 책을 읽는 시간의 행복감은 무어라 말할 수 없다. 경험해 본 사람만이 그 행복을 누린다고 생각한다.

딸과 함께 책을 고르고 찻집에 앉아 차를 마시는데 하늘에서 하얀 눈이 펑펑 내리지 않는가?

바로 이거야! 이 느낌이야 하면서 이야기꽃을 피웠다.

우리 딸이 말한다.

"엄마! 지난번 퇴근하려고 강남에서 줄을 서서 버스를 기다리고 있는데 어디선가 음악소리가 들리는 거예요. 뒤를 돌아보았더니 무릎이 아픈 사람이 아픈 다리를 수레 판자에 몸을 얹고 한 손에는 바구니를 들고 돈을 구걸하고 있는 모습이 눈에 들어오지 않겠어요. 그래서 습관처럼 도와야겠다는 생각이 들어 호주머니를 뒤지고 가방을 뒤졌지만 동전 하나 없었어요. 체크카드만 들고 출근한 거지요. 그래서 조금 속상했어요. 그런데 더 속상한 것은 줄을 서서 기다리는 사람들이 15명 정도 되는데 누구도 바구니에 동전 하나, 지폐 하나 넣어주는 사람이 없었어요."

그때 내가 동전 하나라도 먼저 넣어주었으면 다른 사람들도 따라 넣어주지 않았을까? 얼마나 마음이 아픈지 왜 그렇게 많은 사람들이 있었는데도 따뜻한 정을 베풀지 않은지 슬펐다고 눈물을 글썽이며 말을 한다. 그런 딸을 보며 손을 꼬옥 잡아주었다.

"정말 고맙다. 네가 그런 마음을 지니고 있는 것만으로도 세상은 아직 행복한 곳이 많이 있음을 기억해라"라고 다독어 주었다. 우리 아이들에게 어릴 때부터 남을 돕는 일에 인색하지 말라고, 길에서 누군가가 손을 내밀면 그 손을 외면하지 말라고 이야기했고 실천 할 수 있도록 교육했다. 그러한 교육이 어른이 된 뒤에도 그 마음에, 몸에 배지 않았나 생각이 든다. 딸의 이야기를 듣고 눈시울을 적시며 한쪽 가슴이 찡해 온다.

창밖에는 여전히 흰 눈이 펄펄 내리고 있었다.

너무 눈이 많이 와서 교통이 막힌다며, 핑계 아닌 핑계로 김밥 한 줄로 점심을 때웠다.

하지만 오늘 나들이는 한 해를 마무리하고 새해를 맞으면서 새로운 도전과 목표를 갖게 해준 시간이었다. 이세상이 따뜻한 사람들로 조금 더 많이 채워졌으면 하는 바람을 가져본다.

그 따뜻한 사람들 중에 우리도 함께 하자고! 나와 다른 사람들을 따뜻한 눈으로 바라보는 마음을 갖자고! 오늘 나는 우리 딸로 인해 행복한 하루를 보냈다.

●용인 처인구 마평동에 사는 이현숙 님이 보내주신 글입니다.

국토 종횡단을 하면서

_황종구

　우리 인간은 태어날 때부터 걷는 것부터 시작해서 인생길이 시작된다. 그러나 문명의 발달로 인하여 걷기보다는 기계문명에 의존해서 속도를 내고 빠름을 추구해 오고 있다. 그러다 보니 많은 소중함을 잃어가며 살고 있다. 우리는 팔, 다리를 많이 움직여 가면서 우리가 살아가는 동안 많은 것을 보고 느껴야 한다. 하찮은 들풀, 돌뿌리 하나도 우리와 함께 가는 소중한 존재인 것을…

　걸으면서 느끼고 받아들인다면 우리는 참으로 행복한 삶을 살아갈 수 있을 것이다. 현대사회의 빠름에 편승하다 보니 자신도 돌아보지 못하는 생을 살아가고 있는 것이다. 도보는 자연의 냄새를 맡는 것이다. 21세기의 희망은 느림에 있다는 것을 새삼 느껴 본다. 우리는 왜 세상을 살면서 자신을 돌아보지 못하고 살아가는가? 나를 발견하고 진정한 나와 동행할 때 삶은 더욱더 행복할 것이다.

◉소산 황종구 님이 국토 종횡단을 한 뒤의 소회와 함께 사진을 주셨습니다.

_김인규

2013년 12월 22일 동짓날

차가운 밤공기가 어두운 도시 끄트머리 좁은 골목길에 내려앉고 멀리서 들리는 짧은 경적 소리마저 찬 공기에 움추러들면 도시엔 개 짖는 소리조차 들리지 않는다.

다른 해보다 유난히 길게 느껴지는 동짓날 밤 시계 초침 소리만 깊은 정적 속에 재깍재깍 들려온다.

이런 밤엔 늘 그랬듯이 잠이 쉬 오지 않을 것이다.

앉은뱅이책상에 불을 켜고 한 해 동안 손때 묻어 낡아진 카메라를 만져본다. 쉽게 찍고 쉽게 지울 수 있는 디지털의 편리함과 바꾼 아날로그 감성이 지워지지 않을 애절함으로 내 속에 영원히 남아 있기를… 그리고 바쁘다는 핑계로 잊고 있었던 소중한 사람과 물건들을 한 번쯤 생각하는 길고 긴 동짓날 밤이 길다.

배고프지 않음에도 집에 돌아오는 길목에 들린 순대국집 순대국에서는 이십육 년 전과 같은 따뜻한 스무 살의 김이 모락모락 피어오른다.

헤르만 헤세의 데미안을 읽고

나를 찾아가는 길

헤르만 헤세의 『데미안』의 마지막 책장을 덮었다.

책 한 권을 덮었으니 조금이나마 자아성숙을 기대하며 셀린저의 『호밀밭의 파수꾼』을 들고 오랜만에 길을 나설 참이다.

기대가 크면 실망도 큰 법. 사람도 사람 나름인 것을 부질없는 일 방적인 생각으로 관계 성숙을 기대했던 헛된 노력을 접으니 마음이 한결 가벼워졌다.

나이를 먹으면 사고가 경직돼 알(위선)을 깨고 나오기란 쉽지 않은 것, 끊임없이 스스로를 채근하고 담금질해 자아성찰을 통한 구원의 간절함으로 삶을 살아야 행복하다는 것을 새삼 깨닫는다.

책장을 몇 장 넘기기도 전에 생각에 잠기게 하는 헤르만 헤세의 자아성숙에 대한 통찰력을 느끼며 내게도 데미안이 있음을 상기하고 나 또한 구도자로써 힘없고 어린 영혼들이 자기 스스로 희망과 열정 그리고 바른 인간상을 찾아갈 수 있도록 조그만 자극이라도 되기를 소망해 본다.

초가을 포천에서

진초록 뒷산에 한철 머물던 뻐꾸기는 남쪽으로 떠나는 뒤늦은 이 별이 아쉬워 밤새 울고 한여름 도롱도롱 흐르던 개울물 속내 휘저어 도랑 파놓고 지나간 자리 가슴 저리게 붉은 단풍이 색 바랜 햇살로 내려앉는 초가을 포천. 그리고 한탄강 누군가의 젊디 젊은 그리움이 콧잔등 찬바람으로 비껴가 보고픈 마음들 바위로 굳어 돌아 앉은 먼 산이 시나브로 노을과 단풍으로 물들어 눈이 시리게 아파서 아름답 다.

부산행 서울발 1210호 무궁화

시골의 봄은 도시보다 훨씬 따뜻하게 느껴진다. 경북 김천을 지나다 천변 나즈막한 집들을 바라보니 참 양지바르다.

부산을 출발한 현존하는 국내 최저 속도의 서울행 무궁화 열차는 김천을 지나 충북 영동으로 내달린다.

계절마다 색을 바꾸는 산은 또다시 연초록으로 어김없이 변하고, 햇살 가득한 황토빛 들판도 초록으로 자라고 있다.

호롱호롱 할머니 옛날이야기 숨겨 놓았을 듯한 시골, 동네 어귀 산비탈에 서있는 느티나무가 마치 그 자리가 제 자리인 양 자연스럽고 편안하게 마을을 지긋이 굽어본다.

여행은 느긋하게 세상 구경하는 즐거움을 준다. 그래서 난 돈은 부족할지언정 시간만은 넉넉하고자 가급적 느린 방법으로 그 시간과 공간에 머물려 한다.

어쩌면 산다는 것은 다 여행이다. 서울에서 부산으로 사람에게서 사람에게로 어제에서 오늘로 그리고 내일로 먹고 마시고 쉬고 놀고 웃고 울고 모든 것이 설렘만 있다면 이거야말로 즐거운 여행이 된다.

카카오스토리 친구 여러분도 인생이라는 여행에 좋은 여정을 남겨 모두 훌륭한 늙은이가 되시기 바랍니다. 마을 어귀에 마치 오래 전부터 전설처럼 서있는 느티나무처럼.

-2013년 4월 28일 일요일 오후 1시 28분
부산발 서울행 무궁화 1210호 3호차 47번 창측 좌석에서

의견

햄버거로 병드는 지구

_윤태경

　국어시간에 법정스님의 "먹어서 죽는다."라는 글을 읽은 적이 있다. 이 글의 내용은 우리가 너무나 육식을 많이 하여 건강을 해친다는 내용이다. 나는 조금 다른 시각에서 햄버거나 고기 등 우리가 좋아하는 육식 위주의 식습관이 지구에 미치는 영향에 대해 말하려 한다.

　우리 주변에 쉽게 눈에 띄는 대표적인 패스트푸드점이 바로 햄버거 체인점들이다.

　'EBS 지식채널'에 따르면 121개국에 29,000여개의 햄버거 매장이 있다고 한다. 햄버거 소비량 또한 어마어마하다.

　매 초 팔리는 햄버거가 200개나 된다고 한다. 이 많은 햄버거 속에 들어가는 패티를 생각해 보자. 문제는 여기서 나타난다. 소가 주원료인 패티를 충당하기 위해 많은 양의 소를 키워야만 한다. 소를 키우려면 목초지와 축산농가가 필요하다. 햄버거 소비량이 늘면 그만큼 더 많은 목초지가 필요해진다. 그 과정에서 축산단지 확장을 위해 열대우림을 태워야 하는 것이다. 햄버거용 쇠고기 패티 한 장을 만드는 데 열대우림 1.5평을 태워야 한다고 한다. 매년 우리나라만한 땅 크기의 목초지가 과도한 방목으로 사막화되고 있다고 한다. 이처럼 지구 생태계를 파괴하고 지구를 병들게 하는 주범이 바로 햄버거다.

아프리카에선 매년 4천명에서 6천명의 어린이가 굶어죽는 현실이다. 소들이 일 년에 먹어치우는 곡식이 지구에서 생산되는 곡식의 삼분의 일이나 된다고 한다. 육식 위주의 잘못된 식습관 때문에 지구한 쪽에서는 영양실조로 죽어가고 다른 세상의 우리는 과도한 육식으로 병을 앓고 있는 것이다

나부터 당장 햄버거를 좀 멀리하고 고기 위주의 편식에서 벗어나 채소와 과일 등 골고루 영양을 취해야겠다. 건강한 몸이 건강한 정신을 만들고 정신이 건강해야 미래도 건강해질 것이다.

◉이의중학교 1학년 윤태경 님이 보내주신 지구 환경 오염에 대한 의견입니다.

군대 간 아들에게

_ 김정우

사랑하는 우리 아들 보근아!

너의 편지를 받으니 무척 기쁘구나~

'자랑스런 공군가족' 카페에서 네 사진을 보면서 살짝 미소가 띠어진 모습이 초등학교 6학년 때 모습이라 안심이 되었다. 우리 집은 너는 군대 가고 보경이는 기숙사에 들어가서 너무 적막하다.

엄마는 평일에는 운동하고 토욜은 10년 이상 교직에 있는 사람들 교과년 연수라 바쁘게 지내지만 저녁과 새벽에 일어나면 추운데 어찌 지내나 걱정이 된다. 아빠와 3분 통화를 하였다 하여 얼마나 반가운지! 아빠하고 통화한 것 정말 잘한 일이야.

우리 보근이를 엄마가 그동안은 너무 걱정을 한 듯해.

이젠 씩씩하고 의젓한 아들이 되었구나.

한다고 하면 해내는 능력이 있는 보근이한테 늘 조마조마한 마음이었는데 네가 보내준 자기사명서를 보니 영리하고 판단능력이 우수한 구덕현, 김정우의 아들이란 것을 알았어. 오늘은 수능 날인데 엄마는 감독이 없어 집에 있어. 편지 쓰고 우체국에 바로 붙인다.

추운데 몸 잘 챙기고 우표도 사서 보낸다~

−2013. 11. 7 마미가

● 용인 죽전동에 사는 엄마 김정우 님이 공군에서 군 복무하는 아들에게 쓴 편지입니다.

군대 간 아들에게

_구덕현

사랑하는 아들 보근에게,

너를 훈련소에 데려다주고 무거운 마음으로 집으로 돌아왔던 그 기분이 쉽게 가시지 않았었다.

김창석 중사가 아빠에게 문자를 보냈을 때 김중사에게 네가 잘 있는지 전화를 하려고 했으나 왠지 김중사에게 네가 약한 이미지를 줄 것 같아 하지 않았었다. 출근길에, 점심 먹으면서, 퇴근길에 네가 잘 지내는지 생각이 많았었는데 네 편지를 받고 나니 한편으로 마음이 놓인다.

편지 내용이 사뭇 의젓하고 집에서만 보았던 너의 모습이 아니고 좀 더 성숙한 느낌이라서 너무 좋았단다. 훈련소에서 지내면서 지난 날과 오늘과 내일을 생각해 보는 것이 상당히 의미가 있어 보인다.

성숙해져 가는 보근이를 생각하면 아빠는 뿌듯하다. 네가 편지에서 아빠 건강을 걱정해 줘서 고마웠다.

"그 느낌 아니까!" ㅋㅋ

사실 해가 바뀔 때마다 아빠 스스로 느끼는 거지만 건강, 체력이 약해지는 걸 안다. 그래서 더 운동하려고 해.

보근아, 훈련도 즐겁게 하고 동기들과도 즐겁게 지내고 많은 생각을 하기 바란다. 그리고 더 중요한 것! 아빠가 입소할 때 한 말 기억하지? "네 몸이 중요하다. 다치지 않고 건강해야 한다."
   강하고 믿음직한 공군, 강하고 믿음직한 보근!
   아빠가 또 편지할게. 건강하게 잘 지내기 바란다
   −2013. 11. 10   아빠

○ 용인 죽전동에 사는 아빠 구덕현 님이 공군에서 군 복무하는 아들에게 쓴 편지입니다.

제2의 어머니 선생님께

_육재우

선생님~~~ 저 재우예요 ㅎㅎㅎ 고등학교 졸업하구 1년 반이라는 긴 시간 동안 한 번도 못 찾아 봬서 죄송해요. ㅠ.ㅠ

도연이한테 같이 가자구 10번 이상은 말했는데 자꾸 다른 애들이랑 가더라구요-- 저희 반 남자애들은 경태 말구 안 친하거든용..ㅠ.ㅠ 그래서 경태한테 같이 가자고 하면 경태 전전 여자친구가 신갈고 재학 중이라 못 가게 됐어요…

혼자 가기는 먼가 쫌 그랬어용 ㅠㅠㅠㅠ 죄송합니당… ㅠ

선생님 그래둥 동생 통해서 군대 간다구 편지 써 주신거 고맙습니다. 이 편지 받으실 때쯤에 저는 군대에 있겠네용… ㅠ

제가 열심히 북한 못 처들어오게 훈련할 테니 선생님은 맘 놓고 학생들 가르쳐주세용^^ 저는 1년 반 동안 친구들이랑 맨날 놀구 공부도 열심히 해서 장학금도 받았어요!! 저 대견스럽죠? ㅎ.ㅎ 그리구 여자친구랑은 헤어졌어요 ㅠㅠㅠㅠ 헤어질 때 참 슬펐는뎅 제가 잘생겼자나용^^^ 헤어지니깐 기집애들이 달라붙는 거예용 ㅎㅎㅎ~ 그래서 이 기집애 저 기집애 만나니깐 없는 게 더 좋구 선생님처럼 깜찍한 애가 없어서 구냥 솔로로 지냈어용~.~ 즈금쯤 웃고 계실 거 같은데 진짜예요! 증인들도 많구요^^ 선생님은 1년 반 동안 뭐하고 있었는지 정말 궁금하네요 ㅠ 제대하면 고3 때 했던 약속처럼 명품

가방 하나 사들고 가겠습니다 ^^

　도연이랑 선생님은 지금쯤 뭐 하구 계실까요??

　궁금하네용ㅎㅎ 아마 도연이가 또 제 욕하고 있겠종 ㅋㅋㅋㅋ

　도연이는 공부도 잘하고 성실한데 멍청한 게 문제에요. 고3 졸업식 날은 이뻐질려고 쌍수도 하고… 에휴… 답답하네요… ㅋㅋㅋㅋ 그래도 애가 착하고 깜찍하긴 하니깐 결혼을 할 수 있을 거 같아요 o.o 선생님 아들분은 군대 갔는지 궁금하네용 ㅋㅋㅋㅋ 혹시 안 가셨다면 선생님 월급 아들분 먹고 싶은 거 다 사주세요. 저는 그게 한이에요 ㅜㅜㅜㅜ 맨날 새벽에 들어오느라 못 먹었거든용 ㅜㅜ 군대 가셨다면 모… 파이팅 하세용 ㅜㅜ 전 이제 나가서 친구들 마지막으로 보러 가야겠습니당! 선생님 건강하시구 항상 웃으시구 몸조심하세요!! 선생님 제자라 정말 감사하구 기뻐요. 제대 후에 뵙겠습니다. 충성!

－From 선생님의 No.1 제자 군인 육재우

●신갈고 졸업생 육재우 님이 선생님께 보낸 편지입니다.

『나는 개 입니까』를 읽고…

_정풍기

창신강의 작품『열혈 수탉 분투기』를 읽고 창신강의 매력에 푹 빠져 일부러 찾아 읽은『나는 개 입니까』는 기대 이상의 여운을 남긴 글이었다. 심지어 여태껏 내가 읽은 책 중 가장 명작으로 꼽을 만큼 인상 깊었다.

주인공으로 개와 지렁이를 내세웠지만 읽는 동안 한 번도 동물의 이야기라는 생각이 들지 않았다. 성장기 우리들이 겪는 불안정한 심리를 우회적으로 표현하면서도 우정과 의리, 책임감, 가족애까지 놓치지 않고 설득력 있게 잘 표현했다.

지하세계에 살던 주인공은 할아버지가 돌아가시기 전에 한 '창구'란 말에 호기심이 생겨 캐묻고 다니다 뭐든 알고 있는 연분홍 지렁이로부터 창구가 바로 '인간 세상'을 말한다는 것을 알게 된다. 연분홍 지렁이와 서로 마음을 나누게 된 주인공은 우정이 싹트고 지렁이와 절친이 된다. 얼마 후 연분홍 지렁이는 죽으면서 그가 아끼던 연분홍 외투를 주인공에게 준다. 이때부터 주인공인 '나'는 예지력을 갖게 된다.

여기서 나오는 창구는 우리가 동경하는 미지의 세계, 누구나 한 번쯤 꿈꾸는 무지개의 끝이 아닐까 싶다. 그래서 어른들은 위험하다고 말리고 모르고 살게 하려 애쓰고, 우리들은 어떻게든 경험하려고 하는 더 큰 세상.

창구로 나가는 데는 대가가 필요하다. 개의 주 무기이자 상징인 이빨을 부러뜨려야 한다. 먼저 '나'의 작은형이 창구에 대한 호기심을 못 참고 자기 이를 부러뜨리고 밖으로 탈출한다. 부모님과 가족들이 몹시 슬퍼하지만 나 역시 창구 밖으로 나가고 만다. 사랑하는 가족을 버리고 동경하던 인간 세상을 향해 뛰어든 것이다. 물불 안 가리는 젊음이니까 할 수 있는 것이다. 어느 정도 크면 부모 곁을 떠나려는 것과 비슷하다.

또 다른 세상.

기절했다 깨어난 나의 앞엔 인간 세상이 있었다. 나도 사람이 되어 있었다. 아무 생각 없이 배가 고파 돼지갈비를 먹다 경찰에 잡혀간다. 돈을 내야 한다는 것을 모르니 당연한 것이다. 인간 사회에선 돈이 그만큼 중요하다는 것을 몰랐으니까.

다행히 나의 이마에 있는 연분홍 흉터를 만지면 뭐든 미리 알 수 있는 예지력이 있어서 인간세계에 쉽게 적응하며 행복한 나날을 보낸다. 그러나 행복도 잠시. 급격한 노화가 오고 만다.

'개'의 운명을 거스르고 인간의 삶을 살려 한 대가를 치러야 하는 것이다. "세상에 거저는 없다."는 어른들의 말처럼…

수명이 거의 다해 감을 느끼고 있을 때 우연히 길에서 개 가죽을 발견한다. 바로 아빠였다. 억울하고 애석하고 분함을 느끼지만 이미 운명의 수레바퀴는 멀리 굴러갔다.

이 글을 읽으면서 주인공과 같이 울고 웃고 가슴 설렘까지 느꼈다. 끝이 다가올수록 이별하는 게 너무 아쉬워 책갈피를 넘기기가 싫을 정도였다. 그리고 도전과 열정에 대해 생각했다. 힘든 역경이 기다릴지라도 도전은 그 자체가 의미는 것이다.

◉독후감을 보내준 정풍기 님은 용인 기흥구 신갈동 산양마을에 사는 중학생입니다.

누구에게나 인생 제2막은 열린다
_유향금

1964년 가난한 농부의 딸로 태어나 행복한 유년시절을 보냈던 나에게, 결혼 후 둘째 아들을 낳으면서 내 인생에 가장 큰 시련이 닥쳐왔다.

아빠를 닮아 잘 생긴 외모로 건강하게 태어난 아이가 첫 돌이 한참 지나도록 엄마 소리조차 하지 못하는 것이었다. 늦된 것뿐이라는 주변의 만류에도 불구하고 걱정스런 마음에 서울에 있는 대학병원을 찾았다. 이것저것 많은 검사를 마친 뒤 의사 선생님은 차분한 어조로 말했다. "아드님은 자폐성 장애인 것 같습니다." 하늘이 무너지는 것 같았고 머릿속이 텅 빈 것 같았다. 평생 장애아의 엄마로 살아야 한다는 두려움에 하염없이 눈물만 흘렸다.

그때 아이는 갓 두 돌이 되었고 내 나이 겨우 스물아홉이었다.

그러나 언제까지 주저앉아 울고만 있을 수는 없었다. 엄마였기에 일어나 열심히 뛰었고 앞을 향해 달려온 세월이 어느덧 20년이 훌쩍 넘었다.

장애 자녀를 둔 엄마로서의 삶은 녹녹치 않았다. 아이의 교육을 위해 33년을 살았던 고향을 떠나 서울로 이사를 해야 했다. 1996년 당시 용인 주변에는 자폐성 장애아가 다닐 만한 학교가 없었기에 서울에 있는 특수학교에 입학을 시켰다.

자녀들의 교육을 위하여 학교 엄마들과 함께 서로 의지하면서 아이들을 산으로 들로 열심히 데리고 다니며 아이들의 미래를 고민하게 되었다. 만약에 우리 아이들이 정규교육 과정을 마친 뒤에 갈 곳이 없다면 어떻게 해야 하나? 국가와 이 사회가 우리 아이들의 문제를 해결해 주지 못한다면 우리 부모들이 미리 준비를 해야 한다고 생각하고 뜻이 맞는 부모님들과 모임을 만들었다. 그리하여 아이들이 초등학교 4학년인 1999년에 자조모임인 '수호천사회'를 조직하게 되었다. 매달 일정 금액을 적립하면서 아이들이 학령기를 마치고 성인이 되었을 때 함께 일하며 생활하게 될 보금자리를 설계하고 하나하나 차분히 준비하기로 했다. 그러한 준비 중의 하나가 사회복지를 전문적으로 공부하는 것이었다. 그래서 뒤늦게 사회복지를 공부하게 되었다.

사단법인 한국장애인부모회와 인연을 맺고 본격적으로 활동하게 된 것은 호동이가 다니던 한국육영학교 학부모회장직을 맡으면서부터였다. 나의 작은 노력이 내 뒤를 따라오게 될 후배들에게 도움이 되기를 바라며 자폐 분과 이사라는 직책으로 열심히 활동하다 보니 2010년 영광스럽게도 보건복지부장관상을 수상하게 되었다.

사람에게는 누구나 인생 제2막이 열리는 것이다.

아들의 장애 사실을 알고, 세상이 끝난 것 같은 절망스러웠던 순간을 이겨내고 같은 처지의 엄마들과 자조 집단을 만들어 아이들의 미래를 준비하였고, 힘들어하는 후배 엄마들을 격려하고 용기를 주었다.

2010년 수상 이후로 한국장애인부모회 용인시 지부 제6대 지부장을 맡게 되었다.

용인시는 인구 100만을 향해 성장해 나가는 큰 규모의 도농복합도

시이다. 회원 수도 430여명이 넘고 주변에 용인대 특수체육교육과, 강남대 특수교육학과, 경희대 체육과, 단국대 특수교육과 등 교육 인프라가 풍부하게 형성되어 있으며 삼성반도체와 같은 후원 자원도 풍부한, 좋은 여건을 가지고 있다. 주변 대학의 우수한 인적자원과의 연계를 통해 많은 치료 및 교육 프로그램을 진행하며 회원 분들의 자녀 교육에 도움을 드리고자 노력하고 있다. 또한 그룹 홈 2개와 장애인 주간보호시설을 위탁 운영하고 있다.

용인시 장애인부모회를 위해 내가 도전해야 할 과제는 성인기 자녀들의 잔존능력을 활용할 수 있는 직업훈련센터와 보호작업장 건립을 위해 노력하는 것이다. 또한 회원들의 가장 큰 희망사항인 단기보호시설과 장애인가족지원센터 설치를 위해 최선을 다해나갈 것이다.

나의 더 큰 꿈을 위해 사회복지전문대학원에 진학하여 석사과정을 마치고 다시 박사과정에 입학해 현재 박사과정 4학기까지 마쳤다. 나는 하루하루가 감사하고 행복하다. 어린 자녀를 둔 후배 부모님들과 사회복지를 공부하는 학생들 앞에서 강의를 할 때마다 가슴 진한 보람을 느낀다.

내 인생에 나침판이 되어 주는 나의 사랑하는 아들이 있어서 이 길을 기쁘게 가고 있다.

나에겐 마지막 꿈이 있다. 부모들이 세상을 떠난 뒤에도 우리들의 장애 자녀들이 행복하게 살아갈 수 있는 아름다운 사회를 만들어 나가는 것이다. 이 일은 내가 가야 할 길이며 내 삶의 이유이다.

장애 아들을 통해 크나큰 시련을 주셨고 연단을 통해 새롭게 시작할 힘을 주신 하늘 아버지께 감사드립니다. 아버지 고맙습니다. 그리고 사랑합니다.

◐글을 주신 유향금 님은 현재 용인시 장애인학부모회 회장입니다.

 편지

아버지의 마음
_이수근

큰딸 민정아 참 세월이 빠르게 흘러가는구나.

어릴 때 앙증맞고 귀엽던 애기가 벌써 20대 후반이 되었구나.

힘들고 아쉽고, 전쟁과 같은 고등교육을 끝내고 대학과 영국 유학 생활을 거쳐 벌써 숙녀가 되어가는 민정일 보니 앞으로 남은 세월과 힘든 사회생활을 생각하니 가야할 길이 참 힘들겠구나 생각한다.

그러나 아빠는 항시 큰딸로 마음속에 깊이 생각하며 남은 인생을 처음과 똑같이 사랑하고 기쁨과 용기를 줄 수 있는 아빠가 너를 보살필 거다.

힘들고 외로워도 네 옆에는 엄마, 아빠, 동생들이 있으니 걱정하지 말고 항시 고맙고 사랑한다. 솔직하고 꾸밈이 없는 큰딸 민정아 사랑한다.

너무 조급하게 생각하지 말고 네가 하고자 하는 일을 천천히 해도 무방하니 미안해하지 말고 꼭 하고자 하는 일이 뜻대로 되길 마음속으로 민정이를 끝까지, 아니 아빠가 네 옆에 있는 날까지 민정이를 존중하고 너의 의견을 가슴 속까지 사랑과 믿음으로 영원히 함께 할 것이다.

－사랑한다. 큰딸 민정아!

둘째 지선이를 보면 항시 귀엽고 우리 집에 둘째 딸로서 모든 사람에게 애교와 웃음으로 정을 주는 우리 딸 지선이, 응애 하고 세상에 처음 태어났을 때 너무 행복했고 세상을 다 얻은 것 같았단다.

그런 둘째 딸이 벌써 대학을 졸업하고 직장에 다니니 아빠는 뭐라 표현할 수가 없구나. 지선아 젊은 날에 지선이는 항시 양보하고 항시 이해하고 가족관계를 잘 이끌고 정이 무척 많은 딸이었단다.

지금도 숙녀가 되어서 우리 집에 귀염둥이로 잘 자라니 너무 기쁘단다.

아무쪼록 네가 하고자 하는 일들이 잘 되길 빌면서 아빠는 가족과 함께 있는 한 둘째 딸 지선이를 항상 가슴 속에 소중하게 간직하고 남은 시간은 우리 둘째 딸을 위해 열심히 최선을 다해 아빠는 노력하고 실천하고 그런 삶을 살려고 노력하겠다.

- 지선아 사랑한다!

막내아들 형로야!

아빠는 형로란 두 글자만 생각하면 가슴 벅차고 너무 좋았단다.

우리 아들을 처음 품에 안았을 때 총명한 눈동자가 아직도 잊혀지지 않는구나. 아빠는 아들하고 어릴 적 추억이 아직도 가슴에 넘쳐 흐른다.

그런 아들이 어릴 때 캐나다로 유학을 갔을 때 마음이 허전하며 항시 그리움 속에 많은 날들을 보고픔 속에 아들을 생각하며 지냈단다.

그러던 아들이 고등교육을 마치고 대학생활을 할 때 멋진 청년으로 성장하는 모습을 볼 때 너무 기분이 충족했단다.

지금 돌이켜 보니 외국 생활이 어린 나이에 무척 힘들었을 거라 생각이 드는구나. 그래도 아들이 내색 한번 안하고 힘든 여건 속에 참고 지낸 걸 보니 고맙고 대견스럽게 생각한다.

부모 품에서 해야 할 일들을 아들 혼자 참고 모든 걸 이겨냈으니 많이 힘들었겠구나 생각한다.

그런 아들이 휴학을 하고 군에 입대한지도 벌써 3개월째로 접어드는구나. 아들을 군대에 보내고 나서 아빠는 가슴이 벅차 눈물을 흘렸단다. 이유는 없단다. 아들을 너무 사랑하고 자랑스럽게 생각한다.

사랑하니까 하루하루가 아빠를 힘들게 했단다.

밤만 되면 형로가 눈에 아른거리니 무척 힘들었단다.

그러나 세월이 흘러 3개월째가 되면서 아빠는 형로의 변하는 모습과 군 생활에 적응하는 걸 보면서 차츰 안정이 되었단다. 귀한 자식일수록 힘들게 군 생활을 하는 것도 나쁘지 않단다.

아빠는 형로가 가야 할 때까지 항시 아들 옆에 있을 거란다.

사랑한다. 형로야!

아빠는 죽을 때까지 가족을 존중하고 자식을 사랑하는 아빠가 될 거란다.

– 사랑하는 막내아들 형로에게…

나눔
_정일용

2월 28일

나눔은 관심입니다.

구두닦이 봉사한 지 4개월이 되었네요.

지난달에는 66,000원이었는데 이달에는 135,000원이나 모았습니다. 처음엔 구두만 닦았는데 지금은 활동반경을 조금 더 넓혔습니다. "몸으로 하는 나눔을 하자"에서 시작하였기 때문에 동료의 책상을 닦는다든지, 커피를 타준다든지 또 다른 방법으로는 택시를 타는 대신 버스를 타고 3천원을 기부하기도 하였습니다.

그랬더니 버스 타는 것 자체도 기쁨이 되었습니다. 이번 밸런타인데이에는 아내에게 받은 초콜릿을 팔아서 14,000원을 벌기도 하였고, 술자리에서 갹출(醵出:더치페이)하다 돈이 조금 남으면 동의를 구해 기부하겠노라고 했더니 모두들 좋다고 합니다. 스스로 자신이 나누는 사람이라는 신념이 생기면 그 이상 가는 자긍심은 없는 것 같습니다. 지금 반딧불이학교에 기부를 하고 오자마자 이 기쁨의 감흥을 전하고자 글 올립니다. 나눔의 대상이 있는 것도 감사한 것이고, 작지만 나눌 수 있는 사람은 행복한 사람입니다. 나눔의 기쁨을 대신할 수 있는 즐거움은 없습니다.

4월1일
나눔은 전염병과 같습니다.

구두닦이 봉사로 나눔을 실천해온 지 벌써 5개월이 지났습니다.

첨에 팔뚝에 알도 배고 쑥스럽기도 했습니다만 이제는 아랑곳없이 토시 끼고 그야말로 생활이 되었습니다.

안 쓰던 난로를 필요한 분에게 팔아 3만원을 기부받기도 하고 또 어떤 분은 길 가다 주운 돈을 제게 주면서 기부하라고 한 적도 있습니다. 공인중개사를 하다 보니 관련법률 상담을 해주고 이천 원 기부받기도 했구요. 난로를 판 데서 힌트를 얻어 집에서 잘 입지 않던 옷을 잘 세탁해서 친구에게 주면서 약간의 기부를 받기도 했습니다. 제가 실지로 옷을 학교에 기부하겠다고 결정했다는 것입니다. 반드시 저로 인해 결정된 것은 아니겠지만 작으나마 기여한 것에는 틀림없다는 생각입니다. 지난주에 함께 라운딩 간 모임에서는 버디 하나에만 원씩을 모아 연말송년회 때 기부하기로 하였습니다. 또 다른 모임에서는 이번 달 모임부터 교회에서 헌금 걷듯이 바구니 같은 걸 준비해서 자유 의사로 천원이든 만원이든 넣기로 하였구요. 다다음주에 모이는데 궁금해지네요. 한 군데 더 있는데 생략! ㅎㅎ 이렇게 나눔은 전염됩니다. 이번 달에 모은 돈은 무려 202,000원입니다. 돈의 액수, 크기는 중요하지 않습니다. 그런데 많이 하니까 좋긴 하네요. 우리 반딧불이 교장선생님 참 예쁘시죠?

제 눈에는 넘 예쁘셔요 ♥ ♥ ♥

4월30일
자신을 사랑하고 싶습니까? 나누는 삶을 사십시오.

수많은 성공한 사람들이 성공 후에 오는 허전함으로 오는 우울증으로 하지 말아야 할 선택을 합니다.

기업인이든 연예인이든 우리나라 최고의 인재들이 있는 카이스트 출신이든 간에 말이죠.

그들이 이룬 성공이나 원하는 성공은 자신의 성공입니다. 나눔은 타인의 성공입니다. 함께하는 성공이기도 합니다. 성공이라는 목적어는 같으나 주어인 나와 우리는 다릅니다.

구두닦이 봉사를 한 지 6개월이 되었습니다. 이번 달은 266,000원이라는 기부금이 모였습니다.

구두를 닦아 모은 것보다 기부금이 늘어났습니다. 저는 오로지 배달만 할 뿐 기부하시는 분들의 이름으로 기부 됩니다. 이 글을 빌어 기부하신 모든 분들께 감사와 축복을 드립니다. 구두를 닦아온 6개월 동안 가장 크게 달라진 건 기부금액이 아니라 제 자신에게 갖는 가치와 자긍심입니다. 더욱 제가 좋아졌습니다.

오늘 햇살이 더 눈부시네요. 자신을 사랑하고 싶다면 나눠보십시오.

6월 14일
부자가 되고 싶습니까? 나누십시오.

부자가 되는 방법은 실제로 많은 돈을 버는 방법이 있고, 또 한 가지는 지금 가진 것에 만족하는 방법도 있을 것입니다. 그런데 백억 가진 사람도 이백억 가진 사람을 바라본다면 결코 부자가 아닐 것입니다. 더 많이 가진 사람도 그보다 더 나은 사람을 본다면 더 갖지 못하였다고 할 수 있습니다.

결국 부에 대한 관념은 심리적인 요소에 의해 결정되는 것입니다. 우리나라 소득의 십분의 일인, 국민소득이 2000불밖에 되지 않는 부탄의 행복지수가 1위라는 사실에 대해 좀 깊이 생각해볼 필요가 있습니다.

구두닦이 봉사를 통하여 나눔의 기쁨을 몸소 체험하고 있습니다.

나누다 보니 제 자신이 더욱 좋아진 것은 물론이고 절약하는 습관이 생겼습니다. 그렇다고 구두쇠가 된 것은 아니지만 2000원짜리 커피를 안 마시게 됐습니다. 구두 닦고 이천 원을 받는데 구두를 닦는데 10분 이상은 걸리거든요. 그러다 보니 길가에서 흔히 먹는 커피 이천 원을 사소하게 소비하는 습관이 많이 없어졌습니다.

지금 반딧불이학교에 181,000원을 기부하고 오는 길입니다.

특히 거금을 기부하신 정관식 선배님, 김진배 형님, 카네기 24기 동료 여러분, 그리고 모든 기부자분들께 감사드리고 행복 기원합니다.

많이 가졌어도 나누지 못하면 가난한 것이고 적게 가졌을지라도 나눌 수 있다면 부자입니다.

저는 부자입니다.

7월4일
시간을 더 소중히 쓰고 싶으십니까? 나누십시오.

중요한 일을 시킬 때는 한가한 사람한테 시키는 것이 아니라 바쁜 사람한테 시키라는 말이 있습니다.

시간을 바삐 사는 사람일수록 시간의 소중함을 알기 때문입니다.

구두닦이 봉사를 통하여 나눔을 해온 지 8개월이 되었습니다. 131,000원의 적지 않은 돈을 모았습니다.

행사가 많고 일이 많아서 평소 때보다는 좀 덜 닦았네요. 보통 구두를 닦는 데 10여분 정도 걸리는데요.

바쁜 시간 속에서 그 정도 시간 내는 게 쉽지 않습니다. 그런데 구두를 닦으며 생긴 새로운 인식이 생겼습니다. 작은 시간의 소중함을 알게 되었습니다. 오히려 구두를 닦지 않은 날은 무의식적으로 인터넷 등을 하며 시간을 허비한 적이 많은데 구두를 닦은 그 날은 시간 속에서 더 열심히 삽니다.

음. 마치 군대에서 휴가 나왔을 때 열심히 놀든지 무얼 하든지 시간의 소중함을 알듯이 말입니다.

무료함으로 삶을 살고 있다면 시간을 나눠 보십시오. 삶의 활력이 생길 것입니다.

바쁜 시간 속에서 시간의 여유가 없다면 시간을 나눠 보십시오.

나눔이 당신 삶에 여유를 가져다 줄 것입니다.

7월 31일
성공하고 싶습니까? 나누십시오.

지금 우리가 살고 있는 시대의 화두는 성공인 것 같습니다. 성공이 행복이고 행복은 성취 뒤에 오는 전리품 쯤으로 여깁니다. 구두닦이를 통하여 봉사를 해온 지 벌써 9개월이 되었습니다. 많은 사람들이 언제까지나 저렇게 할까 하는 생각을 했을 겁니다. 저도 평생 할 생각은 아니지만 8월에도 9월에도 제 손에는 구두약 냄새가 묻어났으면 좋겠습니다. 이번 달에는 많이 바빠서 많이 닦지 못했습니다. 제가 하는 봉사는 금액의 많고 적음이 중요한 것이 아니지만 다음 달에 더 분발하자는 의미에서 제 사비를 더해 십만 원을 채웠습니다. 읽기 싫은 책을 억지로 읽어도 도움이 되듯 나눔을 의무적으로 하는 것도 나쁘지 않습니다. 점심시간에 반딧불이학교에 다녀왔는데 오늘은 유독 발달지체아이들이 많네요.

교장선생님처럼 숭고한 삶을 사시는 분 덕에 이 사회는 아직 따뜻하고 희망이 넘칩니다. 존경하는 또 한 분, 박장기 교수님을 뵈었는데요. 수십 명 수백 명 사람들 앞에서 강의를 하시고 수천 명을 상대로 기획을 하고 행사를 총괄하시는 분이 몸이 불편한 장애아동들 불과 대여섯 명과 체육수업을 하시는 모습에서 진정한 노블레스 오블리주를 실천하고 계시구나 하는 가슴 짠한 감동을 받습니다.

성공의 또 다른 이름은 나눔입니다.

10월15일
어떤 사람으로 기억되고 싶습니까? 나누며 삽시다.

가끔 내가 왜 살고 있는지 생각해 봅니다.

그리고 요즘 부쩍 시간의 빠름을 인식합니다.

지난 사십 년이 그랬듯이 앞으로의 사십 년도 역시 빠르게 지나가겠죠.

왜 살아야 하는지, 어떤 삶이 내게 가치가 있는 삶인지, 늘 고민합니다. 존경하는 피터 드러커 선생은 죽고 나면 어떤 사람이 기억될 것인가 늘 생각하고 그 중요한 물음을 자신의 삶의 가치기준으로 삼았습니다.

저는 어떤 사람으로 기억될까요?

저는 죽은 후에 구두 닦는 사람으로 기억됐으면 좋겠습니다. 그 정도면 충분합니다.

지난 달 영문중학교에 부모교육을 강의해서 받은 강의료 이십만 원과 공인중개사 모임 일사회 김성진 형님과 카네기 24기 회원님들, 구두봉사를 할 수 있게 해주시는 동료 여러분께 다시 한 번 감사드립니다. 이번 달 기부금은 무려 395,000원인데 추가로 오천 원 더해서 40만 원 채웠습니다. 나눔의 기쁨을 대체할 수 있는 즐거움은 없습니다.

공감이 주는 선한 영향력
_맹계호

끝나지 않을 것만 같던 무더운 여름도 이제는 한풀 꺾여 하늘은 맑아지고 찬바람이 불어온다. 서먹서먹했던 선임들과는 막역해졌고 낯설었던 아이들과는 언제든지 농담을 주고받을 정도로 가까워졌다. 이제는 근무지에서의 업무가 몸에 익었고 봉사활동 나온 학생들을 능숙하게 리드할 수 있을 정도가 되었다.

나는 지난 몇 개월 동안 공익근무를 하면서 자유롭고 여유로울 수 있는 주말만을 기다리며 지내왔다. 나에게 숲속마을지혜민학교는 그저 어쩔 수 없이 가야 하는 일터였다. 지혜민 내에서 이루어지는 업무들에 생각보단 몸이 앞섰고 아이들과의 소통보다는 일처리가 우선되곤 했다. 당연히 일은 지루해졌고 의미를 부여할 수 없었으며 아이들과의 관계 속에서 나는 그저 감독자 혹은 지시자의 역할만 수행하고 있었다. 당연히 아이들과 나 사이에 유대란 존재하지 않았다.

그렇게 일터를 뒤로 한 채 주말 계획을 세우고 있었을 즈음 매주 월요일마다 센터에 모든 직원과 공익근무요원들과 함께 진행되는 북셰어링 및 회의 시간에 나는 큰 깨달음을 얻었다. 공익 담당 선생님께서는 나의 공익근무 2년의 시간을 어떻게 보낼 것인지에 대해 물어 보셨고 난 계획을 말씀드렸다. 내게는 지혜민학교 아동들에 대한 어떤 추임새나 그 어떤 계획도 없었다.

그러자 담당 선생님께서는 지혜민학교는 아이들의 절실한 삶의 일부분이며 어린 시절이 녹아 삶의 지평을 열게 도와주는 현장으로서 아이들의 삶에 지대한 영향력을 끼치고 있다는 것과 그런 영향력을 끼칠 수 있는 사람들이 바로 우리 자신들이란 말씀을 해주셨다. 이렇게 아이들의 삶 속에, 생활 속에 지대한 영향을 미치는 장소에서, 엄청난 영향을 미치는 존재인 것을 알지 못한 채 내 생각만 하고 있었구나 하고 충격을 받았다.

　　평소에 나는 아이들이 하는 언행이나 행동 등을 볼 때 직간접적인 아이들의 주변 환경과의 연계성을 찾곤 했다. 아이들이 가장 많은 영향을 받는 곳은 가족 및 학교라고만 생각했는데, 어린 시절의 녹녹함으로 많은 영향을 받는 곳이 지혜민학교라는 것을 깨닫게 되었고 나 또한 꽤 많은 시간을 아이들과 가깝게 지내는데도 아이들을 일감으로만 생각하고 있었다. 아이들에게 너무 미안하고 내 자신이 부끄러워졌다.

　　아이들에게 긍정적인 영향을 주려면 어떻게 해야 할까 생각해 본다. 굉장히 어려운 문제이다. 그저 내가 아이들에게 줄 수 있는 것은 밝은 미소와 친절함, 신중함 그리고 아이들에 대한 배려이다. 말 한 마디마다 신중해야 하며 아이들을 이해해주고 아이들과의 소통에 비중을 두고 영향을 끼치는 존재로서 다시 업무에 임하는 자세를 다잡아 본다. 진심은 통한다는 믿음으로 숲속마을지혜민학교에서의 내일을 맞이해 본다.

●숲속마을지혜민학교 맹계호 님이 원고를 주셨습니다.

그림 피자와 굶주린 아이들

_김민수

　내가 엄마 뱃속에 있을 때 아빠가 교통사고를 당하셨다. 우리 집 가정형편이 무척이나 어려워졌다고 한다.

　어느 날 언니들과 나는 피자가 먹고 싶다며 엄마를 조르기 시작했다. 엄마는 피자가 먹고 싶다며 울며불며 보채는 우리들을 진정시키며 스케치북과 색연필을 가져오라고 하셨다. 우리들은 피자나 사달라고 조르며 엄마 말씀을 안 들었다. 엄마는 피자를 주려고 그러시는 거라면서 다시 스케치북과 색연필을 가져오라고 하셨다. 우리는 피자를 먹게 되었다고 생각하고 신이 나서 스케치북과 색연필을 가져왔다.

　우리들을 둥그렇게 앉히고 엄마는 커다랗고 둥그런 동그라미를 그리셨다 그리곤, 동그라미 원을 대각선으로 그으셨다. 그리고 우리에게 어떤 맛의 피자를 먹고 싶으냐고 물으셨다. 내가 불고기 피자라고 하자 엄마는 동글동글하게 불고기 모양의 그림을 원 안에 그리셨다. 언니들이 포테이토라고 하자 포테이토를 그리면서 각자 먹고 싶은 토핑을 그리라고 하셨다. 우리들은 피자 그림그리기가 끝나면 엄마가 피자를 사 주실 거라는 생각에 신이 나서 그렸다.

　피자 그림을 다 그린 후 엄마는 가위를 가져와서 대각선 선대로 자르셨다. 그리곤 우리에게 그림 피자를 맛있게 먹으라고 하셨다. 나는 이게 뭐야 하며 엄마를 쳐다보았다. 엄마는 눈가에 눈물이 맺힌 채 상상으로 먹는 것도 맛을 느낄 수 있다며 진짜 피자를 먹는 것처럼 포만감과 행복감을 느낄 수 있다며 냠냠 쩝쩝 피자 먹는 시늉을 직접 해 보이셨다. 우리들도 어쩔 수 없이 엄마 따라 먹는 시늉을 해 보았다.

서로에게 먹여주라고 해서 언니들 입에도 넣어 주고 엄마 입에도 넣어주는 시늉을 하다 보니 어느새 웃음꽃이 피어나기 시작했다. 어릴 때 매번 그림으로 그린 피자, 그림으로 그린 치킨, 그림으로 그린 아이스크림을 먹었다.

어릴 때는 웃으면서 잘 넘겼는데 커가면서 아빠의 병도 나아지고 돈도 버시게 되면서는 그 생각만 하면 종이를 찢어버리고 싶을 정도로 화가 나고 신경질이 났다.

그런데 학교에서 외부강사 선생님을 통하여 세계 빈곤 아동에 대한 영상을 시청하게 되었다. 4초에 한 명씩 죽는 아이들, 오염된 물로 세수를 하여 실명하는 아이들, 실명될 줄 알면서도 씻고 먹을 수밖에 없는 아이들의 영상을 보고 나는 깜짝 놀랐다. 어린 나이에 노동을 해야만 하는 아이들, 노동하고도 대가를 정당하게 받지 못하고 우리 돈 500원 정도만 받는 아이들을 보니 정말 불쌍했다. 오늘도 나는 이것저것 사달라고 떼를 썼는데 왠지 부끄러워지기 시작했다. 어릴 때 그림으로 그린 피자를 주신 엄마를 못마땅하게 생각하고 함부로 대했던 점이 창피해졌다.

아직도 어려운 나라의 아이들이 굶어 죽어가고 있다는 사실을 기억하며 검소한 소비생활과 알뜰한 먹거리 운동에 동참해야겠다는 결심이 생겨났다. 또한 알뜰하게 모은 용돈으로 빈곤한 아이들에게 후원할 수 있는 방법을 찾아 후원하기로 결심하게 되었다.

●김민수 신갈중학교 전교회장, 숲속마을지혜민학교

나에게로 보내는 편지

_김혜수

From. 13살인 혜수

안녕하세요~! 25살이시니깐 일단은 존댓말을 쓰겠습니다. ㅎㅎ^^
아마 지금쯤이면 첫 번째 가수의 꿈을 이루고, 두 번째 상담자의 꿈을 향해 노력하고 계시겠죠?
그리고 디자이너 공부도 하시고 계시겠죠?
정말 고맙습니다. 다른 나쁜 길로 가시지 않고, 나의 꿈이 있는, 나에게 맞는 길을 잘 택하셨군요.
또 힘든 시련과 고통을 참아낸 25살 김혜수.
정말 고맙습니다. 나의 노력을 헛되이 쓰지 않는 것 같아 정말 감사해요.
지금은 내 생각밖에 안 하지만, 12년 후에는 가난하고 약한 사람을 도와가면서 살아가고 계시겠죠?
아마 앞으로는 그러실 거죠? 절대로 베풀면서 주목받길 바라지 마세요.
왜냐구요? 좋은 일 하면서 나쁜 일 하는 거거든요.
베푸는 건 자신이 자랑스러워서, 좋아서 하는 것인데 다른 걸 바라면 자신이 자랑스러워지는 게 아니라 자신이 초라해지는 길이거든요.

아마 지수 언니도 꿈을 이루고 행복하게 살아가고 있겠죠?

바보처럼 울고 있진 않겠죠? 울고 있으면 울린 사람 가만 안 둔다고 울지 말라고 하세요.

또 너무 착하게만 굴지 말라고 말해주세요.

민수는 아직 대학생이겠죠? 막내라서 아직 힘든 거 모르고 살겠죠?

민수는 독해서 걱정 안 하지만, 엄마를 힘들게 하면 혼내주세요

엄마도 아직 53세니깐 지혜민을 하고 있겠죠?

엄마도 착해서 걱정만 하고 살아갈 텐데 걱정 좀 덜어주세요 ^^gg

아빠도 술 못 드시게 하세요. 저도 잘 할게요.

아직 12년이란 세월이 남았지만 25살을 위해 열심히 할게요. 그럼 이만 안녕히 계세요.

12년 남은 세월 동안 언니, 민수, 아빠, 엄마 잘 부탁드려요

물론 저도요ㅎㅎ 그럼 진짜 안녕히 계세요.

●숲속마을지혜민학교 김혜수 님이 원고를 보내주셨습니다.

지혜민학교에 다니면서…

_오주은

숲속마을지혜민학교는 신갈동에 위치한 지역아동센터이다. 나는 지혜민학교를 초등학교 2학년 때부터 지금까지 8년이란 시간을 다 녔다. 우리 언니 4학년 때 같은 반 친구였던 혜수 언니의 강요로 다 니게 되었는데, 부모님이 맞벌이를 해서 밥을 제대로 챙겨 먹지 못 하던 내게 밥도 주고 여러 가지 체험활동을 할 수도 있어서 정식으로 다니게 되었다.

처음 지혜민은 신갈에 위치한 신갈장로교회에서 밥을 먹고 공부 를 했다. 그때는 버스를 타고 오가는 것이 조금 힘들기도 했고 또 환경도 그렇게 좋은 편이 아니었다. 그 다음에는 신갈초등학교 교실 을 사용하였다. 그 뒤 내가 5학년 때, 정식으로 지혜민학교만의 센터 가 생겨서 그곳에서 밥도 먹고 공부도 하고 있다. 지금은 학교와 센 터를 둘 다 사용하고 있다. 지혜민에는 나와 비슷한 또래 아이들도 있었다. 처음에 지혜민에 학생들이 많지 않았다. 그래서 그때는 지 금처럼 외부에서 큰 지원이 없었다. 초등학생 때부터 나는 지혜민에 서 많은 캠프며 활동들을 하였다. 나와 아이들은 선생님들의 노력으 로 종이접기교실이나 미술수업, 국악당, 검도관과 영어학원 등에 다 닐 수 있었다. 또 용인에 있는 여러 지역아동센터들과 만나는 캠프도 많이 갔었다. 그리고 다른 아이들은 잘 받을 기회가 없는 전문적인 상담활동도 받을 수 있었다.

또한 현재 중학생인 학생들을 위하여 선생님은 청소년센터도 마련해주셨다. 그곳에서 우리는 악기도 배우고 공부도 하였다. 또 우리는 경찰대학교 선생님과 공부하는 멘토링 수업도 정기적으로 받고 있다. 그리고 경찰대에서 주최하는 폴리스아카데미도 간다. 우리는 방학 때 봉사활동을 오는 학생들로부터 봉사를 받고 있으며 올 여름방학에는 지혜민 학생들도 지혜민에서 봉사활동 교육을 받고 노인복지시설 봉사활동도 준비하고 있다. 우리가 더 많이 배울 수 있도록 선생님들께선 수학과 영어 과외를 해주셨다. 지혜민의 총 책임자이신 엄미경 선생님은 원래 신갈장로교회 중고등부 선생님이셨지만 지금은 지혜민 학생들을 위해서 "그냥사람 그냥교회"라는 교회를 운영하고 계신다. 덕분에 우리는 성경 공부도 할 수 있다. 그리고 지혜민에서 같이 자란 가언이는 지혜민의 도움으로 베트남에 14박 15일로 봉사활동도 다녀왔으며 엄미경 선생님의 딸인 지수 언니와 혜수 언니는 필리핀에 의료봉사, 어학연수를 갈 수도 있었다. 선생님은 우리를 위해서 외국으로 해외봉사와 어학연수를 기획하고 계신다.

나는 다른 아이들보다 집이 더 멀기도 하고 아이들과 학교도 아예 달라서 가끔은 버스를 타고 오가는 것이 힘들 때도 있지만 그렇게 와서 내가 얻고 가는 것이 매우 많기 때문에 지금은 즐거운 마음으로 다닐 수 있는 것 같다. 가끔은 지혜민에 다니다가 얼마 안 가서 그만 다니는 아이들도 있는데, 그 아이들이 마음을 조금만 더 열고 지혜민에 다니면서 얻을 수 있고 배울 수 있는 것이 얼마나 큰가를 생각해보았으면 좋겠다. 위에서 말한 것들과 같이 선생님들이 열심히 노력하신 결과 현재 많은 학생들이 지혜민에서 생활하고 있다. 우리 학생들은 지혜민에 다니면서 꿈을 키우며 살아가고 있다.

◉성지고등학교 1학년 오주은 님이 보내주신 글입니다.

우리 모두 행복한 세상을 가꾸어 가요

_박인선

현재 우리나라 인구의 약 10%가 장애인이라고 합니다. 장애인 인구증가율 역시 매년 상승하고 있으며, 그와 동시에 후천적인 장애인은 기하급수적으로 늘어나는 추세입니다.

하지만 정서적, 문화적으로 그들의 삶을 충족시켜주는 여건은 여전히 부족하기만 합니다.

장애인도 비장애인이 누리고 사는 모든 것을 누리고 살아야 합니다. 이 속에서 의식주 이외에 문화, 교육, 여가생활 등 그 모든 것이 포함됩니다.

그러나 흔히들 '장애인'이라고 하면 먹고 사는 생존의 문제만 생각하여 쌀이나 생필품을 전해주는 것을 가장 좋은 서비스며 봉사이며 후원이라고 생각합니다.

물론 그것도 중요합니다. 하지만 장애인들에게도 비장애인들이 누리는 문화적, 교육적 혜택 등의 기회를 제공함으로써 그들의 잠재된 욕구와 능력을 계발시켜 동등하게 문화시민으로서의 자질을 향상시켜가며 경험의 기회를 주어 사회 구성원으로써 자신감을 심어주는 것도 중요합니다.

설령 배우고자 하여도 일깨워주는 기관이나 공간이 턱없이 부족한 현 시점에 일반인들을 대상으로 하는 곳에서는 위축되고 자신감도 떨어지는 사례가 많습니다.

반면에 장애인들이 주체가 되는 기관에서는 비교적 자신감을 회복하고 당당함을 가질 수 있는 시스템이 구축되어 있어 참여하고 싶어하며 열정을 다해 노력하려는 의지를 볼 수 있습니다.

하지만 현실은 지역사회에서 생활하는 데 있어서 정상적인 문화, 예술, 여가활동의 기회 자체가 부족함은 물론, 장애 부모들은 양육의 어려움과 때로는 정보의 단절로 인한 문화여가 교육에 대한 결핍도가 높은 상태입니다.

우리 사회에서 유명한 네 손가락 피아니스트 희아나, 시각장애인 예술단인 한빛예술단 등 문화예술의 주체로 활동하는 장애인 문화인들이 많이 있습니다.

마땅히 문화예술의 주체가 될 수 있는데도 '장애'라는 부정적 고정관념 속에서 깨닫지 못하는 것이 현재 우리나라의 현실입니다.

다양한 문화를 접할 수 있다고 해도 참여할 수 있는 기회 또한 적으며 장애인을 위한 문화공간도 그리 많지 않습니다.

장애라는 것은 단지 신체나 정신적인 문제일 뿐, 문화예술에 있어서만큼은 구분이 필요하지 않다고 생각합니다.

오히려 더 뜨거운 열정으로, 놀라운 끼로 문화예술을 만들어가고 있는 장애인 문화예술 활동을 응원해야 할 시점입니다.

이제 장애인 문화예술에 대한 관심을 이어나가 굴절된 시각을 바로잡아야 할 시기라고 생각합니다.

또한 장애인의 수동적인 축제를 지양하며, 직접 '문화'와 '예술'의 주체가 될 수 있도록 돕는 것 또한, 함께 꾸려가야 할 일이라 할 수 있습니다.

다양한 분야에서 고루 진행되는 문화, 예술, 사회교육의 전반적인 프로그램을 통해 많은 장애인들이 벽이 없는 문화예술을 향유할 수 있도록 도움을 준다면 모두가 함께하는 행복한 세상이 될 것 입니다.

●반딧불이 문화학교장 박인선 님이 보내주신 원고입니다.

_이주향 〈일요일의 아침〉

일주일 중 어느 날보다도 기쁜 마음으로 시작하는 일요일 아침,
그 아침의 화려한 꽃들이 노래하는 싱그러움을 작품에 표현해보았습니다

『마시멜로 이야기』를 읽고

_최재석

아빠 조나단이 마시멜로 이야기를 들려주면서, 이 책의 주인공 제니퍼는 철없는 꼬마에서 철든 소녀가 되어간다. 여기서 마시멜로는 과자 마시멜로가 아닌, 갖가지 기회와 유혹을 말한다. 눈앞의 마시멜로를 지금 당장 먹어치우느냐, 아니면 기다렸다가 두 개를 얻느냐가 성공의 운명을 좌지우지한다. 예를 들어, 여자 친구랑 너무 데이트하고 싶어서 스포츠카를 사고, 할부금과 수리비, 유지비를 벌기위해 아르바이트를 해서 공부할 시간이 없다면 어떻게 될까? 당연히 대학도 못 가고, 좋은 직업도 얻지 못할 것이다. 이처럼 눈앞에 있는 큰 마시멜로를 덥석 물어 먹으면 당장은 좋겠지만, 결국엔 성공을 하지 못한다는 것이다. 조나단은 이런 마시멜로 이야기를 제니퍼에게 들려준다. 제니퍼는 마시멜로 이야기 덕분에 여러 교훈들을 얻고 성숙해지기 시작한다.

우리는 마시멜로를 잘 잡아야 한다. 지금은 찬란해 보이지만 오래되지 않아서 색이 바래는 것도 있고, 지금은 남루해 보이지만 곧 귀한 보석이 되는 것도 있다. 나는 이 책을 통해 마시멜로의 교훈을 얻었다. 지금까지 많은 마시멜로들이 있었고, 지금도 많은 마시멜로들이 쌓여있다. 지금까지는 눈앞에 있는 마시멜로들을 덥석 물었지만,

앞으로는 참고 기다리며 빛나는 미래의 성공을 위해 열심히 나아갈 것이다. 나는 이 책을 미래의 위풍당당한 자신의 모습을 계획하고 있는 어린이들에게 추천하고 싶다.

청운(靑雲)

_윤세희

　청운(靑雲)이란 말은 『사기(史記)』의 「백이열전(伯夷列傳)」에 청운지사(靑雲之士)란 말로 쓰이고 있는데, "세상 사람들이 자기의 품행을 닦아 이름을 남기려 해도 청운지사(靑雲之士)의 힘을 빌리지 않는다면 이름을 후세에 남길 수 없느니…"라고 전하고 있다. 여기서 청운지사는 공자(孔子)와 같은 현인(賢人)을 가리킨다.

　고교 학창시절에 공주(公州) 토박이 녀석들이 "촌놈들이 뭐 하러 공주까지 유학 왔냐?"라고 텃세를 부리듯 물으면 그때 우리는 "청운의 푸른 꿈을 품고 왔노라."라고 응수 하면서 함께 한바탕 웃었다. 그땐 그랬다! 사실 우린 그 당시엔 청운의 진정한 의미를 헤아리지 못하고 막연히 성공이나 출세와 같은 이상향적인 의미이거니라고만 생각했었다. 그랬던 그 학창시절이 너무 그립다.

　어차피 이런 글이란 게 감상과 추억에 젖어, 여유롭고 넉넉한 촌로의 모습처럼 맛깔스럽게 써야 되는데, 세파에 휩쓸린 세월의 고단수가 이를 쑥스럽게 한다. 다행스러운 것은 고등학교 2학년 때(1975년, 닉슨이 베트남에서 미군을 철수 한다는 뉴스보도가 아직도 생생하게 기억이 난다)부터 거의 전문가 수준으로 흠뻑 빠져버린 팝뮤직의 음악적 자산이 아직도 남아 있어 글꼴이라는 것이 제법 순수하지 않나? 그 덕(팝뮤직의 후유증)에 청운의 꿈은 반쯤 접어야 했다.

그런데 말이다. 그 청운의 꿈이란 게 상전벽해(桑田碧海)더라. 동창회 모임에 나가면 "넌 학교 다닐 때 공부 좀 하더니 선생 하는구나." 하고 내게 일갈을 날리는 녀석들은 소위 "학교 개망신 다 시킨다"면서 막 나가던 놈들이었는데, '미녀 50명 항시 대기' 하는 무릉도원으로 우리 패거리들을 이끌고 가 제법 풍품 잡고 대장노릇 하는 걸 보면 꽤 근사한 의리의 사나이, 아니 청운의 사나이가 되어 있지 않은가?

문학작품, 영화, 음악의 소재로 사랑 다음으로 많이 다루어지는 것이 꿈 이야기가 아니던가! 그 수많은 꿈의 노래나 문학작품의 주인공처럼 난 아직도 꿈을 가지고 살아간다. 이 나이에 씨스타, 소녀시대, 다비치, 브라운 아이드 소울, 휘성, 프리스타일 등의 음악을 직접 다운받은(물론 유료임) CD나 MP3를 듣고 다닌다면(ㅋㅋ) 아직도 충분히 청운의 꿈을 갖고 살 나이 아닌가? 그래서 아들이랑 딸과 대화가 통 한다.

지난 세월을 돌이켜보면서,

다가올 앞으로의 세월을 내다보면서,

나의 친구들에게 이렇게 외치고 싶다.

'친구들아! 우리 모두 여전히 청운의 푸른 꿈을 갖자.

친구인 너, 너의 아내, 너의 아들 딸 모두 건강하고 행복하게 살아가는 청운의 꿈을 갖고 살아가자.'라고…

—고등학교 동창회 모임에 다녀와서…

●동백고등학교 교감선생님 윤세희 님이 보내주신 글입니다.

광교산 설경(雪景)을 마음에 담으며…

_임동철

갑오년이 대한(大寒)을 시샘하듯, 새벽부터 함박눈이 내렸습니다.

설경(雪景)을 마음에 담기 위해 이른 아침 카메라를 챙겨들고 광교산에 올랐습니다.

등성이에 오르자, 멀리 보이는 산토끼 발자국이 시선(視線)을 사로잡았고 보이지 않는 까치의 울음소리가 마음을 설레게 했습니다.

저는 평소 산(山)에 오를 때마다 앞서가는 등산객들을 바라보며 느끼는 감회가 있었고, 뒤따르는 의문도 있었습니다.

내려 올 걸 왜 기(氣)를 쓰며 올라가는 걸까?

산수(山水) 구경하는 즐거움을 마다하고 왜 조급히 앞만 보고 달려가는 것일까?

광교산의 설경(雪景)은 수려(秀麗)하지도 아름답지도 않았지만, 오염된 수많은 인간의 발자취를 가슴에 담아 녹여주는 포근함이 있었습니다.

속리산에서 뻗어 나온 산맥이 서북향을 향하여 올라오다가 안성의 칠장산에서 서북으로 내쳐흐르고, 이 산맥이 광교산을 이어 강화도까지 이어지는 바, 이 줄기의 중심에 서있는 광교산이야말로 어머니의 젖가슴 같은 산이 분명했습니다.

 나는 이 산의 설경을 카메라에 담으며, 봉우리와 계곡에 숨어 있는 89개의 암자가 마치 수행하는 자(者)의 집처럼 느껴졌습니다.
 휘늘어진 하이얀 소나무 아래 앉아 땀을 식히며 학명(鶴鳴)대사를 생각하고 다음과 같은 생각을 해보았습니다.

 사진은 사람이 찍은 것이나, 설경(雪景)은 천연한 것이니,
 천연(天然)한 것이기에 '옛' 이기도 하고, '지금' 이기도 하며,
 사람이 만든 것은, 쉽게 만들 수 있으나 또한 쉽게 파괴되네.
 사진을 보면 설경이기 어렵고, 설경을 보면 사진이기 어렵나니,
 이것이 같은가 다른가?
 다른 모양이라고 한다면 곧 사진이요 설경이며,
 같은 모양이라고 한다면 사진도 아니고 설경도 아니네.
 그렇다면, 필경 어떠한가?
 오늘, 설경을 머릿속에 새겨 넣고 마음 속에서 사색하네.

 寫是人作 雪是天然 天然故 自古自今 人作故 易成易壞
 視寫難雪 還雪難寫 是同是異 喚作異相 卽寫卽雪
 喚作同相 非寫非雪 畢竟如何 昨今頭着雪 歸來心內思

◉글을 주신 임동철 님의 직업은 금융인이며 2013년도에 재경광주서중과 일고총동창회 회장을 역임한 바 있습니다. 용인에 거주한지는 약 3년이 지났습니다. 시인이나 수필가는 아니지만, 그동안 다수의 책에 글을 올렸던 탓으로 용인에 거주하시는 지인의 요청에 의해 카페에 가입하게 되었다고 합니다.

희망나눔봉사단

_이윤송

"이게 아녀. 뒤 집어졌잖아…" 오늘도 할머니는 겨우 입혀드린 바지를 다시 뒤집어 입으며 역정을 내신다. 그러고는 금세 벽으로 다가가 "왜 문 안 열려?" 하시며 벽을 힘껏 미신다. 점심식사 시간, 식당에서 다시 할머니를 만났을 때에는 언제 그랬냐는 듯 "아이고, 이 색시 어디서 왔수? 많이 먹어요!" 하시면서 등을 토닥여 주신다.

내가 이곳 연꽃마을 할머니들과 인연을 맺은 것은 1997년 기흥구 자원봉사단에 입회하고서부터이다. 그때 나는 그저 나보다 어려운 사람을 돕는다는 것이 뭐 그리 어려운 일인가, 내가 다른 사람을 도울 수 있다는 것 자체가 나에겐 큰 보람이라고 생각하며, 마치 가진 자가 무언가를 베푸는 양 우쭐한 마음에 몇몇 지인들과 목욕봉사를 시작했다.

나의 부모님은 남들보다 일찍 돌아가셨다. 내 어머니는 내 나이 11세 어느 봄날, 여러 날을 몹시 앓으시다가 영영 우리의 곁을 떠나셨고, 아버지는 내가 갓난아기인 두 살 때, 요즘처럼 그 흔한 사진 한 장 남기지 않고 돌아가셨다.

5형제 중 막내딸인 나를 무척이나 예뻐하고 아끼셨던 내 부모님이 살아계셨다면 어떤 모습일까 하는 상상을 하면서, "그래, 대신 그 어르신들이 내 부모님이라는 마음으로 일을 하면 되겠지" 하고 생각했었다. 그러나 현실은 그게 아니었다. 비누칠이 아프다며 욕을 하며 때리시는 치매 할머니부터, 목욕이 끝나고 옷을 갈아입히는 도중에 실례(?)를 하시는 할머니 등 등… 내가 생각했던 것 이상으로 봉사활동은 힘이 들고 어려웠다. 10여년간 봉사를 해오면서 그런 광경에 익숙해졌다는 것이 아니라, 긴 시간 동안 내 머리와 가슴에 숨어 있던 봉사에 대한 오만한 생각들이 주변의 다른 봉사자들의 마음 씀씀이를 보고 사라져 버린 것이다.

그러던 중 나는 2005년 뜻하지 않은 교통사고로 척추가 골절되는 중상을 입었다. 이로 인해 나는 큰 수술을 받았고 휠체어를 타지는 않지만 나 역시 장애인이 되었다. 그 동안 봉사활동을 하면서 장애인 복지관에 도움을 드렸었는데 이제는 내가 장애인이 되어 그 분들의 도움을 받다니, 정말이지 그 충격은 이루 말로 할 수 없었다. 처음엔 내 스스로가 해낼 수 없다는 생각에 모든 일에 자신감을 잃었고 그로 인해 주변의 많은 사람들을 힘들게도 하였다. 시간이 지나면서 나는 내가 처한 현실을 원망하기보다는 좀 더 긍정적인 시각에서 주위를 둘러볼 수 있는 여유를 되찾았다. "아직 나는 할 일이 많이 남아있다. 그래, 지금부터의 삶은 덤이다… 이제부터의 시간은 온전히 나의 것이 아니다."라고 생각했다. 지금까지는 다소 수동적으로 봉사에 참여했던 나의 생각을 바꿔, 주위에 내 뜻을 전했고, 그것을 이해해 준 가까운 지인들과 함께 장애 가정의 어려움에 작은 보탬이라도 되어주고자 30명이 용인시 서북부장애인복지관의 '희망 나눔'이라는 봉사단체를 만들었다.

나누고 사는 사람은 표정부터가 다르다고 했던가! 그래서인지 우리 '희망 나눔' 회원들은 모두 언제나 밝은 표정이고 모든 일에 열정적이다.

68

우리 단체의 회원들은 힘을 합쳐 주위의 힘들고 어려운 상황에 처해있는 분들과 같이 울고 웃는다.

봄, 가을 일 년에 두 번씩 장애가정 돕기 바자회를 열어 얻어지는 수익금으로 여러 어려운 가정을 돕고, 일주일에 한 번씩 맛있는 반찬을 손수 만들어 135세대에게 전달하고 있다.

'희망 나눔 봉사단' 그 시작은 아주 미미했지만 소외되고 어려운 분들께 많은 기쁨과 행복을 드리고 있다. 또한, 나의 힘이 닿는 순간까지 어려운 이웃에게 필요한 요소를 아낌없이 나누어주고 싶다.

●글을 주신 이윤송 님은 현재 신갈농협 이사로 재직 중입니다.

고즈넉한 와우정사를 찾아서

_황호현

　세무라는 일의 특성상 한가한 때는 한가한 편이다. 틈이 날 때는 점심시간대를 이용해 용인의 아름다운 자연경관을 둘러보길 좋아한다. 일전에도 점심을 일부러 처인구에 있는 와우정사 근처 식당으로 잡았다.

　겸사겸사 고생한 직원들과 나들이를 하고 싶어서였다.

　회사 직원들과 함께 북적이는 도심을 벗어나 야외에 나가 해물파전과 칼국수를 먹는 즐거움도 컸다.

　와우정사를 찾아가는 길도 양 옆으로는 논과 밭이 펼쳐지면서 하천도 흐르는 것이 마치 강원도를 지나는 기분이 들 정도다. 용인은 도농복합시의 즐거움을 만끽할 수 있는 지역임을 다시 한 번 느끼게 된다. 차를 타고 이삼십 분만 달려가도 이렇게 멋진 자연이 펼쳐지니 용인에 사는 것은 큰 복이다.

　물론 여기뿐만이 아니라 고기리 계곡 쪽도 멋있다. 얼마 전에 점심식사 하러 갔을 때 함박눈이 쏟아져 설국에라도 있는 듯한 착각을 했다.

　와우정사는 봄에도, 여름에도 간간이 들른다. 일단 입장료가 없어서 자유롭게 휴식 삼아, 산책 삼아 들르게 된다. 머리만 있는 대형 불두를 시작으로 산꼭대기까지 이어지는 경내는 등산 겸 관광까지 겸할 수 있어 좋다. 들를 때마다 너무 아름답다는 생각을 한다. 질리지도 않고, 지루하지도 않다. 이곳은 참으로 유명해서 국내는 물론 해외에서도 관광객이 많이 찾는다. 먼 나라에서 큰 돈 들여 찾아오는 명소를 가까이에 두고 있으니, 가까운 곳의 명소를 좀 더 즐겨 찾아와야겠다.

●용인 수지구 죽전동에 사는 황호현 님이 글을 주셨습니다.

_강윤경 〈싱그러움〉

체험

파닭집 이야기
_안주원

　용인시장 안에 내가 제일 좋아하는 파닭집이 있다. 그 곳의 파닭은 여느 치킨집과는 맛이 다르다. 파와 함께 먹는 닭고기의 맛은 정말 깜짝 놀랄 만큼 맛있다.

　그 집은 항상 외국인 노동자로 꽉 차있다. 외국인들도 파닭을 좋아하나보다. 아빠와 동생과 함께 운동을 하다 그곳을 지나치게 되었는데 배고프다고 파닭을 먹고 가자고 했다. 아빠도 생맥주에 닭을 드시고 싶으셨던지 먼저 문을 열고 들어가셨다. 그날은 사람이 별로 없었다. 두 테이블밖에 손님이 없어서 조용했고 많이 기다리지 않고 먹을 수 있어 너무 좋았다. 동생도 빨리 먹고 싶었던지 파닭을 큰소리로 주문했다. 기다리던 도중 자연스럽게 내 앞에 있는 테이블의 손님들한테 시선이 갔다.

　나이가 많으신 아저씨와 한 조그만 여자아이가 들고 있었는데, 손녀인 줄 알았지만 아빠라고 부르는 것을 보니 늦게 낳은 딸이란 걸 짐작할 수 있었다. 술이 많이 취하셨는데도 딸을 많이 예뻐하시는 모습이 보기 좋았다.

　듣기로는 언니 오빠와 스무 살 정도 차이 난다고 들었다. 그런데 갑자기 아저씨가 늦둥이 딸에게 큰소리로 '아빠 힘내세요.' 노래를 불러달라고 했다. 막내딸은 우리를 씨익 쳐다보고는 쑥스러운지 "아

72

빠 힘내세요. 우리가 있잖아요. 아빠 힘내세요. 우리가 있어요." 하고 작은 목소리로 불렀다.

그러나 취하신 아저씨는 소리가 조그맣다며 더 크게 부르라 하고 가게는 어느덧 아이의 크고 예쁜 목소리로 가득 찼다. 아저씨는 흐뭇하게 웃으시고 고개를 떨구고는 한참 동안 말이 없으셨다. 우리는 갑자기 서둘러 아이가 멋쩍지 않게 박수를 아주 오랫동안 쳤다. 아저씨는 우리 보고 고맙다고 고맙다는 말을 계속 하셨다.

◉ 용신중학교 2학년인 안주원 님의 원고입니다.

『박숙현의 태교신기 특강』을 읽고
_오롱

아침에 일어나 숨을 쉬도록 해주는 상쾌한 공기는 나의 보물입니다.

한적한(?) 산 속에 있어 푸른 산을 볼 수 있는 내 집의 위치도 보물입니다.

겨울의 차가움이 옷깃을 파고들어도, 햇살 아래 따가움에 눈을 질끈 감아도 바람소리 더욱 선명하게 들려주게 하니 보물입니다.

그 햇살 아래서 초록의 신선함을 준비하는 땅 속의 작은 소리도 보물입니다.

가까운 탄천으로 향하는 풍덕의 물과 바람, 천변에 아무렇지 않게 자라나는 작은 물풀 그 바람 사이로 달려가는 교복 입은 아이들의 재잘거림도 보물입니다.

이제 나의 보물 하나를 더 추가합니다.

고전을 현대적으로 해석하는 인문학의 열기는 냄비처럼 식어버리지 않아야 하기에 더욱 의미 있는 보물입니다.

이 아름다운 삶과 풍경을 자자손손 이어나갈 이 땅의 미래를 위해 누군가는 해야 할 일이었습니다. 어느 날 벼락처럼 내린 축복이라고 하기엔 고단했던 작업을 위해 자발적 유배를 당한 박숙현 작가의 정신적인 승리의 결과입니다.

과학과 현실의 이름을 들먹여가며 생명의 엄숙함을 말하지 말지니, 세계 최초의 태교 교본이 과학이고 현실이 아니겠는지요. 실학의 시대 유희 선생은 210년 전에 증명합니다.

『박숙현의 태교신기 특강』이 나의 보물을 넘어 용인의 자랑이 되어, 이 나라의 역사가 얼마나 과학적이고 사람 중심으로 굽이쳐 왔는지를 널리 알리는 계기가 되길 바랍니다.

●오룡 님은 현재 오룡 인문학 연구소 소장으로 있습니다.

용인과 물푸레나무

_이은규

'용인'만의 '장소성'에 대해 생각해 본다. 프랑스 작가 마르셀 프루스트(Marcel Proust)는 자전적 소설인 『잃어버린 시간을 찾아서』에 '콩브레' 지역의 대기를 담았다. 어른이 된 주인공은 홍차에 적신 마들렌 한 조각을 통해, 유년 시절의 '콩브레'로 돌아가게 된다. 제목 그대로 '잃어버린 시간 찾기'는 그렇게 출발되고 또 완성된다.

소설 속 한 대목을 소개해 보면, 그는 '장소성'과 관련하여 다음과 같은 전언을 남긴다. "향토적인 소재가 천재에게 미치는 반응은, 작품의 개성을 약하게 하기는커녕, 오히려 작품에 활력을 주어, 천재는 향토적인 소재를 마음껏 활용한다. (…) 예컨대 상리스(Senlis) 지방의 맷돌, 스트라스부르(Strasbourg)의 붉은 사암을 소재로 삼아 일할 수밖에 별도리가 없던 예술가가 있는가 하면, 물푸레나무에 특유한 마디를 끝까지 존중한 예술가도 있고, 또 악보를 쓸 때에 음향의 넓이와 한계, 플루트 또는 알토의 가능성을 참작한 예술가도 있지만 그렇다고 작품의 개성미가 덜해지는 것은 아니다." 벌써 짐작했겠지만 '장소성'을 구성하는 데 있어, 그 주체가 천재인지 아닌지의 여부는 중요하지 않다. 그보다 맥락이나 행간이 전하는 메시지에 귀기울여 보라.

우리에게는 '용인'만의 '장소성'을 탐구해야할 의무와, 탐구할 수 있는 권리가 있다. 위의 인용문과 같이 소재적 차원에 머물며 "별도리가 없는 예술가"가 될 것인가. 아니면 "물푸레나무에 특유한 마디를 끝까지 존중한" 예술가가 될 것인가. 이는 무엇보다 우리의 손끝에 달려있을 것이다. 예술가의 손끝은 언제나 마음에 따라 움직이기 때문이다.

●시인 이은규 님 2008년 동아일보 신춘문예 당선되어 등단하였고 시집으로 『다정한 호칭』이 있습니다.

_공기평 〈FunnyFunny11-胡蝶夢(The Butterfly Dream)15〉,
53.0x45.5Cm, Acrylic Oil on canvas, 2011.

가끔 공연장을 찾으며 느끼는
안타까운 내 맘

_윤선하

나는 음악을 좋아해 가끔은 콘서트나 연극을 보러 다니고 있다.

아주 가끔은 방송국에 방청권 신청을 해서 조금은 먼 거리지만 여러 번 다녀오기도 했다.

그런데 참 이상한 일이라고 늘 생각되는 게 하나 있다.

자기의 바쁜 시간을 쪼개고 자기의 돈을 들여 먼 곳 혹은 조금은 가까운 곳일지라도 일부러 찾아온 콘서트장이나 연극 공연장에서 어쩌면 이렇게 호응도가 떨어질까 의문이다. 콘서트와 공연을 즐기기 위해서 돈과 시간을 내서 그곳까지 찾아왔다면 무대 위의 가수나 배우를 위해서가 아니더라도 날 위해 좀 더 즐기는 공연이 되어야 하지 않을까?

그런데 우리나라 사람들이 마술을 즐겁게 즐기지 못하는 것처럼 다른 사람을 의식해서 그 공연에 빠져들지를 못하는 것 같아 조금 안타깝다.

결국 여가활동이나 취미생활은 날 위한 휴식과 마음에 양식을 채우는 일이 아닐까?

그렇다면 가장 좋은 방법은 내 안의 묵은 스트레스를 풀어내는 것이라 생각된다.

공연장과 콘서트장를 안 가는 사람들이 더 많은데 그 곳에 가는 우리들은 그래도 휴식하는 방법을 알고 있는 사람들일 것이다.

내가 누구이며 뭘 하는 사람이라는 건 잠시 잊고 즐기는 공연문화가 정착되었으면 좋겠다는 생각을 해본다.

용인에서 하는 공연에서도 참 여러 번 느꼈는데 보다 참여하고 호응하는 그런 즐기는 마음을 가지고 날 위한 공연이라 생각하고 내 안의 스트레스를 날려보는 그런 공연장 문화를 만들었으면 싶다. 어떤 경우는 얼마나 무대에서 배우들이 민망할까 그런 생각이 들 때도 많았다. 사람이 없으면 없어서라고 하겠지만 많은 사람들이 멍하니 바라만 보고 있으면 오히려 관객이 없는 것보다 더 민망할 거라는 생각이 든다.

그리고 결정적으로 그 배우들을 위해서가 아닌 돈과 시간을 들인 날 위한 휴식의 기회를 최대한 즐기자는 것이다. 음식도 먹어 본 사람이 더 맛있는 음식을 찾듯 참여하는 공연장에 내가 함께하다 보면 아마도 나도 잘 몰랐던 나만의 에너지를 발견하게 될 것이라 확신한다.

늘 좋은 공연과 환경을 주려고 하는 용인시에도 감사하다.

그러나 보다 수준 높은 관객이 많아져야 공연을 준비하는 사람들도 보다 좋은 공연과 규모가 있는 공연을 위해 노력하는 거라고 생각한다.

힘들고 어렵게 준비해도 흥행이나 만족도가 높으면 어려웠던 준비과정은 흐뭇한 미소와 보람으로 바뀌는 것이라 생각한다.

그런 용인의 문화와 예술을 즐길 줄 아는 우리가 되었으면 한다.

언제나 문화와 예술이 살아있는 용인을 꿈꾸며 오늘도 모 방송국 노래 프로그램에 방청권을 신청해 본다. 날 위한 휴식과 에너지 충전의 시간을 위해…

◉용인 처인구 고림동의 윤선하 님의 글입니다.

雨中
_박용효

그대 저 멀리 있어요

거칠게 내리는 비는

그대 보이지 않는 어둠

바쁘게 뛰어오는 걸음소리 보여요

아직 도착하지 않은 그대

굵은 비 맞으며 마중 나갑니다

그대 저 멀리 있어요

빗줄기 사이로 내딛는 걸음

물줄기에 사라진다 해도

나 마중 나가려 합니다.

◉용인 수지구 신봉동에서 박용효 님이 시를 보내주셨습니다.

○——시

눈 오는 날 여행을 떠났다

_차예림

눈 오는 날 여행을 떠났다
머리에 눈이 맺히는 날 버스를 탔다
텅텅 빈자리 중 추운 창가 근처에 앉았다
어느새 머리 위 눈은 녹아버렸다
굳게 닫힌 문 너머로 아까보다 굵어진 눈들이 보인다
한 방향이 아닌 각자 다른 방향을 찾아 떠나고 있었다
차가운 창문에 손을 가져다댔다
문을 열어 그 눈을 잡고 싶었다
하지만 또 다른 네가 그런 너를 가로막았다
여러 사람들이 보였다
각자 눈을 맞으며 그 눈을 서로 다른 눈빛으로 바라보고 있었다
하지만 그들은 버스에 타지 않았다
그 추운 밖의 세상에서 그 눈을 맞이하고 있었다
너는 그 사람들 속에 파묻히지 않았다
그리고 여행이 끝나간다
버스가 멈추고 문이 열렸다
차가운 너의 발이 움직이지 않았다
뒤를 돌았지만 아무도 없었다

너는 그렇게 밖에 나왔다
여행을 온 그곳에는 눈이 내리지 않았다
기껏 펼친 우산에는 물방울만 맺혀있었다

●용인 기흥구 영덕동에 사는 차예림 님은 18세의 학생입니다.

시

호수공원
_류재덕

용인 동백에 자리한
수초 향기 맑은 호수 위로
곱게 단장한 저녁놀
색소폰 소리가 흥돋우네

연인끼리
가족끼리
손잡고 빙글빙글
둥글게 돌아
만나고 헤어지는
호수 산책길

네온사인 비치는 넓은 광장
흘러나오는 음악에 맞춰
날씬한 몸매의 강사 지도로
흥겨운 율동에 빠져
살 빼고 싶은 동네아줌마
다 모인다네

물걱정 없이 무성히 자란 갈대
얼마나 행복한가
물속의 잉어도
한가로이 수초를 헤집고

음악에 이끌려 춤추는 분수
빨강 파랑 물기둥 만들고
원을 그리며 공중을 돌아 내리네

감미로운 색소폰 멜로디에
더위 씻어주는 여름밤 호수공원

○시를 주신 류재덕 님은 수지구 죽전1동에 살고 있습니다.

청초사모

_김선자

마음 아파도 아파하지 않을
그대의 숨결이 있으면
내 아픔!
그대 가슴에 묻고 싶습니다.

그대가 지닌 아픔과 고뇌도
슬픔으로 번져 감당하기 힘들면
내 가슴으로!
그대 안아드리렵니다.

평생 가도 후회하지 않을 나만의 사랑으로
그대가 주는 아픔마저도 기쁨으로 받아
언젠가!
나에게 올 아픈 추억일까봐
말없이 가슴속 쌓아두렵니다.

질투로 가득 찬 그대의 가슴에서
이해와 다툼의 현실도 그대의

유연함으로!
속 깊은 곳에 쌓이지 않을
더 가득 찬 사랑도 찾으렵니다.

◉용인 기흥구 구갈동 김선자 주부께서 시를 보내주셨습니다.

관곡초등학교 4학년 이종호 님의 그림입니다.
드넓은 바다를 건너고 싶어서 상어를 그렸다고 합니다.

 ○—시

그리움

_유미경

뜰방에 쪼그리고 앉아 있으면 온갖 새들의 소리와
산 이랑을 휘감는 바람 소리가 외롭다.
마당엔 커다란 아름드리의 꽃분홍 해당화가 만개하고
뽕밭의 뽕잎은 머리통만한 진록으로
아직은 설익은 보랏빛 오디를 촘촘히 매단 채
바람에 스치는 잎새 소리는
무언가 뛰쳐나올 듯 오싹함을 간간히 건네준다.

오후,
지붕 뒤로 햇볕이 뉘엿이 기울 때쯤
저만치 언덕아래 보이는 어미소의 울부짖음은
내 아버지 유희 마치고 돌아오실 때
애야~~ 부르시는 외침으로 들려
네~~ 하고 대답하면,
음머~~ 하고 화답이 온다.

아니구나!!

신작로에 희뿌연 흙먼지 꼬리를 물고 버스가 달린다.
음, 저건 사거리에서 5시20분 버스다.
아, 저건 읍내에서 5시 출발한 버스다.
버스가 멈추고 누군가 내리면
아무도 올 사람 없는 내 집이었건만,
버스에서 내린 이가
목적지를 향해 걸어갈 때까지 물끄러미 바라본다.

그저,
저 멀리 보이는 신작로의 모습은
기울어가는 하루의 끝자락쯤 외롭던 어린시절,
뒤돌아보면 아픈 세월 많았기에
기억하고 싶지 않음이 더 크지만
자연이 내게 주었던 고독과 외로움은
그 시절을 아름다움으로 회유하게 한다.

어느날은 아버지가 그립고,
어느날은 신작로의 희뿌연 먼지가 그리워
가끔은 가고 싶은 곳,
내가 살던 외딴집이 그립다.

◉ 유미경 님은 용인 기흥구 구갈동에 살고 있습니다.

소 실 봉

_이희재

비탈길 산모롱이 멈춰 서니
저 멀리 석성산 불곡산
두 팔 벌려 오라는 듯
산머리 빗어내린 가리마에는
철따라
하얀 벚꽃 빨간 단풍잎 피고 지는데
이제야 보현사 독경소리
아미재 고갯길 넘고 있네.

○수지구의 이희재 님이 시를 주셨습니다.

시

시간
_정자혜

시간은 쉴틈없이 흐른다.
시간은 막힘없이 흐른다.

정류장 없는 버스처럼
도착지 없는 비행기처럼
시간은 잘도 잘도 흐른다

가끔은 시간이 천천히 흐르기를
가끔은 시간이 건너뛸 수 있는 순간이 있기를
우리들은 간절히 바란다

하지만 우리를 재촉하는 시간은
우리를 무뎌지게 하는 시간은
잘도 잘도 흐른다

시간은 끝도 없이 흐른다
시간은 하염없이 흐른다

○용인 신갈고 2학년 장자혜 님의 시입니다.

 시

불
_정다영

화르륵
어린 내 마음이 타올랐고

화르륵
내 마지막 청춘이 타오르는 중이며

화르륵
내 삶이 타오를 것이다.

다만,
가라앉는 잿더미가 될지언정
타오르는 잿더미가 되자.

◑용인 신갈고 2학년 장다영 님의 시입니다.

신호등

_구수영

빨강, 노랑, 초록
노랑, 초록, 빨강
초록, 빨강, 노랑

반복되는 색깔
맞춰진 시간
시침, 분침, 초침에
묶여있는 바퀴들

반복되는 일상
맞추어진 패턴
나는 자동변속기인가
나는 수동변속기인가

고장난 신호등
휴식이 필요했던 걸까
고장난 정신과 육체
변화가 필요했던 걸까

ㅇ시를 보내준 구수영 님은 신갈고 2학년 학생입니다.

미움 . 사랑

_앵커

하늘이여 당신은 계십니까

하늘이여 당신은 나를 보고 계시나요

하늘이여 당신은 내 곁에서 나와 함께 동행하고 계시나요

나의 저린 가슴

무언가 채워지지 않은 내 가슴

사랑을 채워야 하나요

아니면 무엇을 채워야 내 저린 가슴이 채워질까요

싸늘한 날씨와 같이 내 가슴도 차갑고 저린 텅 빈 가슴

하늘이여 내 가슴에서 미움을 걷어가 주시면 안 되나요

누군가를 미워하고 원망하고 하는 가슴 안에 모든 미움을

걷어가 주십시오

오로지 만인을 사랑할 수 있는 내 가슴에 사랑만 주시면 안 될까요

하늘이여 당신을 기다립니다

당신과 함께라면 사랑으로 채워질 것 같아요

●용인 기흥구 구갈동에 사는 아이디 앵커 님이 보내주신 시입니다.

할머니의 도시락

_최정욱

'드르륵'
교실 앞문이
열립니다.

누구지?
122개 눈동자가
일제히
쏠립니다.

새우등 같이 굽은 허리
하얀 실타래 같은 머리
빛바랜 옥색 치마저고리.

두리번
두리번
바삐 움직이는
할머니의 눈동자가
한 곳에서
멈춥니다.

분홍 보자기를
내 책상 위에
터억
얹으시곤

"천천히 먹어라"
한마디 하시고
나가십니다.

'아이 창피해.
안 먹어도 괜찮은데
뭐 하러 오셨남'

오목주발
열어보니
아직도
따뜻합니다.

점심 굶을
외손주 걱정에
부랴부랴
밥 지어서
십리 길을
품에 안고
오셨습니다.

"할머니 고마워요.
할머니 사랑으로
이만큼 컸어요."
철없는 외손주
40년이 지나서야
인사합니다.
할머니 사진 앞에서.

인생의 고비고비
넘어질 때마다
그 도시락이
나를
일으켜
세웁니다.

힘을 얻고
다시
걸어갑니다.

◉시를 주신 최정욱 님은 용인시 기흥구에 살며 성남에서 사회복지사로 일하고 있습니다.

○——시

냇가의 봄

_최예은

쏘옥
뚝방길 따라
연두얼굴 내미는
싹

한껏
기지개 켜고 있는
여울가 키버들

빛깔
고운 샛노랑, 연보라, 진분홍
봄을 펴는 꽃 잎파리

고인 물가
제 짝 찾아 꼬리춤 추는
각시붕어

총총
물총새도
구멍둥지 틀기 바쁘다

세상은
풍성해진다
들리지 않는
소란스러움 속에

더
더욱
아름다워진다

◐용인 기흥구에 사는 최예은 님이 좋은 책 만드시는데 동 참할 수 있어서 기쁘다는 말씀을
함께 전해오셨습니다.

o —— 시

나는 행복합니다.
_권길순

따스한 햇살에 눈을 떠
평온한 하루를 시작하는
나는 행복합니다.

땀 흘려 일할 수 있는
건강함을 가진
나는 행복합니다.

새로운 것을 배우며
도전할 수 있는
나는 행복합니다.

밤하늘에 별도 달도 내려앉을 때
하루를 기분 좋게 마무리 할 수 있는
나는 행복합니다.

●신갈야학 배움반 권길순 님의 시입니다.

96

o—시

시어머니가 계셔서 행복합니다.

_조순희

경상도 어촌에서 곱게 자란 울 시어머니

17세 어린 나이 이웃 마을로 시집와

많은 고생 하시며 8남매 낳으시고

몸으로 힘든 세월 4남매 앞세우고

설움의 마디마디 마음은 다져지고

남은 세월 남은 자식 위해 뭐라도

다 주고 싶어

당신 가실 길 앞에 놓일세라

구순이 되는 나이에도 손자 하나하나 챙기시네

나도 어머니 나이가 되었을 때

그렇게 살 수 있을까?

나는 시어머니가 계셔서 행복합니다

어머니 사랑합니다

◑신갈야학 지혜반 조순희 님의 시입니다.

ㅇ─시

행복

_고순희

나는 일상생활에서 행복을 느낄 수 있다
아주 작은 곳에서도 행복을 느낀다
아침에 일어나는 것도 행복
귀로 새소리를 들을 수 있는 것도 행복
부지런히 식사 준비해서
맛있게 먹어주는 가족이 있는 것도 행복
일하러 갈 수 있는 건강이 있는 것도 행복
직장이 있는 것도 행복
공부하러 갈 수 있는 학교가 있는 것도 행복
편히 쉴 수 있는 집이 있는 것도 행복
같이 공부하는 좋은 친구 있는 것도 행복
아주 작은 곳에서 아주 많다
행복이란 참 좋은 단어다

ㅇ신갈야학 배움반 고순희 님의 시입니다.

시

내 자전거

_조수흥

소중하고 고마운 내 자전거야
신갈학교 올 때도
동네시장 갈 때도
자가용보다 더 귀한 내 자전거야

비가 주룩주룩 올 때는
내 자전거가 쉬는 날
그동안 힘들었다고, 수고했다고,
우리 집에서 쉬는 날
자전거, 내 자전거야,
건강하라고 운동도 시켜주고
공부하라고 학교도 데려다주고
아! 나를 행복하게 해 주는
나의 가장 친한 친구
내 자전거야

●신갈야학 중학기초반 조수흥 님의 시입니다.

 ○── 시

해뜰날
_표순덕

서울 올라와서
요구르트 배달이라도 하면 좋겠는데
글을 모르니…

배달을 하려면
간판이라도 읽을 줄 알아야지
글을 모르니

그러니까
구정물 통에 손 담그고 살았지
글을 모르니…

이제는 아무 걱정 없다
출세했지
졸업까지 했으니…

○ 신갈야학 지혜반 표순덕 님의 시입니다.

100

o—시

평생 내 짝궁

_**김순임**

"나 오늘
받아쓰기 50점 받았어."
속상한 나에게
우리 영감
"내가 하면 30점이야."
내 기를 살려주네

그럴 리가 있겠어요
평생 그 사랑 안에서
살았어요

o 신갈야학 지혜반 김순임 님의 시입니다.

비 온 날 오후

_김복남

양동이로 쏟아붓듯 비가 오더니
인도까지 물이 차올라 무서웠다
오후가 되더니
언제 비가 왔느냐 어디론가 흘러가고

자전거 도로 위에 하얀 황새들이
살포시 자리 잡고 앉았다
궁금해서 가 보았다
고인 물 속에 푸드득대며
제법 큰 잉어가 두 눈을 잃고
또 한 마리는 살겠다고 몸살을 부렸다
살려줄까 몇 번이나 잡았는데 놓쳤다
고기야, 살기 싫구나
그래, 새들도 한철인데
이 고기가 너희들 밥이 되고 싶대

내 마음은 저녁까지 편치 않았다
어떻게 해서라도 냇가에 띄워줄 걸.

에이, 그래, 황새도 먹지 못해 날 욕했을 거야

날 고맙다고 했을까?

물고기는 날 미워했겠지?

누군가 희생되어야 살아남는 것 아닌가?

황새도, 물고기도, 자연의 법칙이 아닐까?

●시를 쓴 김복남 님은 용인 처인구 김량장동에서 장사를 준비하고 있는 신갈야학 중학기 초반 학생입니다.

자꾸만 보여
보지 말아야 하는데
눈덩이처럼 커졌다 사라지는 네 모습이

●용인 수지구 죽전동에 사는 김삼주 님이 보내주신 사진 작품입니다.

ㅇ — 시

세월 잡으러 가보지 않겠니
_이숙희

속절없는 세월은 누가 가자 하지 않아도
잘도 가네

꽃 피고 새 우는 봄인가 하였더니
그 지독히 무덥던 여름이 가고
예쁜 은행잎이 떨어지는 가을이 오는가 싶더니
앙상한 가지만 남았네

해마다 반복되는 세월이야
올해면 어떻고 내면이면 어떠리오
그러나 우리 인생 가면 오지 않으니
가슴만 타는 심정 그 누가 말로 하리

우리 반 친구들! 우리 다 같이
우리 나이 들게 하는 그 못된 세월
잡으러 가보지 않겠나

ㅇ시를 쓴 이숙희 님은 신갈야학 지혜반 졸업생으로 용인 기흥구 상하동에 사는 주부입니다.

○──시

도미나루 아랑의 전설

_정삼임

세상에 미모가 잘난 것도 죄인가요
사람은 왜 남의 자유를 소유하는지요
배움 있는 사람이
어떻게 못된 짓을 할까요
그렇다면 배움이 소용 없지 않겠는가
죄 없이 고통받고 힘들게 사네요
아무리 임금이라도 행위가 못 되네요
임금도 내놓아야지
백성들 웃음거리가 아니겠소
백성들 어찌 지배할 수 있겠소
아랑은 사랑을 지킨 위대한 여성이오

○신갈야학 중학기초반 정삼임 님의 시입니다.

날고 싶은 한 마리 새

_김정희

내 마음
새장에 갇혀있는 새

나이 오십 중반에
처음으로 학교를 알았고

내 마음도 새싹처럼 푸르러집니다
내 마음도 날개를 만들어 갑니다

한 많은 슬픈 새 한 마리
저 높은 푸른 하늘을
조금씩 조금씩 날아가고 있습니다

슬픈 새야
이제는 울지도 말자

신갈야학 배움반 김정희 님의 시입니다.

106

○──시

여기까지 오는 길

_한윤정

말할 수 있어 내 맘 밝아라
들을 수 있어 내 맘 밝아라
쓸 수 있어 내 맘 밝아라
볼 수 있어 내 맘 밝아라
그 얼마나 간절했던 세상이던가

오십 넘어 초등 문 두드리고
머리띠 동여매며 밤잠 못 이루니
중학교 문 열렸네
또 밤의 끝자락을 부여잡고 꿈속의
고등학교
문 두드려 보려하네

여기 오는 길
바늘구멍으로
황소 들어오는 고통 겪었네
깜깜한 길고도 긴 어둠의 터널 속에
갇혀 있던 이름 없던 꽃씨 하나

태양 빛을 받아 떡잎으로 피어나
밝은 세상 만났네
아, 밝아라…

○시를 쓴 한윤정 님은 신갈야학에서 모든 검정고시를 패스해 새로운 삶을 시작하는 문학
도입니다.

시

창 밖의 속삭임

_박세영

휘익휘익
날 부르는 소리
창문에 기대어 보니
내게 말을 걸어온다, 누군가

그동안 잘 지냈냐고
조용히 말을 거는 소리
내게만 들릴 속삭임

내게만 들릴 그 소리는
그냥 그냥 그냥
겨울이 왔다는
겨울 바람의 소리

●용인 신봉중학교 3학년 박세영 님의 시입니다.

어머니

_임형규

새벽닭이 울기 전에
당신께서는
긴 수건 목에 걸고
허리춤을 동여매신 채
들녘으로 향하시던 어머니

자식을 위해서라면
모진 풍파 참아내시며
자신을 희생하신
숭고하고 거룩하신 어머니

어느덧 당신께서
희생하시며 살아오신
인고의 세월이 팔십 평생
그동안
늘어나신 건 주름살과
구부러지신 허리
이제는

허리 펴시고 사셔도 되건만
아직도
긴 수건 호미를 벗하시며
흙이 좋으시다는 어머니

밤마다 고통스러워하시는
당신의 신음소리를 들으면
내 마음 천 갈래 만 갈래
찢어집니다

어머니
흙이 좋으시더라도
자식들은
흙보다 당신을 더 사랑하니
이제 그만
벗들과 이별하시고
예쁜 옷 갈아입고
편히 지내소서 어머니

○전 용인시서북부장애인종합복지관장인 임형규 님이 보내주신 시입니다.

가슴에 핀 무궁화

_이상욱

그대가 처음으로 나의 눈에 비쳤을 때
연붉은 색깔에 취하여 다가갔고
부드런
촉감 느끼면서
황홀경에 들었다

그대가 처음으로 옷깃에 달렸을 때
애옥살이 벗어나는 희망을 느꼈고
제복에
몸 담그면서
평화를 찾았다

그대가 처음으로 종이 위에 앉았을 때
황금빛 꽃으로 가슴 속에 피어났고
나보다
모든 이 아픔
덜어주는 공복됐다

그대가 처음으로 나라꽃 되었을 때

무지렁이 춤을 추며 애국가를 불렀고

민초가

신명나는 세상

온누리에 펼쳤다

○시를 주신 이상욱 님은 충북 충주에서 태어났으며 경희대 평생교육원에서 '문학산책' 과
정을 수료하였습니다. 동국대 경영학 석사, 세종대 경영학 박사를 거쳐 전 한국투자신탁
감사를 역임하였습니다. 현재 호반문예 회원입니다.

_유재란 〈난〉

객지客地

_한종수

삭제된 채색 기행이
오늘의 난해한 발걸음
지평 밖으로 탈루된
아주 먼 현주소.

썰렁
닳아진 생의 자국들이
바람 한 점 발부리에 얹히고
오고간 자막이 난해한 오늘에도
어느 적토의 구릉으로
머물 수 없는 둘레입니다.

아주 먼 현주소
그리고 또 하나의 초월이
난삽하게 흐르고 있습니다.
굴절된 발걸음으로
무모한 기행입니다.

지평의 분장과 부량浮梁의 서식書式으로
날마다 바람에 실려 갔습니다.

실종 그 점윤으로 자주 타인의 계절
허랑한 전설 같은
짓무른 고향 원경의 퇴색.

난무 그 각角진 언어 뒤에서
수작한 밀어로 쫓겨난
일기 없는 계절 그 거리에서.

● 시를 주신 한종수 님은 1940년 황해도에서 태어났으며 30여년 동안 국어교사로 교편생
활을 하였습니다. 2003년 〈크리스찬 창조문예〉를 통하여 문단에 등단하였습니다.

어느 뻐꾸기 울음

_김제훈

그것이 운다
오늘도 그 뻐꾸기의 울음소리가 귓전을 울린다
우리 집 뒷산에서 홀로 우는 그 소리는
아마도
님을 찾는 울음소리인지도 모른다
어제도 울었고
또 오늘도 우는 그 소리
뻐꾹 뻑뻐꾹 뻐꾹 애달피 울어도 댄다

비가 온다
비오는 날에도 저 뻐꾸기는 울음을 그치지 않는다
울부짖는 듯한 저 소리는
아마도
잃어버린 형제를 찾는 애절함인가
어제도 울었고
또 오늘도 우는 저 소리
뻐꾹 뻑뻐꾹 뻐꾹 구슬피 울어도 댄다

날이 저물었다

주위가 어둠으로 꽉찬 밤에도 울어대는 저 소리

고요한 적막을 깨는 저 소리는

아마도

어미를 찾아 울부짖는 한줌의 노래소리인가

어제도 울었고

또 오늘도 우는 저 소리

뻐꾹 뻑뻐꾹 뻐꾹 처절함이 묻어나는 저 소리는

무엇이었던가?

저 뻐꾸기를 그렇게도 서글프게 하는 것이

아스라이 사라져가는 저 소리는

아마도

이 세상 수많은 외로운 무리들의 말없는 흐느낌인가

그 옛날 스쳐오던

정겹던 노래 소리 어디로 가고

뻐꾹 뻑뻐꾹 뻐꾹 멀어져가는 저 소리는 나를 또 슬프게 한다

●글을 주신 김제훈 님은 용인 기흥구 공세동 탑실마을에 살고 있습니다.

배춧잎 도자기

_윤문숙

진열장 앞줄에 눈길 끄는 도자기
어머니 손길로 고운 몸매 간직해온
그리운
어머니의 모습
오롯이 담겨 있다.

배추 잎 똑 닮아 배춧잎 접시란다
접시엔 어머니 손때가 그대로다
어릴 적
어머니 손맛도
고스란히 배어있다

내 나이 더할수록 커지는 그리움
소중한 흔적들이 지워질까 두렵다
언제나
어머니 느낌인
배춧잎 도자기

ㅇ글을 주신 윤문숙 님은 용인 기흥구 공세동 탑실마을에 살고 있습니다.

 **시**

야생마 같은 삶

_황진철

오롯이 살기위한 나의 이 아름다운 들판에…
한낱 피 흘리던 영혼이
세상 살아보겠다고 날개를 펴는데

나의 강렬한 눈빛엔 어느새 해가 찾아들고
그 해는 이윽고 나의 눈물에 부서져 아름다운 파장을 만들고
그 해가 다시 내 담배 연기에 스쳐 그 모습을 드리울 때…

난…
다시 가자…
저 하늘 높은 곳의 불타는 해보다 더욱 높은 곳으로

폐가 썩어 피 토할 때까지 담배를 피워봐도…
배가 곯아 창자가 항문으로 튀어 나올 때까지 술을 마셔봐도
대가리가 석류처럼 갈라져 뇌가 쏟아질 때까지 생각을 해봐도

결국…

난 생각만하다가 이 세상 어느 곳에 내 몸뚱이를 묻을 순 없다
그게 내가 내린 결론이다

오늘도…
내일도…

어느 곳 어느 순간에도 난 달린다.

난 야생마처럼 달린다.
오늘도 들에서 풀을 뜯고
달리다가 졸리면 들에서 잔다.

…

그래도 절대 숨찰 수 없다.
하늘에 닿을 때까지…
그때까지 달리자… 그 뒤에 하늘에 닿으면…

해보다 높은 곳으로 내 날개를 펴자

○지은이의 말 : 2004년 27세 되던 저는 여러모로 심리적 변화가 많은 한해였습니다. 군에서 전역을 했고, 서울의 한 회사에 신입사원으로 입사를 하게 된 시기입니다. 직장생활도 하고, 군에서 벌어온 밑천으로 자취도 하게 되면서 사실상 완전한 독립을 하게 된 시기이기도 합니다. 하지만, 망망대해의 한가운데를 헤엄치는 사람처럼, 내가 올바른 방향으로 가고 있는지 에 대한 의문이 강하게 들게 된 시기인 것입니다. 이러한 심상을 반영하듯 시의 내용과 표현 이 과격하며, 표현이 거칩니다. 젊은 시절의 심심찮은 고뇌를 겪고, 개똥철학을 읽어대던 시 기에서 벗어나 이제 사회에 나와 한번 보람차게 살아보자는 의지가 담겨있는 내용입니다. 설 렘과 두려움, 고통과 번뇌가 있는 삶을 살겠지만, 열심히 살아가는 것이 진정한 의미라고 할 수 있겠습니다. 시의 후반부에 접어들면 그 누구의 시선과 '나에 대한 편견'도 물리치며 살고 자하는 의지를 보이며 끝맺음을 하고 있습니다.

ㅇ─ 시

반딧불이를 보다

_윤희윤

형광등
네온사인
밝은 빛들 속에
복잡하게 얽힌 세상과 나

어느 날
작은 일탈로
떠나온 조용한 호수
구름 사이 훤한 달빛 비추던 밤

고요히 배회하는 작은 빛을 보네

밝지도
뜨겁지도 않는
작은 빛 몇 개
있는 그대로 아무렇지 않은
자연과 나

 ○──시

쓸쓸한 축제의 날
_오정환

내일은 즐거운 추석이란다.
어머니도 동생도 언니도 한자리에 모여 앉았다.

송편을 빚고 전을 부치며 저마다 할 말을 쏟아내고,
웃음소리는 천정을 부풀려 올릴 듯 요란하다.

빈 방에 돌아앉아 그 소리를 들으며,
언제쯤은 내 이름 불러줄까 기다리다 조심조심 문을 연다.

아~ 기어이 듣게 되는 소리는 칠흑 같은 한마디,
'얘야! 넌 들어가거라. 뜨겁다. 다친다.'

나도 할 수 있는데, 나도 할 수 있는데.
장애인이 된 뒤 언제나 명절은 쓸쓸한 축제의 날이었다.

ㅇ─시

소망

_여용호

깊어가는 가을
풍상에 젖은 잎새가
곱게 물들어 가는 계절

생의 끝자락에서
나뭇잎은 아름답다

먼~ 훗날
추억의 앨범을 덮고
떠나가는 내 모습도

누군가의 눈에는
저 나뭇잎이고 싶다

●시를 주신 여용호 님은 용인 기흥구 공세동 탑실마을에 살고 있습니다.

ㅇ—시

좋은날
_강영애

어느새 화사한 벚꽃과 청초한 목련꽃 피는 사월이 왔네요
저 꽃처럼 활짝 웃어 내게 밝은 운을 따라오게 하자구요.
일상의 소소함이 모여 행복하나니…

밤사이에 벚꽃이 팝콘처럼 팡 팡 터져버렸네요
우리도 벚꽃처럼 예쁘고 화려하게 봄 맞으러 나들이 갈까 봐요.

나뭇잎 위로 투두둑 투두둑…
빗소리까지 춤을 추네요
오월을 보내며 무거운 마음이 있다면 행복한 생각으로 가벼이 해요
비온 뒤의 찬란한 무지개처럼

거울은 먼저 웃지 않아요
싱그러운 6월 거울 너머의 내게 행복하게 웃어주세요.

오늘은 이런저런 생각을 정리하기에 좋은 차분한 날이네요
푸른 바다처럼 시원하고 상쾌한 하루 되세요.

비가 온 후 맑아진 길처럼
귀했던 애교쟁이 햇빛만큼 마음도 상큼한 하루 되세요.

밤사이 흰 눈과 바람이 보낸 선물로 차갑긴 하지만
따스한 차 한 잔의 여유와 함께 행복한 날 되세요.

좋으신 분과 인생을 함께 살아간다는 것이 행복한 일입니다.
나이 들어감이 이런저런 여유로움에 감사해지더이다.
늘 행복한 생각으로 웃을 일이 많은 날 되세요.

⊙아이코리아 대표 강영애 님의 시입니다.

친구야!

_손란희

이쁜 자식도 어릴 때가 좋고
마누라(남편)도 사랑이 뜨거울 때가 부부 아니냐
형제간도 어릴 때가 좋고
벗도 형편이 같은 때가 진정한 벗이 아니더냐

돈만 알아 요망지게 살아도 세월은 가도
조금 모자란 듯 살아도 손해 볼 것 없는 인생사라
속을 줄도 알고 질 줄도 알자

내가 믿고 사는 세상을 살고 싶으면
남을 속이지 않으면 되고
남이 나를 미워하고 싫어하면 나 또한
가까운 사람에게 가슴 아픈 말 한 적이 없나
주위를 돌아보며 살아가자

친구야!
큰집이 천 칸이라도
누워 잠 잘 때는 여덟 자 뿐이고

좋은 밭이 만 평이 되어도 하루 보리쌀 한 되면
살아가는 데 지장이 없는 세상이니

몸에 좋은 안주에 소주 한잔이고
묵은지에 우리네 인생을 노래하네
멀리 있는 친구보다 지금 당신 앞에 이야기 들어 줄 수
있는 친구가 진정한 사람이 아닐까

●용인 기흥구 도현마을에 사는 손란희 님께서 시를 보내주셨습니다.

_권지원 _홍사국 _권의경 _민소희 _김제홍 _최상미 _김경국 _박건석 _박인선 _김진완
_김지수 _엄문희 _정선교 _유현자 _김경여 _강윤경 _황석우 _김수연 _김찬혁 _고명진
_공기평 _이홍근 _채세령 _이인아 _유재란 _우윤희 _박세영 _박세진 _김은미 _이상희
_최주희 _박청자 _송후석 _한향순 _안준섭 _김다혜 _이동환 _한유영 _김혜준 _최은일
_소원섭 _서 장 _장혜선 _이철운 _이혜경 _송 윤 _민경원 _김병준 _박종덕 _김대열
_신혜숙 _이형원 _박순애 _김종운 _박진형 _노광희 _김호정 _오미아 _이정석 _김병훈
_최가을 _김하림 _신윤정 _이세라 _김일제 _김민자 _최순영 _박춘희 _정영희

|두 번째 이야기보따리|

함께 웃는
용인人
이야기
Story

_권지원

할아버지와 바닷가 산책을 나갔다가 찍은 동생들이다. 맨 왼쪽은 친동생, 오른쪽은 사촌동생이다.
둘이 바닷가 저 멀리를 보면서 무슨 생각에 골똘히 잠겨있다.
이날 신나게 뛰어놀고 싶던 아이들의 마음과는 달리 들어가는 걸 제재하던 삼촌 때문에 실망한 걸까?
바다에 들어갈까 말까 고민을 하고 있는 걸지도 모르겠다.

이웃집 고양이 코요. 이웃집에 밥 먹으려고 수시로 들리는 아이들 중 하나다. 코요 말고도 사실 여러 마
리가 있다. 할아버지 댁에 가면 거의 비슷비슷한 무늬와 색을 가진 고양이들을 볼 수 있다.
나는 코요처럼 갈색을 가진 고양이들을 통틀어 코요라고 부른다. 항상 이웃집에 고양이구경을 가면 고양
이는 밥을 먹다가도 숨고 피해버리기 일쑤였는데 이 녀석은 이날 나와 눈을 맞추면서 카메라를 응시해주
었다. 그 순간을 놓치지 않고 난 카메라를 들고 찍었다. 너무너무 사랑스러워 당장이라도 달려가 껴안아
주고 싶었지만 그러면 금방 달아나 버릴 것 같아 그만두었다.

파란 하늘 아래에 파란 옥상. 그 위의 아이들은 뭐가 그렇게 좋은지 위험한지도 모르고 뛰어다닌다.
나도 올라가서 놀고 싶었지만 삐걱삐걱 거리는 옥상위에 계속 있다간 옥상이 무너져 버릴 것 같았다.
아이들의 천진난만한 웃음이 들리는 듯하다.

외할머니 댁에 가는 길에 어느 절에서 찍은 사진이다.

산신령도 실수한다

_홍사국

용인의 동부에 있는 원삼면 동쪽에 구봉산이 있다. 이곳의 전설에 따르면 이성계가 한양으로 천도하기 전에 각 지방으로 명당자리를 보러 무학대사를 동행하여 다니다가 구봉산에 올라가 보니 봉우리가 구십구 봉이라 한 봉만 더 있으면 가히 명당자리인지라 전국에 석수장이 들을 동원하여 봉우리 하나를 더 만들었단다. 그러나 산신령은 자기 발등에다 돌을 쌓아 산을 만든 것에 노하여서 큰 비를 내리게 해 그 산봉우리를 떠내려 보내니, 그 작은 봉우리는 물줄기를 타고 지금의 고삼호수 아래까지 떠내려갔다.

지금도 고삼면 들판에는 작은 산이 남아있다. 이성계는 할 수 없이 포기하고 한양으로 천도하게 되었다. 그때 무학대사가 묵었던 마을을 지금도 전설에 따라 무학이라고 부르는가 하면, 또는 마을의 형상이 학이 춤추는 형국이라 하여 무학이라 부른다는 말도 있다. 또한 워낙 숲이 우거져서 모든 돌림병이 피해가므로 '무액'이라 불렀다는 이야기도 있다

어쨌거나 구봉산 산신령도 오백년이 지난 지금, 구봉산 산신령도 '그때 조금만 참았더라면 서울이 되어 한껏 호사를 누렸을 텐데' 하는 후회와 아쉬움에 동편에다 서울의 상징인 궁궐을 지었으니 이것이 MBC 영화 촬영소가 아닌가 싶다. 그러니 내가 하고 싶은 말은 '산

신령도 실수한다.'는 것이다. 요즘 귀촌이다 귀향이다 하여 원삼을 찾는 이가 많은데 흔히 말하는 텃세를 부려 배척하지 말고 모두 수용하여 지리, 풍토, 인심 등을 서로 공유하며 보다 발전된 용인을 만들어 가면 좋겠다.

숲속에 새가 있어 씨앗을 산 위에까지 옮겨 심고, 산토끼, 노루, 고라니가 있어 나무를 감고 오르는 칡을 잘라 먹어 숲이 울창해지고, 작은 산야초가 있어 들꽃도 보며 향기도 맡고 사태도 막을 수 있는 것이다 그러니 내 고장에 둥지를 틀려고 내려오는 분들을 잘 수용하여 더불어 함께 사는 그런 풍토를 만들었으면 한다. 지난 후에 후회하는 산신령 처럼 되지 말고…

●용인 처인구 원삼면 고당리에 사시는 향토시인 홍사국 님께서 보내주신 재미있는 이야기입니다.

우당탕탕 신혼일기
_권의경

나만 바라봐 줄 것 같던 나의 신랑, 내말이면 뭐든 오케이해줄 것 만 같던 나의 신랑.

이는 정말 나만의 착각이었단 말인가…

결혼을 준비하면서부터 그이는 시시콜콜 내가 하는 말과 행동에 태클이었다.

'결혼 때문에 나만큼 이 사람도 민감해졌나?' – 나의 배려심이 존 재하고 있을 때 드는 생각.

'뭐야, 이거… 이 짜식 생리하나?' – 나의 이성이 머리 밖으로 외 출 했을 때 드는 생각.

그러다 너랑 결혼하네 마네 대판 싸우기를 골백번도 더하고 우리 는 결혼했다.

결혼을 해서도 나의 신랑은 소소한 살림에까지 잔소리를 해대기 시작했다.

"자기야, 여기 먼지랑 화장실에 물곰팡이랑 이따 싹싹 닦자~"

"자기야, 그릇 정리 예쁘게 좀 해봐, 이게 뭐야! 이게…"

"자기야, 우리 물은 사먹지 말고 끓여먹자~"

처음에는 그냥 듣고 "응" 하는 대답과 들리지 않는 한숨 소리로 이 많은 요구들에 대응해 나갔던 나였다. 그뿐이던가, 살림이라고는 결혼하고 처음해 본 내가 이것저것 솜씨를 발휘해서 만든 음식에는 늘 '악플'이 달렸다.

"신랑~ 된장찌개 어때?"

"객관적인 사실을 원해?"

객관적인 사실이라는 반문을 듣는 순간부터 흠칫하기 시작하지만 그래도 불굴의 의지로 난,

"응!!"

하고 맞받아친다.

"난 객관적인 사실을 말할 뿐이야, 오해하지 마, 솔직히 맛이 좀… 뭐랄까? 닝닝해. 근데 난 먹을 수는 있어"

헐. 난 이 반응에 뭐라고 맞받아쳐야 덜 무안하면서 덜 상처받을 것인가, 수없는 데이터들이 나의 뇌를 훑는다. 결국,

"왜…그럴까? 이상하다…"

기어들어가는 목소리로 대충 얼버무리고 무안한 마음은 감추고, 무안한 얼굴색은 들춰서 꾸역꾸역 밥을 집어넣고 있다.

그러던 어느 주말이었다.

"신랑~ 우리 이따 뭐해먹을까?"

"음… 냉장고에 뭐 있는데? 있는 걸로 맛있는 거 해줘~"

"아~ 부침개 해먹을까? 나 부침개는 해봐서 자신 있다구~"

어릴 때부터 김치부침개나 야채부침개를 자주 해주시던 엄마 옆에서 어깨너머로 배워왔던 부침개. 이 녀석이야말로 대충 재료 넣고 밀가루 넣고 부치기만 하면 되는 거 아닌가? 이번만큼은 그 객관적 사실에 부합하는 요리로 응수해주지. 다짐에 다짐을 하고 온갖 재료 예쁘게 채 썰어 넣고 지글지글 소리만 들어도 맛있을 것 같은 부침개를 지지기 시작했다.

일본에 갔을 때 사다둔 오코노미야키 소스도 있겠다 거기에 찍어 먹으면 제아무리 요리평론가라도 98점은 주겠지, 하는 내 나름의 근거 있는 자신감에 똘똘 뭉쳐 짜잔~ 부침개를 식탁에 내놨다. 부치면서 튄 기름에 손등에 벌겋게 물든 영광의 반점들이 몇 군데 생겼지만, 그래도 신랑의 만점 평가를 들을 생각을 하면 그쯤이야 침을 대충 바르면 없어질 것 만 같았다.

"신랑~! 완성~! 어서 와서 드시고 평가해줘~"

평가해달라는 내 속내가 고스란히 드러나는 너무나 정직한 대사의 목소리다.

"오~냄새는 좋은데, 어디 한번 먹어볼까나~?"

"어때? 응? 어때?"

조바심을 내며 물었다.

"아직 씹지도 않았어."

신랑은 입에 넣은 부침개를 우물우물하면서 눈동자를 요리조리 굴린다. 얄밉기까지 할 정도로 아직 대답이 없다. 드디어 신랑의 목구멍이 "꿀~떡"이라는 소리를 냈다. 신랑이 입을 연다.

"객관적인 대답을 원해?"

아… 나의 자존심이 벌써 욱하려고 한다. 그렇지만 난 여느 때와 마찬가지로

"응!"이라고 씩씩하게 대답했다.

"소스 때문에 먹을 만해. 부침개 자체는 너무 싱거워. 자기 음식이 대체적으로 좀 싱거운 데가 있어. 점수를 주면 한 86점 되겠네~ 어때 후하지?!"

내가 평가되길 바랐던 부침개도 86점으로 나가떨어졌고, 평가되길 바라지도 않았던 그동안의 내 음식들도 대체적으로 싱거운 녀석

들로 평가되어버렸다. 그냥 맛있다고 한마디 해주는 게 그렇게 어려운 일인가? 허! 싱겁다면서 오물오물 잘도 먹는구나. 얄밉다. 정말 얄밉다.

내 얼굴은 이미 정색이 되어있고, 객관적 사실만 좋아라하는 우리 신랑은 주관적인 내 표정은 아직 느끼질 못했는지, 먹기만 잘 먹고 있다.

내 손이 나도 모르는 사이에 미처 다 잘라놓지 않은 부침개 위에 올라가 있다. 그리고 얇은 종잇장 구기듯 아직 뜨거운 기운이 남아있는 부침개를 구겨 잡는다. 구겨진 부침개가 들린 그대로 내 손은 신랑의 입에 싱거운 소스발 부침개를 구겨 넣고 있다.

"그럼, 네가 해먹든가!!!!"

캄보디아에서 얻은 값진 선물
_민소희

    내가 중학교 2학년 여름 때 있었던 일이다. 우리 가족은 내가 태어나기도 전에 교회에 다녔다. 그 날도 어김없이 교회를 다녀온 일요일 오후였다. 엄마가 나를 식탁 앞으로 부르고는 잠시 뜸을 들이다 말을 꺼냈다.

    "소희야. 너 캄보디아로 단기 선교 가보지 않을래?"

    사실 우리 교회에서 단기 선교는 20살 이상인 청년들만 가는 것이었다. 하지만 엄마가 청년부 담당 부목사님과 상의해 나에게도 기회가 주어진 것이었다. 엄마는 내가 그 선교에 가기를 원했고 나 또한 그러기를 원했다. 물론 여행 간다는 생각으로 가벼운 마음으로 내린 결정은 아니었다.

    나는 선교를 가기 앞서 두 가지 난관에 부딪쳤는데 하나는 나에게 콜린성 두드러기라는 피부 질환이 있다는 것이었다. 이 두드러기는 몸에서 열이 나고 땀이 나면 온 몸에 발진이 나는 증상이다. 더운 나라에서 그것도 놀러가는 것이 아니라 외각으로 선교를 가는 것이라 땀이 날 일이 많을 것인데 걱정부터 앞섰다. 처방 받은 약은 있었지만 그 약은 두드러기가 나지 못하게 하는 약이 아니라 두드러기가 심하게 나는 것을 억제해 주는 약에 불과했다. 그리고 두 번째 난관은 그 당시 선교 일정이 개학과 겹친다는 것이었다. 나는 이미 1학기에 체험학습 7일 중 5일을 써 2일밖에 쓸 수 없었고 내가 빠져야 하는 날은 4일이었다. 내가 선교를 간다면 2일을 무단결석해야 하는 상황이었다. 이 두 가지 난관 앞에서 나와 엄마는 많은 고민을 했다.

그리고 마침내 선교에 가기로 결심을 내렸다. '까짓것 앞으로 학교 갈 날이 얼마나 많이 남았는데 2일 무단으로 빠진다고 대수랴. 두드러기 나면 나는 거지 약 먹으면 괜찮을 거야.'라는 긍정적인(?) 마인드로 단기 선교를 결심했다.

두 달 전부터 준비한 언니 오빠와 달리 나는 늦게 합류해 겨우 한 달밖에 준비할 시간이 없었다. 다른 언니 오빠들에 비해 짧은 시간 동안 준비하면서 내가 잘 할 수 있을까 불안하기도 하고 막내로 있으면서 내가 짐이 되지는 않을까 심적으로 부담도 심했다. 그래서 나름대로 더욱 최선을 다했었다. 나는 한 달 동안 활동하는데 필요한 소품을 만들고 각자 맡은 사역을 연습하고 리허설까지 하며 바쁜 한 달을 보냈다.

그렇게 바쁜 한 달을 보내고 8월 22일 드디어 캄보디아로 단기 선교를 가는 날이 되었다. 설레는 마음 반 불안한 마음 반으로 비행기를 타고 캄보디아에 도착했다. 그곳에서 우리는 선교 기간 동안 함께할 신학생들을 만났고 본격적으로 선교에 들어갔다. 그리고 나는 그곳에서 콜린성 두드러기로 고생할 것이라는 것을 감수했던 일과 무단결석을 2일이나 한 것을 보상 받았다. 아니, 어쩌면 그보다 더 값진 선물을 얻었는지 모른다.

나는 그곳에서 감사라는 선물을 얻었다. 이전의 나는 감사를 모르는 사람이었다. 도움을 받았을 때 말로는 감사의 인사는 했지만 그뿐, 내 삶에 있어서 진정으로 무엇이 감사한 일인지는 몰랐다. 시험에서 기대 이상의 성적이 나오면 그것이 감사한 일이었고, 친구와 다

투다 화해하면 그것이 감사한 일이었다. 나에게 따뜻한 가정이 있다는 것은 당연한 일이었고, 수학 성적 때문에 스트레스 받는 것은 불만이었다. 하지만 이런 생각들은 선교를 다녀온 이후 달라졌다. 따뜻한 가정이 있고 입을 옷이 있고 신을 신발이 있는 것은 당연한 일이 아니라 감사한 일이었고 학업 때문에 스트레스 받고 성적이 내 욕심대로 나오지 않아 서럽고 학원 숙제 때문에 짜증나는 일 또한 불평할 것이 아니라 감사한 일이었다.

그곳 아이들 중에는 우리에겐 누리는 게 당연하다고 생각했던 것들도 못 누리며 사는 아이들이 대부분이었다. 해질 대로 해진 옷을 입고 다니고 밑창이 다 닳아 구멍이 난 신발을 신고 다니는 아이들이 태반이었다. 그 중에는 신발도 없이 맨발로 돌아다니는 아이들 또한 많이 볼 수 있었다.

가장 기억에 남는 곳은 마지막으로 간 마을이었는데, 그 마을은 좁고 험한 길을 한참 가야 나오는 아주 작은 마을이었다. 그곳 아이들은 대부분 맨발로 다녔고 심지어는 알몸으로 돌아다니는 꼬마 아이도 더러 있었다. 그 마을 안쪽에는 작은 학교가 하나 있었는데 그 학교는 오래된 의자 몇 개와 책상 몇 개 그리고 칠판 하나로 구성되어 있고 기다란 기둥 몇 개를 세워 그 위에 비닐 천을 덮어 지어진 학교다. 비바람이 몰아치면 금방이라도 쓰러질 것 같은 이 학교도 짓는 데 돈이 없어 1년이 넘게 걸렸다고 한다. 어쩌면 당연할지 모르겠지만 이 학교의 정식 교사는 없다. 근처에 사는 목사님이 이 학교의 유일한 선생님이지만 유일한 선생님인 목사님도 비가 오는 날에는 안 그래도 험한 길이 더 험하고 위험해져 오시지 못한다고 한다.

반면에 나는 얼마나 좋은 학교를 다니고 있나. 비바람이 몰아치고 태풍이 와도 끄떡없는 학교에서 좋은 선생님들께 수업을 받고 있다.

나는 학원에 가기 싫어 어떻게 하면 빠질 수 있을까 궁리만 했지만 그곳의 아이들은 배우고 싶어도 배우지 못하고 학원에 다니고 싶어도 다니지 못하는 아이들이다. 나는 얼마나 배부른 소리를 하고 있었던 걸까? 그때 나는 감사할 줄 모르고 불평만 했던 자신이 부끄러웠다. 나는 이제 감사 할 수 있다. 겨울만 되면 비염 때문에 고생하지만 죽을 병이 아니라는 것에 감사하고 겨울을 경험 할 수 없는 캄보디아 아이들과 달리 겨울이라는 계절을 경험할 수 있다는 것이 얼마나 감사한지 모른다. 우리 집이 부자는 아니지만 부자가 아니기에 부자가 되는 꿈을 꿀 수 있고 작은 것이라도 얻기 위해 노력할 수 있다는 것에 감사하며 비록 학업 때문에 스트레스를 받지만 내 꿈을 위해 최선을 다해 노력할 수 있는 지금이 감사하다.

나는 일주일 간의 선교에서 종교적으로의 감동도 받았지만 그곳에서 더 큰 꿈을 선물 받았다. 초등학교 때부터 나의 꿈은 패션 디자이너였다. 패션 디자이너가 뭔지도 몰랐던 초등학교 3학년, 미술 시간에 한지로 한복 만들기에서 동그라미 두 개를 받고(그때는 동그라미 두개가 최고점이었다) 신나서 엄마한테 자랑했었다. 엄마는 그런 나를 보며 패션디자이너 해도 되겠다고 칭찬했고 엄마의 꼬드김(?)에 넘어가 패션 디자이너를 꿈꾸게 되었다. 초등학교 때는 그저 미술이 좋았고 패션 디자이너가 미술 쪽 직업이라는 것에 막연히 패션 디자이너라는 꿈을 가졌다. 그러다 내 꿈을 진지하게 생각하게 된 것은 중학교 때부터였다. 패션 디자이너에 대해 더욱 진지하게 생각하게 되었고 꿈은 클수록 좋다고 글로벌하게 놀라는 엄마의 말에 내 꿈을 패션 디자이너에서 '세계적인' 패션 디자이너로 바꾸었다. 그러다 내 꿈은 선교를 다녀온 후 또 바뀌게 되었다. 세계적인 패션 디자이너에서 '꿈을 심어주는' 세계적인 패션 디자이너로 말이다.

캄보디아 단기 선교에서 보았던 그 학교는 내게 꿈을 바꾸는 큰 이유 중 하나였다. 나는 좋은 나라, 부족함 없는 가정에서 태어나 꿈을 가지고 그 꿈을 위해 나름대로 최선을 다하며 살아가고 있는데 내가 다녀온 캄보디아뿐만 아니라 다른 여러 개발도상국가에서는 나보다 어린 아이들이, 한참 뛰어놀아야 할 어린 아이들이 하루에 12시간 이상씩 힘든 노동을 하며 하루하루 겨우 겨우 살아가고 있다. 그 중에는 꿈이 없는 아이들도 있을 것이고 꿈이 있어도 이루지 못하는 것이 현실이다. 나는 그런 아이들을 위해 꿈을 심어주고 꿈을 이루는 데 보탬이 되고 싶다.

세계적인 패션 디자이너가 된다면 많은 돈을 벌 수 있을 것이다. 나는 그 돈으로 개발도상국에 학교를 세우고 싶다. 그리고 그 학교에 꿈이 없는 아이들, 꿈이 있어도 이루지 못하는 아이들을 위해 무상으로 다니게 하고 싶고, 그곳에서 꿈을 가지고 미워 나갈 수 있게 해주고 싶은 것이 나의 꿈이다.

사람들은 이런 나의 꿈을 비웃을지 모른다. 비현실적이고 막연히 너무 큰 꿈이라고 말이다. 내가 이 꿈을 이루는 데 10년이 걸릴지 20년이 걸릴지 50년이 걸릴지는 나도 모른다. 어쩌면 이 꿈을 못 이룰지도 모른다. 하지만 이렇게 큰 꿈을 가져야 그 꿈에 근접해 갈 수 있지 않을까? 꿈 자체가 없다면 그 꿈을 이룰 가능성조차 없으니 말이다. 나는 내 꿈이 부끄럽지 않다. 솔직히 내가 꿈을 이룰 수 없을까 불안하기도 하다. 하지만 불안함보다는 꿈을 이룰 생각에 마냥 설렐 뿐이다.

○민소희 님이 캄보디아에서 선교활동을 하고 와서 소감문을 써 주셨습니다.

삶의 향기_살며 생각하며

_김제홍

죽을 만큼 사랑했던 사람과
모른 채 지나가게 되는 날이 오고,

한때는 비밀을 공유하던 가까운 친구가
전화 한 통 하지 않을 만큼 멀어지는 날이 오고,

또 한때는 죽이고 싶을 만큼 미웠던 사람과 웃으면서 볼 수 있듯이
시간이 지나면 이것 또한 아무것도 아니다.

변해버린 사람을 탓하지 말고
떠나버린 사람을 붙잡지 말고 그냥 그렇게…
봄날이 가고 여름이 오듯 그냥 그렇게…

내가 의도적으로 멀리하지 않아도
스치고 떠날 놈은 자연히 멀어지게 되고

내가 아둥바둥 매달리지 않더라도
내 옆에 남을 사람은 무슨 일이 있더라도 알아서 남는다.

나를 존중하고 사랑해주고 아껴주지 않는 사람에게
내 시간 내 마음 다 쏟고 상처 받으며 힘들게 보낼 필요는 없다.

비바람 불어 흙탕물 뒤집어 섰다고 꽃이 아니더냐?
다음에 내릴 비가 씻어준다.

실수는 누구나 한다.
아기가 걸어다니기까지 삼천 번은 넘어져야 겨우 걷는 법을 배운다.
난 삼천 번을 이미 넘어졌다가 일어난 사람인데
별것도 아닌 일에 좌절하나?

이 세상에서 가장 슬픈 것은
너무 일찍 죽음을 생각하게 되는 것이고
가장 불행한 것은
너무 늦게 사랑을 깨우치는 것이다.

내가 아무리 잘났다고 뻐긴다 해도
결국 하늘 아래에 놓인 건 마찬가지인 것을
높고 높은 하늘에서 보면
다 똑같이 하찮은 생물일 뿐인 것을
아무리 키가 크다 해도 하찮은 나무보다도 크지 않으며
아무리 달리기를 잘한다 해도
하찮은 동물보다도 느리다

나보다 못난 사람을 무시하고 밟고 올라서려 하지 말고
나보다 잘난 사람을 시기하여 질투하지도 말며
그냥 있는 그대로의 나를 사랑하며 살았으면 좋겠다.

하늘아래 있는 것은 다 마찬가지
내 주위 사람들이 모두 행복하길…

●김제홍 님은 아버지가 용인 수지 근처 특공부대에서 20년 가까이 군 생활을 한 적이 있었
다고 합니다.

_최상미 〈별을 보며〉

통영에 다녀와서
_김경국

 우리 가족이 부산과 통영으로 여행을 다녀왔다.

 첫 번째로 부산 국제시장에 들려 평소 먹어보지 못했던, 부산 가서 처음 먹어보는 음식들을 맛보고 볼거리가 많은 부산 시내를 구경하며 즐거운 시간을 보냈다.

 특히 기억에 남는 장소는 먹자골목이라는 데였는데, 건물 안에 가게를 차려 파는 보통 가게와는 달리 길거리에서 의자를 놓고 앉아서 먹는 곳이었다. 시장에는 대체로 할머니들이 많아서 백화점, 마트에서 볼 수 없는 인심과 친근함을 보았다. 그리고 숙소로 돌아가는 중에 부산의 도로를 보았다. 고가도로들이 많고 좁은 공간도 활용하는 기술, 도시와 함께 보이는 항구와 컨테이너 그리고 언덕진 곳에 아파트를 짓는 건축기술 들 해서 부산사람들이 왜 자기가 부산에 사는 것에 그토록 자부심을 가지는지 느끼게 되었다. 자부심을 가질 만하다.

 맛있는 것들을 먹고 저녁이 되어 숙소에 도착했다. 그 숙소는 대충 광안리 해수욕장 주변에 있는 숙소다.

 하루 종일 돌아다녀서 그런지 피곤해서 금세 잠이 들어 버렸다.

 다음날 우리는 아침 일찍 출발하여 통영에 갔다. 도착하자마자 우리는 통영 활어시장에 들렀다. 바닷가라서 그런지 해산물이 서울에서는 볼 수 없는 가격에 팔리고 있었고 통영의 자랑인 꿀빵도 있었다. 시장을 둘러보면서 구경을 한 후 바로 옆에 있는 동피랑 벽화마을로 빠져서 벽화를 구경했다. 동피랑 벽화마을은 자원봉사자들이 와서 벽화를 그려줬다고 한다. 벽화와 잘 조화되는 카페도 많았다. 내가 보던 그런 큰 카페가 아닌 작고 아담한 카페지만 아담한 게 매력이다.

카페만 자랑은 아니다. 그린 벽화에도 입체감이 있어서 사진으로 찍으면 실제 같다.

특히 날개벽화로 유명한 동피랑 마을이라 날개벽화에서 사진을 찍으려고 많이들 몰려들었는데 그만큼 잘 그렸기 때문이라고 생각한다. 금세 허기가 진 가족은 회를 먹으러 갔다.

역시나 값도 싸고 신선한 회였다. 통영을 둘러보면서 느낀 점은, 통영엔 단층주택이 많이 모여있을 거라는 생각과 달리 막상 가보니 놀랍게도 높은 빌딩도 있고 좋은 건물들이 많다는 점이었다. 그 건물들을 보면서 나는 우리나라가 이렇게 발전했구나 하는 생각이 들었다. 부산과 통영에 차이점을 비교하자면 부산은 번화한 도시라 사람이 많아서 좋았다면, 통영은 한적하고 사람이 그리 많지 않아서 마음이 놓이고 푹 쉬었다 갈 수 있는 곳이라는 점이었다.

꼭 외국으로 여행을 가야만 좋은 것을 볼 수 있는 게 아니라 우리나라에도 좋은 볼거리, 쉴 수 있는 장소가 많아서 우리나라 곳곳을 여행하며 국토의 아름다움을 경험하는 것도 좋다고 생각한다.

●신릉중학교 1학년 김경국 님이 보내준 가족여행 소감문입니다.

에세이

30여 년이 지나서 쓴 일기

_박건석

    1972년 겨울 충남 태안의 조그마한 시골마을에 채 동이 트기도 전 아버님은 간밤에 소복하게 쌓인 앞마당의 새하얀 눈을 치우시고, 할아버님은 사랑방 아궁이에 소에게 먹일 여물을 끓이고 계신다. 커다란 무쇠솥 여닫는 소리가 들리고 이윽고 할아버님의 헛기침 소리가 들리면서 "일어나 학교 가게." 몇 번이고 못 들은 척하면서 사랑방이 따뜻해질 때까지 기다려 보지만 매번 바람일 뿐이지 안 일어날 재간이 없다. 얼마나 추웠던지 옆에 있던 숭늉 그릇에 살얼음이 얼어있다. 주섬주섬 내복이며 점퍼며 두꺼운 나일론 양말을 신고 사랑방보다 더 추운 밖으로 나갈 채비를 한다.

    요강을 들고 조심조심 방문을 열고 마루로 나가면 걸을 때마다 "삐그덕 삐그덕" 소리를 내니 내가 일어났다는 것을 부엌에 계신 어머님은 알고 계신가 보다. 마루 기둥에 매달린 희뿌연 등잔이 이리저리 비틀거릴 때마다 밝았다 어두웠다를 반복하지만 요강을 들고 샘까지 가는 데는 아무런 문제가 없다.

    커다란 물동이에 두툼한 얼음을 깨고 물을 세숫대야에 담으면 물 반 얼음 반이다. 이때쯤 어머니께선 뜨거운 물을 어김없이 한바가지 가져오신다. 뜨거운 물을 세숫대야에 담으면 커다랗던 얼음들이 소스라치게 놀라 "딱! 딱!" 소리를 내며 줄행랑을 친다. 손가락 몇 개로

148

눈, 코, 입을 닦고 얼른 사랑방으로 뜀박질해 들어간다.

따뜻한 도시락은 등 쪽에, 책은 바깥쪽에 오게 하고 책 보따리를 오른쪽 어깨부터 왼쪽 허리까지 휘감아 가슴 쪽에서 힘껏 동여맨다. 다시 삐거덕거리는 마루로 나오면 어머님께서 이번엔 아궁이 옆에 놓아두셨던 검정고무신을 가지고 나오신다. 따뜻함이 발바닥에서부터 온몸으로 퍼짐을 느낄 때면 등 뒤에서도 따뜻한 도시락의 온기도 느껴진다. 캄캄했던 어둠은 어느새 지나갔는지 건넛집 굴뚝에 연기가 모락모락 피어오르는 것이 보이기 시작하면 학교 갈 시간임을 금방 알 수 있다. 지금부터 10여리 가량은 혼자 걸어가야 하고, 거기서부터는 우리 집보다 가까운 친구들과 함께 또 10여리 가량을 걸어가야 하니 만만치 않다. 하지만 매일 반복되는 등굣길이니 어떻게 가면 되는지 잘 알고 있는 터라 큰 걱정은 안 한다. 오늘같이 눈이 많이 내린 날은 매번 다니던 지름길보다 큰 신작로를 택해야 하고, 비가 많이 올 때면 큰 냇가를 피하기 위해서 돌아가는 길이 따로 있다.

오늘은 조금 멀더라도 큰 신작로를 따라가기로 결정을 하고 나니 걸음을 재촉하지 않을 수 없다. 지름길보다 시간이 더 걸리기 때문에 어쩔 수 없다. 아직 아무도 지나가지 않은 신작로 눈 위에 내 발자국이 마치 토끼 발자국 같기만 하다.

세상에서 제일 높은 언덕인줄로만 알았던 '산후리고개'에 오르니 숨이 헉헉 차오르며, 이마에는 어느새 땀방울이 흘러내리고, 검정고무신에는 눈이 들어가 벌써부터 물이 고이기 시작한다. 하지만 나는 세상에서 가장 높은 언덕에 올라 가장 신나는 미끄럼을 탈 생각을 하니 입가에 자리한 흐뭇한 미소는 숨길 수가 없다. 언덕 위 교회 뒤편에 숨겨둔 비료부대를 깔고 앉아 "내려갈까? 말까?"를 몇 번이고 망설인다. 그 신나는 미끄럼을 한 번에 끝내는 것이 못내 아쉽기 때문이다.

황소보다 더 큰 구렁이가 산다는 대나무 밭을 간신히 지나, 백화산 끝자락에 있는 냇가에 다다르니 승범이네 집이 보인다. "승범아 ~ 학교가자~" 녀석에게 오늘 있었던 "산후리고개"에서 미끄럼 탔던 이야기를 한껏 자랑하다 보니 어느덧 태안 읍내가 한눈에 들어온다. 그곳이 서울인줄만 알았던 태안.

교실에 들어가면서 가장 먼저 해야 할 일은 장작 난로로 달려가 양말 말리는 일이다. 양말을 못 말리면 수업시간 내내 발이 시려서 견딜 수가 없다. 난롯가에서 양말을 말리다 보면 하나둘씩 모여들기 시작해서 아수라장이 된다.

그나마 읍내에 사는 아이와 부잣집 아이는 장화를 신고 와서 우리처럼 양말 말리는 일이 없다. 수업시간이 다가올수록 양말은 점점 난로 가까이 가게 된다. 간신히 말린 양말이 한쪽은 엄지손가락만하게 태워져 구멍이 나 있고, 한쪽은 그나마 마르지도 않았다.

새끼손가락만한 몽당연필에 연신 침을 발라가며 공부를 한다. 아버님께서 마당에 작대기로 내 키만하게 'ㄱ' 써놓으시곤 "이게 기역이야" 하셨으니 모를 리 없다. 나는 머리가 영리한가보다. 아버님께서 마당에 써놓으신 'ㅎ'까지 다 외웠으니 말이다. 친구 승범이는 'ㅅ'만 넘어가면 머리가 혼란스러운가보다. 매일 나한테 물어보니 말이다. 때문에 선생님한테 떠든다고 혼나기도 하고 손들기도 하지만 승범이가 밉지 않다.

마지막 4교시, 난로 위에 도시락은 이삼 층으로 족히 여나믄 개가 놓여있다. 나처럼 집이 먼 아이들의 것이다. 두어 시간을 가야 집에 도착하니 점심을 먹고 가는 것이다. 여름에는 삼삼오오 냇가에서 먹기도 하고, 백화산 큰 바위에 올라 태안 읍내를 내려다보며 먹기도 하지만 겨울에는 주로 교실에서 먹는다. 도시락을 먹으려니 젓가락을 잊어버린 모양이다. 아무리 찾아봐도 보이질 않는다. 옆에 있는 짝꿍이 다 먹을 때까지 기다려야 한다. 한참을 기다리다 보니 젓가락을 빌려준다. 소매춤에 쓱쓱 문질러 닦아낸 후 도시락을 먹기 시작한다. 조금 먹다 보니 기다리는 동안 난로에 올려놓았던 도시락이 타 누룽지가 되었다. 도시락만 태워먹고 밥은 먹지도 못하고 일어나려 하니 어디선가 "땡그랑"하는 소리가 들린다. "아! 내 젓가락."

교문 밖을 나선다. 오늘은 어머님 심부름으로 읍내에 들러 '미원'을 사가지고 가야 한다. 읍내에서 제일 큰 '태안 새마을 구판장'에 들러 미원을 사고 나니 고소한 '라면땅' 하나 사먹을 만한 거스름돈이 남는다. 그렇게 맛있는 '라면땅'의 유혹과 화 난 어머님의 모습이 동시에 아른거린다. 한참을 망설이다가 굳은 표정으로 라면땅을 잡고 손에 움켜쥐고 있던 돈을 주인아저씨께 건네고 문턱을 넘어 서너 발짝을 걷다가 되돌아가 라면땅을 놓고 돈을 되돌려 받고는 냅다 달리기 시작한다. 힐끔 힐끔 뒤돌아보는 구판장은 멀어져만 가고 내 눈은 구판장에서 떠날 줄을 모른다.

어느덧 해는 서산에 져 붉게 물든 저녁노을이 참으로 아름답다. 집에 다다르니 어머님이 신작로에서 나를 기다리시는 모습이 보인다. 한숨에 달려가 어머님 품에 안기어 묻는다. "엄마 나 언제 라면땅 사줘? 장화는 언제 사줘?"

어머님께서는 그런 나를 꼭 껴안으시면서 말씀하셨다. "그래 내년에는 꼭 사줄게…."

시커먼 내 얼굴에 어머님의 눈물 자국은 지워지지 않고 어머님은 등잔 밑에서 구멍 난 내 양말을 꿰매고 계신다.

●신갈오거리 팔봉집 주인이신 박건석 님이 옛 추억을 떠오르게 하는 원고를 보내오셨습니다.

 체험

나의 평생 동지

_박인선

"내가 세상에 태어나 가장 잘 한 일은 당신을 만난 것입니다."

나는 남편에게 이렇게 고백한다. 첫 만남부터 오늘에 이르기까지 한결같은 모습으로 든든한 울타리가 돼 주고 있는 내 남편. 함께한 세월만큼이나 우리의 '동지애'도 더 깊어가고 있다.

우리 부부는 올해 결혼 28주년을 맞았다. 1985년 1월에 친지의 중매로 선을 보고 두 달만에 약혼했다. 그때까지 만난 횟수는 약혼 당일까지 포함해 고작 세 번이었다. 부모님께서 예비사위에 대해 뒷조사를 해보시고 매우 만족해하셨다. 상대 쪽에서도 결혼 성사에 적극적이었다. 주변에서 괜찮다고 하니까 큰 고민 없이 결혼을 결정하게 됐다.

우리는 1985년 4월14일 결혼식을 올렸다. 당시는 결혼식 직후 뒤풀이 코스로 드라이브가 유행이었다. 우리는 자연농원(지금의 에버랜드)으로 드라이브를 떠났다. 하얀 원피스가 눈부신 25살 신부와 29살 신랑은 그렇게 추억의 한 장면을 남기고 그날로부터 길고 긴 인생길의 동반자가 되었다.

결혼생활은 고되고 어려운 일들의 연속이었다. 홀시어머니와 시동생 둘이 함께 살았다. 첫째는 딸아이를 낳았는데 시어머니 말씀이 친정엄마가 딸을 많이 낳아서 나도 딸을 낳았다고 못 마땅해 하셨고 딸아이도 백일밤낮이 뒤바뀌어 여간 힘들게 하는 게 아니었다. 시어머니는 아이가 울어도 한번 나와 보시지 않으셨다. 딸을 낳았다고 은근히 미워하셨다. 그러는 바람에 꼭 아들을 낳으리라는 다짐을 하고 임신을 하여 남편에게 말을 하니 둘째는 필요 없다며 병원에 가자고 했다. 그러나 나는 꼭 아들을 낳을 거라고 말했다.

그러나, 둘째로 태어난 우리 아들이 5살 무렵부터 자폐성 발달장애 증세를 보이기 시작해 결국 1급 장애로 판정받고 올해 스물다섯의 청년이 되기까지 우리 가족은 남다른 어려움을 겪어야 했다. 그러나 남편은 그로 인해 한 번도 힘든 내색을 보인 적이 없다. 주변에서 따가운 시선을 보내며 수군거려도 남편은 싫은 소리를 하거나 얼굴 붉히는 일이 없었다. 오히려 아이의 장애가 우리 부부를 더 결속시키고 성숙하게 하는 힘이 됐다. 어느 날부턴가 우리는 각자의 휴대폰에 '평생 동지'로 저장돼 있다.

나는 자칭 완벽성에 결벽성을 자존심으로 삼고 살아왔다. 그런 내가 느닷없이 장애아를 가진 엄마가 되었다니, 믿을 수가 없었다. 정말 오랫동안 갈등을 겪어야 했다.

돌이켜보면 그 시절은 정말, 가슴에 커다란 구멍이 뻥 뚫린 것만 같이 숨조차 쉬어지지 않을 지경이었다.

내 금쪽같은 아이가 장애아라니.

저 초롱초롱한 눈으로 어미를 쳐다보는 아이가 자폐아이라니.

하늘이 와르르 무너져 내렸고 그 파편 속에 내가 빠져 버린 것 같았다. 형체도 없는 파편은 내가 움직일 때마다 피부를 콕콕 찔러대며 지금 이 순간까지도 나를 따라다닌다.

어느 누구도 장애인이 되고 싶은 사람은 없을 것이다. 물론, 장애인 부모로 살고 싶은 사람도 없을 것이다. 아이를 데리고 외출을 한

번 하려면, 가엾다거나 외면하거나 무시하는 등등, 따가운 시선들에 내 시선이 갈 곳을 잃어버렸다.

비장애아의 부모가 '학부모'라는 명찰을 간단히 달게 되는 시기에 나는 내 아이를 받아줄 학교를 몇 개월이나 찾아 헤매야 했다.

속수무책의 상태에서 숫제 포기하고 아이를 시설로 보내버리는 부모도 보았다. 그런저런 광경에 무수히 울기도 많이 울었다.

장애인 사회복지 제도가 구멍 뚫린 이 나라에서 우리가 아이를 위해 해주어야 할 일은 무엇인지, 자폐증을 가지고 있는 아이를 위해 어떤 준비를 해야 하며 어떤 식으로 돌보아야 하는지. 그리고 우리가 더 이상 아이를 돌볼 수 없는 지경이 되면 아이는 도대체 어떻게 되는 것인지. 살 수 있을 것인지, 죽을 것인지, 하루라도 혼자 살아낼 것인지, 방치되어 죽어버리는 건 아닌지… 등등의 생각을 하면 우리 부부는 억장이 무너져 내렸다.

먹고 자고 일상생활의 거지반을 타인의 도움 없이는 한시반시 힘든 내 아들. 누구든 붙들고 한바탕 눈물바람을 쏟아놓는다면 구석구석 쌓여있는 그 슬픔들이 다 녹아내릴까마는… 하지만 그건 너무 뻔한 불가능이었다.

장애인이 그 장애를 죽을 때까지 가져가는 것처럼 부모도 죽을 때 눈을 감기 전까지 그 슬픔을 떨쳐낼 수 없는 것은 기정사실이었다. 늘 어깨를 짓누르는 삶의 고단함을 배가시키는 타인의 왜곡된 시선과 그에 반응해야 하는 수많은 상실감이 불쑥불쑥 나를 파김치로 만든다.

제 이름을 불러도 누구냐는 듯 쳐다보는 아이를 끌어안고 "동현아…" 하고 불러보지만 아이는 그것이 자기 이름인지조차 모르고 어미 품에만 달려들곤 했다.

154

어릴 때 어미에게서 잠시도 떨어지지 않으려는 바람에 화장실에까지 같이 들어가 앉아있어야 하는 때가 수없이 많았다.

〈말아톤〉의 주인공이나 수영선수 진호처럼 특별한 재능을 살려서 성공하는 케이스의 자폐증 완치 성공스토리보다, 조금이라도 비장애인과 비슷하게 만드는 것보다, 아이가 살고 있는 독특한 세계를 이해하고 공감하면서 아이의 삶이 즐거움으로 충족하기를 바라는 것으로 많은 고민을 하면서 내린 결론이, 내가 아이의 특성을 찾아서 진정한 사회인으로 살아가기에 디딤돌이 되는 학교를 만들어보자는 것이었다. 그렇게 시작한지 10년~. 내 한 몸 부서지는 한이 있어도, 우리 아이에게 일쑤 뿌리는 그 갑오징어 뼛가루가 되는 한이 있어도, 이 꿈들을 기필코 이루려 한다.

반딧불이가 살 수 있는 쾌적하고 아름다운 마음의 고향을 담자는 의미에서 이름을 지은 '반딧불이문화학교'는 장애인들과 비장애인들이 함께 참여하는 문화예술단체로, 2003년 6월 경기도 용인 지역에 설립됐다.

문화예술인들이 모여 장애인들의 예술창작 욕구를 복돋워주고 이들을 전문인으로 육성하자는 데 의견을 같이하여 설립된 학교다. 그리하여 장애인과 비장애인이 함께 문화교육에 참여하고 있으며 문예창작교실, 합창교실, 규방공예, 풍물교실 등 17개의 다양한 문화교육 프로그램을 진행하고 있다.

"장애 아이들은 문화 활동, 심지어 운동을 하려 해도 가르쳐주는 곳을 찾기가 쉽지 않았고 내 돈 주고 가르친다고 해도 모두들 꺼려하지요. 설령 그런 곳에 가서 교육을 받는다 하더라도 장애인이기 때문에 이방인처럼 겉돌기 일쑤였구요. 그래서 '내가 한 번 만들어보자' 라는 생각을 하게 되었고, 그것이 오늘날에까지 이르게 되었습니다.”

　“함께할 때 아름답다.”라고들 한다. 제아무리 맛있는 산해진미도, 우리의 외양을 빛내줄 아름답고 화려한 옷과 장신구도, 심지어 한사람의 일생에서 단 한 번 만날까 말까할 정도로 기막히게 아름다운 자연의 풍광도 저 혼자서 즐긴다면 무슨 의미가 있을까?

　우리가 길을 걸을 때 사랑하는 사람에게 자연스럽게 발걸음의 속도를 맞추듯 사랑은 상대방의 속도를 맞춰주는 것이리라. 우리 부부가 원하는 것이 지금 함께 웃을 수 있다는 것, 그것이 곧 행복이다. 내 쓸쓸한 손 맞잡아주는 평생 동지의 따뜻한 손이 있어 더욱 든든하다. 그리하여 아름답다.

　누구나 그렇겠지만, 그 어느 아픔 중에서도 나의 아픔이 가장 크게 느껴진다. 세상의 모든 불행이 나에게만 온다고 느낄 정도로 절망감이 컸지만 지금은 동현이 없이는 하루도 못사는 고슴도치 엄마가 되었다. 매일 “♬효자아들 잘생긴 아들 어디 있나요?”라고 말하면 “여기 있어요♪♬”라고 화답해 주는 아들~. 누나로서 늘 동생을 위해 최선을 다해주는 예쁜 딸~.

　10년째 묵묵히 이 길을 가며 함께해준 남편은 지금의 반딧불이문화학교를 후원해준 가장 큰 버팀목이다. 묵묵히 뒤에서 밀어주고 아내가 홀로 일어설 수 있도록 지켜준 나의 남편, 평생 동지. 나는 늘 감사한다. 문화학교를 밝혀주는 지역의 반딧불이들에게, 그리고 평생의 동지로 언제나 내 곁을 비춰주는 반딧불이에게…

 �𝗈—— 단상

내가 콩나무를 타고 가서

_김진완

내가 콩나무를 타고 가서 그 세계는 천국이 있으면 좋겠다.
왜냐하면 내가 죽어도 평생 살 수 있기 때문이다. 그리고 우리 가족
을 항상 볼 수 있기 때문이다.
만약 진짜 그런 세계가 있다면 가족이랑 제일 먼저 갈 것이다.
그만큼 나는 가족을 사랑하고 지켜주고 좋아하는 마음이 있어서 이
런 세계를 상상할 수 있었다.

�𝗈구갈초등학교 4학년 김진완 님의 글입니다.

만화영화 〈강아지 똥〉을 보고 나서
_김지수

처음엔 강아지 똥처럼 더럽고 냄새나는 것은 이 세상에 별 쓸모가 없다고 생각했었는데 민들레꽃을 피우기 위한 첫걸음이나 다름없는 고마운 것이 강아지 똥이라니 놀라웠다.

또한 맨 처음 강아지 똥이 자기는 할 수 있는 것이 없다고 생각했던 것이 안타까웠다.

하나님께서 우리 모두 쓰실 데가 있어서 만드신 것인데…

강아지 똥은 그걸 모르고…

하지만 늦게나마 민들레 새싹을 통해 자신도 쓸모가 있다는 것을 알게 되어 기쁘고, 나도 다른 사람도 타인을 위해 몸을 바칠 수 있는 사람. 봉사 정신을 가지고 있는 사람의 마음가짐으로 사회에 봉사 할 수 있는 사람이 되었으면 좋겠다.

우리 곁에도 어렵고 몸이 불편하거나 모자란 사람이 있다.

하지만 그런 사람들을 비웃거나 비판 하지 말고 감싸주는 게 우리의 할 일인 것 같다.

2006년 4월 장애우를 생각 하며…

나도 강아지 똥처럼 좋은 곳에 쓰이고 쓰임 받을 수 있는 사람이 되고 싶다.

●숲속마을지혜민학교 김지수 님이 원고를 주셨습니다.

○── 편지

먼저 간 바둑이에게

_엄문희

바둑아 안녕! 나 기억나니?

난 솔직히 너의 모습이 기억이 안 나.

너랑 무슨 일을 하며 놀았는지, 너의 특징이 무엇이었는지…

그런데 그건 당연한 거라고 생각해 5살, 4살 때의 일이니까.

너도 나 이해하지? 그런데 바둑아, 나 너 죽을 때 너무 무서웠어.

난 다 기억 나 그날만큼은 그 오토바이가 널 죽게 만들지 몰랐는데,

그날만큼은 소리 빽빽 지르면서 엉엉 울었어야 했는데, 눈물이 안 나

오더라.

무섭기만 하고, 두렵기만 하고, 네가 죽을까봐…

그런데 내가 울어야 하는데 네가 울더라.

그 때 왜 울었니? 아파서? 아님 죽기 싫어서?

나는 죽을 때 너처럼 죽지 않을 거야.

편안히 자다가 죽으려고, 웃으면서…

그런데 이젠 별로 안 슬퍼. 왜냐하면 넌 강아지일 뿐이잖아.

우린 보신탕도 해 먹는데 뭘. 내가 생각해도 내가 너무 냉정해진 것

같지만 언젠가는 우리도 다 이 세상을 떠나잖아.

넌 빨리 간 거고 난 천천히 이 세상을 좀 알고 갈게.

그때까지 나 기다려줘~

○숲속마을지혜민학교 엄문희 님이 글을 보내주셨습니다.

삼천갑자동방삭
_정선교

三 석 삼

千 일천 천

甲 첫째천간 갑

子 아들 자

東 동녘 동

方 모 방

朔 초하루 삭

　소리 없이 조용히 흐르는 하천을 끼고 있는 동네는 무척이나 평화
로웠다. 하루는 그 동네에 한 아이가 세상에 맞이하고 태어났는데,
그 아이가 동방삭(東方朔)이었다. 아이는 자라면서 총명하고 똑똑하
여 동네는 물론 인근까지 소문이 자자했다. 그런데 그 아이는 신분이
비천하여 성년이 되어도 출세하지 못하고 그저 농사일에만 열중이었
다. 그렇게 그는 홀어머니를 모시고 살다 보니 나이 서른이란 반환갑
을 맞이하게 되었다.

　서른이 되는 그 해 봄에 모내기를 끝내자 심한 가뭄이 들었다. 그
가뭄으로 인해 농사용 물이 부족해 논에 물 대는 것조차 모자라 동네
주민과 싸움이 자주 일었다.

동방삭 자신의 논과 장님(소경)의 논은 논둑 하나를 두고 있었다. 그러니까 윗 논은 장님(소경)점사 논이고, 그 아랫 논은 동방삭의 논이었다.

윗논을 가진 장님은 밤새도록 논에 물을 대어 놓으면 아랫논인 동방삭은 몰래 새벽녘에 나가 논둑에 봇물을 터서 장님이 애써 받아놓은 논물을 몰래 빼가기를 수차례를 했다. 그걸 알아버린 장님은 분통이 터져 싸우길 여러 번을 했다. 하지만 장님은 앞을 볼 수 없으니 따지고 싸워 봤자 아무 소용이 없었다. 장님은 앞만 보이기만 하면 동방삭을 잡아 실컷 패주고 싶어도 앞이 보이지 않으니 다른 방법이 없어 속만 끓이고 있었다.

그렇게 맨날 속만 끓이고 있던 장님은 하루는 어떻게 하면 그 놈을 골탕을 먹일까 생각하고 생각한 끝에 손으로 무릎팍을 치고 좋은 수를 떠올렸던 것이다.

장님은 본래 천문과 지리를 잘 알고 있던 터라, 동방삭이 언제까지 살 것인가의 사주를 꼽아보고 나서 고래고래 소리를 질러댔다.

"야! 이 미꾸라지 같고 백여우 같은 놈아. 네놈이 아무리 날뛰어도 내가 꼽아보니, 네놈은 올해 서른을 못 넘기고 뒈질 팔자다!"

동방삭은 헤헤거리며 장님을 놀다, 그 말을 듣게 되자, 동방삭은 충격을 받아 집에 들어가 어머니에게 그 말을 늘어놓았다. 그 말을 들은 그의 어머니는 천지가 뒤집어지는 듯 혼비백산하여 아들을 꾸짖고 앞세워 그 장님을 찾아갔다.

"천지간에 믿을 것이라곤 동방삭 아들 하나만을 바라보고 사는 불쌍한 년이오니, 부디 불쌍히 여기시고 헤아려주셔서 살 길을 알려주십시오."

굴복사죄를 하기를 여러 번 거듭하고 하도 간절히 매달리는지라,

장님점사가 에구 괜한 말로 내처지만 더 곤란해졌구나 생각하다가 그의 어머니의 간청에 못 이겨 말해주었다.

"모월모일 동방삭 나이 서른 생일날 저녁 오시(밤 1시 ~ 3시) 사이에 마을 앞산 재 마루에 떡시루 정성스레 차려놓고, 그 옆에다 술상 잘 차려놓으시오. 노자 돈도 세 사람 분 준비해 놓고 숲에 숨어 기다리면, 저승사자 셋이 재 너머에서 오다가 목말라 술을 마시고 떡을 집어먹으면 뛰어나가 살려달라고 손이 발이 되도록 빌어보시오. 혹시 방법이 생길지도 모르겠소이다."

동방삭 어머니는 백배사례하고, 장님의 말대로 모월모일 오시에 모든 준비를 다 차려놓고 잿마루 숲속에서 숨어 기다리고 있었다.

아니나 다를까 검은 옷에 검은 갓 쓴 저승사자 셋이 모습을 드러냈다.

"어, 저기 좀 보게. 누가 한상 잘 차려 놓았구먼?"

한 사자가 말했다.

"그런데 술도 있네그려. 아무도 없는데 목도 마른데 한 잔씩 하고 나 갈까?"

"여보게 남이 차려놓은 것 함부로 손대면 안 되지. 세상엔 공짜가 없는 법인데… 그냥 갑세."

"누가 제사지내고 그냥 냅두고 간 것 같으니, 먹어도 괜찮은 듯싶네. 한 잔씩 해도 별 일 없을 것 같은데."

"그러세. 어여 와 한 잔 하자고."

저승사자들은 자리를 잡고 한 잔씩 걸치고 떡도 집어먹었다. 그러다 엽전이 담겨 있는걸 발견 했다.

"어 여기에 누가 노자 돈도 넣어놨구먼, 허허."

노잣돈까지 나눠 품에 집어넣었다. 그 모습을 지켜보고 있던 동방삭의 어머니는 숲에서 재빨리 뛰어나갔다.

"아이고, 아이고 우리 아들 잡으러 오신 사자님들, 부디 이 년을 데리고 가시고, 우리 아들 살려주시오."

저승사자를 붙잡고 간절히 사정을 했다.

"거 보게, 세상엔 공짜가 없는 법이네. 허, 이거 참. 공연히 어려운 일에 간여하게 되었구먼."

동방삭의 어머니는 계속 울며불며 너무나 간절하게 매달렸다.

"침 먹은 지네요. 꿀 먹은 벙어리라. 아무튼 그냥 돌아가 보세."

선임 저승사자가 일행을 이끌고 다시 저세상인 저승부로 돌아갔다. 세 저승사자는 옥황상제 저승부에 도착해서 동방삭에 대해서 보고를 하고 벌을 받을 준비를 했는데, 염라대왕이 저승명부를 펴놓고 잠이 들어 있었다.

저승사자들은 염라대왕이 잠에서 깨기를 기다리던 중에 저승명부에 '동방삭〈東方朔〉 삼십갑자〈三十甲子〉'라는 동방삭의 이름이 눈에 들어왔다.

저승사자들은 염라대왕의 명령을 어긴 벌을 받을 생각을 하니 앞이 노랗고 까마득했다. 그때 한 사자가 염라대왕 몰래 다가가 붓을 잡았다. 그 벌을 면하고자 동방삭〈東方朔〉 삼십갑자〈三十甲子〉라고 써져 있는 곳에다 삐침 하나를 더 그어댔다.

十자에서 삐침을 치자 千자로 변해버렸다.

三十甲子가 三千甲子(3000×60(1갑자)=18만년)로 되어 버렸다.

그때 어흠 하고 기침을 하고 염라대왕이 잠에서 깨어났다.

"대왕마마. 큰일 날 뻔했습니다. 땅에 내려가 보니 동방삭은 제 명을 다 살지도 않았습니다. 그래서 그냥 돌아왔습니다."

저승사자들이 이구동성으로 말하자, 염라대왕은 잠이 덜 깬 눈으로 동방삭의 명부에 〈三千甲子〉라고 써져 있었다.

"이크! 큰일 날 뻔했구먼. 제 명도 살지 않은 놈을 잡아올 뻔했구먼. 자네들 수고했네. 어서 가서 쉬어라."

그 이후부터 동방삭은 삼천갑자를 살기 시작했다.

온 천지의 일을 주관하는 옥황상제가 천지의 혼란을 일으켰다. 그건 바로 동방삭 때문이었다. 동방삭은 오래 살 수 없는 인간으로 그를 잡으려 했으나 그가 너무 오래 살면서 온갖 도술을 부려 늙었다 젊었다를 변신하는 통에 도무지 잡을 수가 없었다. 그렇게 되자 하늘나라에서는 혼란에 빠져 버렸다.

그 한 사람 때문에 옥황상제는 심한 고민에 빠져 있는데 한 신하가 나타났다.

"제가 땅에 내려가서 해결하겠습니다."

그 신하는 저승사자로 땅에 내려왔다. 그런데 동방삭이 도술을 부리는 바람에 도무지 잡을 수가 없었다. 옥황상제께 동방삭을 잡아오겠다고 큰소리치고 내려온 터라, 지금에서 포기하고 돌아갈 수도 없었다.

"참 희한한사람일세. 아, 분명 동방삭이 있기는 있는 모양인데, 동방삭을 본 사람이나 아는 사람이 아무도 없다 하니."

동방삭을 잡지 못해 저승사자는 골머리를 앓고 있었다. 도술로 변신해 버리니 더 골치가 아팠다.

그렇게 수일 동안 고민하고 고민한 끝에 저승사자는 한 가지 꾀를 내기로 했다. 그 꾀에 넘어가면 동방삭을 쉽게 잡을 것으로 믿었다.

저승사자가 생각해낸 것은 숯(炭)이었다. 숯을 만들기 위해 산에 올라가 큰 나무를 베어 숯을 만들어 지게에 져서 하천가에 쌓아 두었다. 그리고 날마다 하천가에 앉아 숯[炭]을 빨았다.

여름이 지나고 초가을 화창한 날 동방삭은 빨래를 하기 위해 빨래거리를 들고 강가 빨래터로 나갔다. 흰 옷을 강물에 담갔다가 헹구려는데 하얀 빨래가 검게 되어버렸다. 또 헹구어도 빨래는 허얘지는 것이 아니라 점점 검기만 했다.

동방삭은 이상히 여겨 강물을 들여다보니 온통 검은 물이 흐르고 있었다.

"쌍! 어떤 놈이 이런 짓거리를 하는지 내 손에 걸리기만 해 봐라."

화가 난 동방삭은 검은 물이 어디서 시작해서 보내는지 찾아내기로 하고 강물을 따라 올라갔다. 아니나 다를까 저만치에서 하천가에 한 중년을 발견하고 다가가서 보았더니, 기가 막히게도 숯을 빨고 있었다.

"숯을 왜 빨고 있소이까?"

동방삭이 물었다.

"보면 모르겠소? 숯을 희게 하려고 빨고 있잖소."

"허허. 여기 미친놈이 또 하나 있군."

"미친 사람이라니? 그럼 당신은 허연 것이 검어지기를 바라면서 빨래를 하는 모양이군. 그렇다면 당신이 더 미쳤소."

"허 허. 여기 사람들한테 물어보시오. 숯을 씻어 하얗게 만들려는 우둔한 당신 같은 사람을 보았는가를. 내 삼천갑자를 살아왔어도 당신 같은 놈은 처음 봤소이다."

이때였다. 저승사자는 '삼천갑자'라는 단어에 이 자가 바로 동방삭임이 틀림없음을 알고 그를 사로잡아 옥황상제에게 데리고 갔다.

●정선교 장편소설 『탄천』 중에서. 2008년, 미디어그룹 천우 刊

설날
_유현자

"까치 까치 설날은 어저께고요 우리 우리 설날은 오늘이래요~"
어릴 적 설날을 손꼽아 기다리며 부르던 노래이다.

설날을 앞두고 어릴 적 추억이 생각난다. 내가 살던 고향은 떡집이 읍내에나 있었기에 동네 방앗간에서 한날 한꺼번에 떡을 했었다.

집집마다 큰 시루에 밥을 쪄서 식을까봐 이불로 싸매고 덮어서 리어카나 지게에다 싣고 방앗간에 간다.

줄을 서서 한참 기다린 후 우리 집 차례가 되면 우린 신이 난다. 가래떡이 되어서 길게 나오는 것을 뚝 잘라서 건네주면 꾸역꾸역 입이 터져라 맛있게 먹던 추억… 어찌 그 맛을 잊으리오… 유난히 떡을 좋아하는 난 지금도 그 떡을 자주 사 먹는다.

먹을 것이 흔한 요즘 아이들은 이해하지 못할 풍경이고 추억이다.

두부도 손수 만든다. 끓이고 누르고 해서 따끈하게 나온 두부. 지금 같으면 정말 맛있게 먹었을 텐데 어린 나이에는 맛있는 줄 몰랐다. 두부를 좋아하는 난 지금도 손두부를 먹다 보면 그때 두부가 그리워진다. 먹을 게 귀하던 시절에 설날 명절은 너무 너무 신이 났다.

그때는 몰랐는데 그 당시 엄마는 종갓집 맏며느리라 힘드셨을 것 같다.

166

또한 미지의 세계 서울로 돈 벌러 갔던 동네 언니, 오빠들이 잔뜩 멋을 부리고 내려오면 부러웠었다.

예뻐지고 멋있어지고 성공해서 온 것 같고… (지금 생각해 보면 공장에서 힘들게 일하던 언니, 오빠들이었다.)

언니, 오빠들로부터 받은 선물을 서로 자랑하던 시절 모든 게 신기하고 좋았었다.

또한 서울에 사는 친척들이 자동차를 타고 내려오면 그것 또한 구경거리였고 신기했다.

"누구네 집 아들은 사장 되어서 왔대… 누구네 집 딸은 신랑 데리고 왔대…"

어른들 대화 속에 부러워하시던 모습들도 생각난다. 그래서 자식이 잘 되는 게 지금도 마찬가지지만 가장 큰 효도이고 부모님들의 기쁨이고 자랑인 것 같다.

그리고 우리 집은 종가집이어서 할아버지, 할머니께서 살아계셨기에 하루 종일 세배하러 오시는 분들이 많았다.

창호지 문에 붙어있는 작은 유리문으로 누가 오시나 내다보며 엄마에게 "또 오신다. 또 오신다." 하며 술상 준비를 도와드렸던 추억… 서로 덕담 나누며, 소식 전하며 음식을 나누던 그 시절. 훈훈한 뭔가가 있었던 것 같다.

어린 우리들도 동네 어른들께 세배하러 다니며 사탕과 과자도 받아오고 운(?)이 좋으면 세뱃돈도 받아오던 그 시절… 정이 느껴지던 시절이었다.

어른들을 공경하며 서로 잘 되기를 빌어주며 이웃의 아픔을 같이 아파해주던 작은 공동체.

하지만 지금은 시골도 너무 삭막하다. 마음속에 있는 고향이 그리워 어쩌다 가보면 너무 삭막하고 낯설고 그렇다. 세상도 변하고 나도 변한 것 같다.

어른이 된 지금 설날 명절은 나부터도 부담이고 별로 안 기다려진다.

물질만능에 젖어있는 우리 아이들도 어른 공경보다는 세뱃돈 욕심에 세배하고 그 액수 또한 너무 커져 어른들로서는 부담이 가지 않을 수 없다.

모든 것이 너무 빠르고 편리함이 있지만 뭔가 소중한 것을 잊고 살아가는 것은 아닌가 하는 아쉬움이 남는다.

문득 옛날에 살던 고향이 그리워지고 어린 시절이 그리워진다.

올 설날은 잊고 지냈던 분들에게 안부 전하며 정이 느껴지는 설날을 맞이하고 싶다.

●유현자 님이 설날에 대한 단상을 글로 보내주셨습니다.

단상

축복

_김경여

밤하늘에 반짝이는 수많은 별들만큼이나
나에게는 소중한 것들이 많다.
돌이켜보면
소중한 것들을 들판의 돌멩이마냥 귀찮게 생각하며
발길질을 하곤 했었다.
그러나 돌다… 돌다 보면 그리고 돌이켜 생각해 보면
진정 소중한 것들은 이미 내 안에 있다.

'사랑, 섬김, 믿음, 소망, 감사, 덕, 가족애, 동료애, 연민, 따뜻함,
베품, 배려, 나눔, 기쁨, 행복, 충만…'

내 안에
내가 손 내밀면 언제든 잡힐 듯
그 빛을 발하는 것들이
몇천년 동안 꿈쩍도 않던 억눌린 돌마냥
태초의 모습 그대로
손닿지 않는 원석 그대로
그렇게… 그렇게 있다.

아침 햇살의 눈부심만을 꿈꾸었던가.
햇살은
아침 이슬의 영롱함을 앗아가는 줄 몰랐던가.
하늘로 치솟아 이글거리는 한낮의 태양의 정열과 화려함을 꿈꾸
었던가.

태양의 이글거림은
어머니의 젖가슴을 뚫고 새싹을 틔우는 생명마저 앗아가는 줄을
몰랐던가.

어스름 내려앉을 적
못내 아쉬워 어둠에 한 발 얹어 마지막 빛을 발하는 저녁노을을
욕 했던가.

어둠의 굴레 굴레를 가슴으로 휘감아
빛을 발하는 노을을 진정 몰랐던가.

사람들은 아는 것보다 모르는 것이 많고
모르는 것보다 관심 없는 것들이 더욱 많다.

사람과 사람 사이의 인연과 얽힘
정욕의 파도와 인간적 연민들
나의 의와 그의 의
나의 것과 그의 것

'갈등, 방황, 절망, 좌절, 보여짐, 새겨짐, 또 다른 나, 교만, 자만,
또다른 겸손…'

이 모든 것들은 비 본질일 뿐
'생명나무' 본질을 잡는 순간…
모든 것은 축복이 된다.

_강윤경 〈대화〉

『피노키오의 모험』을 읽고

_황석우

전에 영화로 본 '피노키오'는 어두운 화면과 우울한 내용이어서 책을 읽을 때 처음엔 집중이 잘 되지 않았다.

그러나 열심히 읽다 보니 점점 몰입이 되었고 내가 본 영화나 책들에 나오지 않았던 부분이 나오기 시작하면서 점점 신이 났다.

가장 신이 난 부분은 피노키오를 만든 것만 보통 나오는데 이 책에선 사용된 나무를 제페토 할아버지의 친구인 버찌라고 불리는 목수 할아버지에게 얻은 것과 제페토 할아버지를 삼킨 것은 고래가 아니라 상어이고 꼬리를 제외하고도 길이가 1킬로미터나 된다는 내용도 있다.

솔직히 고래도 아니고 상어가 그 정도나 된다는 것을 알고 나니까 이 책이 어린이를 위한 문학소설이 아니라 그 시대 최고의 판타지 소설이 아닐까 하는 생각이 든다.

또 이 책은 큰 교훈을 주기도 한다.

피노키오가 파란머리 요정 ,극장 주인 만지아 포코 ,다랑어 ,제페토 할아버지, 심지어 귀뚜라미에게도 충고와 도움을 받는다는 사실이다

하지만 피노키오는 그런 도움을 받았음에도 불구하고 자기 태도를 고치지 않는다.

이 부분에서 사람은 쉽게 변하지 않는다는 것을 느꼈다. 나도 여러 가지 실수를 하고 부모님이나 선생님들께서 좋은 충고를 해 주시지만 쉽게 고치지 못하는 경우가 많다. 생각한대로 행동하는 것은 결코 쉽지 않다.

그리고 파란머리는 자기가 계속 가난해짐에도 불구하고 계속해서 피노키오에게 도움을 주었고 그 결과 피노키오는 행복해졌다.

파란머리는 자기가 주는 도움에 보답을 받을 수 없다는 것을 알면서도 상대방을 행복하게 해줄 수 있다는 것으로 만으로 만족한다. 하지만 우리는 누군가에게 선의를 베풀면 보답을 받고 싶어하고 그렇지 않으면 서운해 한다. 대가 없는 선의의 중요함을 다시 한 번 느꼈다.

같은 내용의 책도 나이가 들 때마다 읽을 때 느끼는 감정이 다르고 읽는 대상에 따라 책의 세세한 부분이 다를 수 있다는 것도 알게 되었다. 다시 읽은 『피노키오의 모험』은 내게 값진 경험의 기회를 주었다.

●교동초등학교 5학년 황석우 님이 책을 읽고 감상문을 보내주셨습니다.

내 동생 괴롭히지 마라

_김수연

새해가 되면 어김없이 들려오는 소리가 있다. "새해니까 책꽂이에 있는 책 좀 싹 다 정리해!" 바로 엄마의 목소리다. 내가 정말 싫어하는 정리이지만 새해의 설레는 마음을 안고 정리를 시작했다. 교과서는 모두 빼내고 보기 싫은 시험지는 한쪽으로 정리하고…. 거의 다 정리 했을 때 마지막으로 책꽂이 맨 위를 보니 내가 초등학교 저학년 때 쓰던 일기장과 독후감들이 쌓여있었다. 일기장들은 하나같이 쓰기 귀찮아서 띄어쓰기 칸 늘이기 등 여러 가지 꼼수를 부렸고 독후감은 앞뒤가 하나도 맞지 않는 이상한 독후감이었다. 한 일기장을 펼쳐 그 해에 무슨 일이 있었는지 보기 시작했다. 일기장을 보니 대부분 일상생활에 평범한 이야기들이었다. 하지만 그 중에 가장 긴 내용의 일기가 있었는데 그 일기를 보니 정말 그 순간의 여러 가지 감정이 떠올랐다. 어렸을 때 그날은 정말 잊지 못할 것이다.

"야! 김수연!", "네가 그랬잖아!" 어김없이 시작되는 평범한 학교생활에 문제가 일어났다. '남자는 여자를 때리면 안 된다.'라든가 때리는 것에 심각하게 생각하지 않을 시기였다. 한 남자 아이와 나는 싸우게 되었다. 친구들이 봐도 그 남자 아이가 시비를 건 것이었는데 그 장난에 짜증이 나고 안 그랬다고 발뺌을 하는 것을 보니 어린 나는 무척 울컥했다. 그때는 굉장한 말빨로 친구들을 이길 수 있었기

174

때문에 그 친구를 몰아붙이기 시작했다. 10분. 초등학교의 쉬는 시간. 그 시간에 그 남자 친구와 나는 계속 싸움을 했다. 그런데 말로 싸우다가 그 친구가 날 때리게 되었다. 지금 생각하면 살짝 친 것이지만 그 순간 나는 그 친구가 날 때린 것 같았다. 너무 서러워서 나는 울음을 터뜨렸고 아무 생각도 나지 않았다. 그때 나와 두 살 차이 나는 오빠가 같은 학교에 다니고 있었는데, 오빠한테 가서 이르게 되었다. 서럽기도 하고, 그 친구를 혼내 줬으면 하는 마음에서였다. 오빠한테 가서 엉엉 울어대면서 이런 일이 있었다고 설명했다. 오빠는 내 이야기를 듣고 "알겠어, 오빠가 혼내 줄게."라는 멋진 말을 했다. 지금 생각하면 정말 유치한 말이지만 그 순간에는 정말 정의의 용사 같았다. 그 다음 시간, 수업을 하고 점심시간이 다가왔다. 오빠는 나를 불렀고 나한테 "그 애가 누구야?"라고 물어 봤다. 나는 그 친구를 알려주며 어린 마음에 "오빠…. 때리면 안 돼…. 알겠지? 그럼 오빠도 나쁜 사람 되잖아" 그랬다. 당시 내가 오빠한테 했던 말이다. 5년 정도 지났는데도 내가 했던 말이 정확히 기억이 난다. 오빠는 알겠다, 하고 내 친구한테 가서 이렇게 이야기했는데, 이 말도 잊지 못할 것이다.

"내 동생 괴롭히지 마라."

그땐 오빠가 고맙기만 했지만 지금 생각해 보면 정말 감동이고 "우리 오빠는 이런 사람이다."라고 자랑하고 싶을 정도로 멋있다. 친구들 앞에서 오빠 자랑을 할 때면 난 이 얘기를 꼭 한다.

이제는 중학교를 졸업하고 수능을 준비해야 하는 고등학생이 된 오빠지만 아직까지 오빠와의 사이는 좋다. 중학교 때부터 심한 사춘기를 겪고 부모님께 반항도 하고 고등학교 초반에도 흔들렸지만 현재는 마음을 잡고 조금씩 공부를 하는 오빠에게 이 이야기를 들려주고 싶다. 가끔 가다 싸우기도 하고 한편이 되기도 하는 오빠는 어렸을 때 내 눈에 가끔 누구보다 멋진 용사였다. 지금 그런 모습을 보기는 힘들지만 가끔가다 보여주는 배려가 보여, 그때마다 '우리 오빠구나'라는 생각이 든다.

과거에도 현재에도 미래에도 언제나 고맙고 미안해. 사랑해 오빠!

◐용인 백현 중학교 2학년 김수연 님이 글을 보내주셨습니다.

비상구 속 초록인간

_김찬혁

"응애응애"

2028년 3월 29일 새벽 3시, 하나의 생명체가 태어난 날이다. 그러나 부모님들은 좋아하지 않았다. 어떻게 아기가 이렇게 생길 수 있단 말인가? 귀엽고 깜찍하게 생겨야 할 아이가 괴물 같고 파괴적인 모습으로 태어났단 말인가? 초록색 눈동자, 초록색 입술, 초록색 코, 초록색 피부, 초록색 귀, 초록색 두피! 온몸엔 털이 하나도 없는 생물체였다. 그리고 일반 사람들과 다르게 빠르게 눈을 떴다. 아기가 아버지 쪽을 보았는데 땅에 금이 간 듯, 땅을 뚫어져라 쳐다보고 있었다. 아버지가 입원해 있는 어머니에게 무언가 말을 건네는 것 같았다.

"그냥 이 아기 버립시다."

아버지의 말을 듣던 어머니의 눈에서 눈물이 흐르고 있었다. 어머니는 아무 말 없이 아버지의 손을 잡고 초록색 아기에게 다가갔다. 아기가 있는 곳은 유리로 막혀 있었지만 어머님은 작게 말했다.

"미안하다 아가야…"

그리고 어머니 아버지는 사라져 버렸다.

내 이름은 없다. 단지 인간들은 나를 초록인간으로 부른다. 그리고 내 나이는 잘 모르겠지만 인간들은 나를 11살이라고 한다. 그렇지만 인간들은 내가 11살 치고는 성장이 너무 빠르다고 했다. 나는 지금 고아원에서 지내고 있다. 여기는 먹을 것 마실 것을 다 주고 교육까지 해주어서 정말 좋다. 내게 만약 소원이 있다면 바깥세상에 나가 보는 것이다. 나는 이 소원을 이루기 위해 고아원에 계시는 선생님께 여쭈어봤다. 그런데 선생님께서는 나갈 수 있다고 했다.

친구들 사이에서 나는 왕따를 당한다. 매일 이렇게 말한다. 인간들은 나갈 수 있는데 나는 못 나간다고 놀린다. 다른 인간들은 다 웃고 있는데 왜 나만 웃지 못할까? 나는 거울을 봤다. 거울을 보고 나는 결심했다. 밖으로 나가겠다고 말이다. 그리고 점심시간에 급식실로 가는 도중 나는 교문이 보이는 쪽을 향해 달려갔다. 뒤도 돌아보지 않고 달려갔다. '두근두근두근두근' 나의 심장이 이렇게 빨리 뛰어 본 것은 처음이다. 교문 앞으로 나온 나는 앞을 보았지만 온통 나무로 둘러싸인 초록색 숲속이었다. 하늘에는 조용한 계단이 있었다. 그렇지만 밖으로 나왔다는 생각에 기분이 좋아진 나는 신나게 점프를 했다. 그런데 깜짝 놀랄 일이 벌어졌다. 점프를 했는데 내 몸이 가벼워지고 저 위쪽에 날아다니는 새들처럼 공중으로 날아올랐다. 나는 아래를 보고 너무 무서워 눈을 꼭 감고 소리 질렀다.

"으아아아아아아아아아아아악~"

눈을 떠보니 나는 어떤 상가 계단에 앉아있었다. 인간들은 한 명도 보이지 않고 나는 계단 모퉁이에 혼자 누워 있었다. 나는 어디로 나왔는지 보이지도 않는다. 그런데 어떤 사람이 올라오는 소리가 들렸다. 아래를 쳐다보니 멋있는 교복을 입은 잘생긴 사람 2명이 올라오고 있었다. 나는 숨어야 할 것 같아 상가 안으로 들어갔다. 두 학생이 노래 부르는 소리가 처음에는 크게 들렸지만 점점 작아지며 사라졌다. 나는 다시 그 계단으로 나왔다. 그런데 원통형에 조그마한 것이 불에 타고 있었고 끝쪽에서 연기가 나고 있었다. 나는 그것을 집어들었는데 내 몸이 녹아내렸다. 나는 그것을 내던지고 경악하며 벽 쪽으로 기댔다. 그 순간 나는 낭떠러지로 떨어지는 듯 어디론가 빠져 버렸다. 눈을 떠보니 그전의 고아원 교문 앞에 내가 쓰러져 있었다. '뭐지? 꿈이었나?' 영문도 모르는 채 나는 아까 했었던 것처럼 다시 점프를 해 보았다. 나는 다시 새처럼 날아오를 수 있었다. 그런데 이번엔 밖은 어두웠고 계단이 아니라 어떤 집 앞이었다. 밖으로 나가는 문을 찾고 있던 도중 어떤 집에서 뛰쳐나오는 인간을 발견했다. 그 인간을 보았더니 검은색 마스크를 쓰고 있었고, 얼굴도 잘 안 보이고, 오른쪽 주머니는 툭 튀어나와 있고 왼손에는 금반지들이 여러 개 끼어 있었다. 어쩐지 도둑 같았다. 그런데 도둑놈이 나왔던 집에서 또 다른 인간이 나왔다. 도둑놈이 왼손에 들고 있는 금반지의 주인 같았다. 나는 그 도둑과 정면을 마주보게 되었다. 도둑의 키는 나보다 훨씬 작았고 그 인간은 나를 위로 쳐다보았다. 도둑은 도망치기도 전 당황해서 넘어졌고 오른쪽 주머니에 가득했던 돈이 흘러내리며 자꾸 뒷걸음질을 쳤다. 그렇지만 그 도둑놈을 잡은 것은 뒤에 쫓아오던 인간이었다. 집 주인은 전화기를 꺼내 112에 전화를 했고, 나를 보더니 놀라지는 않고 고맙다고 칭찬을 해주었다. 생애 첫 칭찬을 받은 나는 너무 신이 났다. 신이 나서 밖에 나가는 길도 까먹었다. 밖을 나가기 위해서는 엘리베이터를 타야 하는데 타는 방법을 몰라 포기했다. 그래서 결국은 계단으로 갔다. 내가 있는 곳은 60층이었다. 나는 한숨을 쉬며 계단을 빠르게 내려갔다. 59, 58, 57, 56… 39층에 도착했다. 나는 힘들어 불빛이 나는 한 비상구 표지판에 등을 기대 조금 쉬었다. 그런데 그 빛에서 큰 빛이 나며 나를 흡수했다. 또 어디론가 떨어졌다. 다시 고아원 교문 앞이다. 나는 깊이 한

숨을 쉬었다. 밖에 나가고는 싶은데 자꾸 돌아오고 그러니깐 정말 답답했다. 나는 계속 생각하며 하늘을 바라보았다. 하늘에는 사람들이 하는 행동을 다 볼 수 있었다. 마치 모든 것을 지켜보는 CCTV같았다. 그리고 나는 잠이 들었다.

나는 지금 꿈나라에 왔다. 꿈나라에서는 나랑 똑같은 사람들이 점프를 하면서 어디론가 가고 있었다. 그런데 무언가 나와 같은 존재들이 하늘을 보고 무언가를 고르면서 점프를 했다. 마치 스마트폰을 터치하듯이 하늘을 터치하며 무언가를 고르는 듯했다. 또 돌아오는 나 같은 존재도 많았다. 나는 초록인간들에게 다가가 이야기하는 것을 들었다.

"가서 잘 했어?"

"나야 당연하지! 너는?"

"난 너무 힘이 들었어. 나 녹아서 죽을 뻔했어."

저쪽에서는 초록인간들끼리 싸움이 일어났다. 약한 초록인간은 강한 초록인간에게 맞아서 맞은 부위가 툭 떨어지고 말았다. 그리고 약한 초록인간이 온몸이 녹아내려 죽는 모습도 보였다. 어떤 깡패 초록인간이 나를 보고 있다가 다가와서 말을 건넸다.

"너는 친구 없냐? 친구 없는 녀석은 죽어야 돼!"

그렇게 말하며 깡패 초록인간이 내 얼굴에 주먹을 휘둘렀다. 나는 점점 온몸이 녹아내렸다.

"어? 꿈이었어."

나는 너무 무서워서 주변을 둘러보았다. 그렇지만 꿈에 나왔던 깡패 초록인간은 없었고 초록인간은 나밖에 없었다. 나는 꿈에서 나온 초록인간들을 따라해 보았다. 하늘을 터치해 보니 신기하게도 게임 스테이지를 정하듯 고를 수 있었고 내 몸을 꼬집어 보았더니 꼬집힌

부위가 잘려나갔다. 꿈이 사실이었다는 것에 충격 먹은 나는 하늘을 터치하며 가고 싶은 곳을 마음대로 정했다. 그러고 나는 점프를 했다. 나는 빛을 통해 학교 옥상으로 빠져나왔는데 학생들이 무척 많았고, 원으로 둘러싸여 있었다. 학생들로 둘러싸여 잘 안 보였지만 어떤 학생이 누워있었다. 내가 일어나자마자 그쪽으로 다가갔는데 학생들이 놀란 표정으로 달아났다. 나는 손을 건네 넘어져 있는 학생을 도와주었고 그 학생은 나에게 고맙다고 했다. 그 학생은 사라졌고 나는 어디로 다시 가야 고아원 교문 앞으로 갈 수 있는지 찾아보았다. 그런데 비상구 표지판에서 빛이 나고 있어 그쪽으로 다가갔다. 그곳으로 다가갔더니 교문 앞이 나왔다. 하루 종일 바깥세상을 구경하느라 너무 힘이 들고 배가 고팠다. 그래서 나는 고아원으로 다시 돌아가서 밥을 먹었다. 나는 깨달은 점이 많다. 나의 이름은 초록인간이고 집은 비상구 표지판에서 산다. 또, 다른 인간들과는 생김새가 다르지만 나는 다른 인간들의 나쁜 습관을 고쳐주는 장점이 있다. 나쁜 습관뿐만 아니라 사회에서 도움이 되는 인간 말이다.

　나는 다시 거울을 보았다. 웃는 나를 보니 정말 행복하다. 인간들에게도 행복할 날이 언젠가는 올 것이다. 나처럼 말이다.

●용인 초당고등학교 1학년 김찬혁 님이 짧은 공상소설을 보내주었습니다.

단상

나는 말아가리 아래 산다
_고명진

    내가 용인 땅을 밟은 때가 1999년 겨울.

    IMF라는 너무나 큰 파도가 휩쓸고 간 휑한 터전에서 지킬 것도 남길 것도 없는 터

    단돈 몇 푼을 가지고 올라온 것이 어느덧 15년이 흘렀다.

    벽에 달아놓은 달력은 넘기지 않아도 날짜는 자동으로 넘어가는 것인가? 최첨단 디지털 시대에 아이폰이니 갤럭시니 하는 휴대폰에서는 손가락 하나로 까딱하면 넘어가는 캘린더가 벽에 가만 놔둬도 우리의 날짜는 그냥 자동으로 넘어가니, 이건 최첨단 과학이라 인간이 어쩔 수 없고 거부할 수 없는 상황이 아닌가.

    남들은 정신없이 살다보니 시간 가는 줄도 모르고 나이 먹는 것도 잊은 채 뭐가 그리 바쁜지 모르겠다고 행복한 푸념을 말하곤 하는데, 나는 정신없이 산 것도 아니고 남이 인정할 만큼 열심히 산 것도 아니면서 주위의 모든 상황들에 관심이 없었다.

    얼마 후 '생거진천 사거용인(生居鎭泉 生居龍仁)'이란 말을 들으며 지금은 그 단어가 거꾸로 '생거용인 사거진천(生居龍仁 生居鎭泉)'으로 바뀌어야 한다는 것이다. 그 말이 맞다.

    살면서 수도원에서 가까운 도시로는 너무 주거환경이 좋은 곳이 이 지역이 아닌가 싶다.

몇 해 전부터 그동안 살아오면서 힘들고 외롭고 괴로웠던 일들을 가끔은 시나 수필 형식으로 쓰다 보니 어쭙잖은 시인이란 소릴 듣기도하며 말로는 못하는 것들을 글로 조금씩 남기기 시작하였다. 그래서 오늘도 내가 사는 이곳이 나에게만큼은 너무 좋은 고장이라는 걸 그냥 이렇게 쓰고 있는 것이다.

지난해 우연한 기회에 용인 향토사학자 이인영 선생님과 인연이 돼서 이런저런 대화를 나누던 중 700년 백제사에서 백제의 문화와 문학은 어떠했는지, 과연 백제의 최초 수도는 어디였는지, 해서 내가 태어난 곳이 충청도라 그런지 돌연 백제 이야기에 관심이 쏠리곤 했다.

초기 한성 백제는 서울 송파라는 게 지배적이고 현재 송파에 많은 백제의 유적을 보존하고는 있지만 이인영 선생님의 말씀으로는 이곳 용인이 초기 백제의 도읍지일 수도 있다는 상당한 근거가 있는 이야기를 해주셨다. 그 이야기는 용인에 있는 백제문학 제3호(2013년12월 출판 문예지)에 게재되었다. 또한 고려 승려 김윤후 장군의 접전지인 처인성 전투(그래서 처인구다) 등 우리가 다시 한번 짚고 넘어가면서 조금이라도 역사를 알아가는 계기를 가졌으면 한다.

내 말은 그만큼 이 지역이 역사적으로도 좋은 곳이며 또한 지금은 수도권의 중심도시가 바로 용인이 아닌가 한다. 내가 이 땅에 발을 디딜 때는 용인군에서 시로 승격한 지 얼마 안 되었고 인구도 겨우 30여만밖에 안 되는 조그만 동네였다. 그런데 지금은 인구 백만에 육박하는 큰 도시, 문화의 도시, 가강 살고 싶어하는 중심권의 전원도시가 바로 내가 사는 이곳이 아닌가 싶다. 자연농원(에버랜드)이 눈앞에 있어 전국 사람들을 두루두루 만나볼 수 있는 지역, 말아가리산(마구산) 앞이다. 아침에 일어나면 말이 해를 이고 일어나고, 보름

날 밤이면 말이 보름달을 이고 일어나는 마구산 마을.

　더구나 난 2014년 청마의 해 갑오년을 맞아 마구산의 정기가 더욱 힘이 넘치는 첨마의 마구산이 되기를 바란다.

　　말 아가리 산

　　말 아가리 산이라
　　누가 상스럽게 이름 지었나
　　나는 말 아가리 밑에 살고 있다
　　아침에 우리 집에서 동쪽을 바라보면
　　태양이 떠오르기 전에
　　말이 아가리를 먼저 벌리고 있다
　　태양을 먹어 치울 것처럼
　　그런데 말 입을 벌리고 있다 하면 재미없어
　　말 입보다 말 아가리가 더 어울리지
　　말 아가리 산 아래
　　어딘가에 말발굽이 있을 것도 같은데
　　말발굽 밑에 산다는 것보다도
　　말 아가리 밑이 더 재미있어
　　그래서 그런지 우리 동네 사람들은 모두
　　푸루루루 푸루루루 히이잉
　　달그락 달그락 하며
　　터줏대감들이 자꾸 어디론가 떠나
　　나만 보면 모두가 푸르르르 달그락 그래

184

누가 그랬지 마구산(馬口山)이라고 부르라고

언젠가 말 아가리가 태양을 삼킨다 해도

태양은 또다시 붉게 솟아오르겠지.

◉시인이신 용인 고명진 님께서 용인의 지명에 얽힌 이야기와 시를 보내주셨습니다.

_공기평 〈FunnyFunny11-胡蝶夢(The Butterfly Dream)3〉,
72.7x60.6Cm, Acrylic Oil on canvas, 2011.

의견

취중에 함부로 말하지 말고
재물에 분명하라

_이홍근

『명심보감(明心寶鑑)』은 1393년 명(明)나라 때 범립본(法立本)이 저술하였다. 이 『명심보감』은 고려시대 충렬왕 때 예문관 제학(提學)을 지낸 추적(秋適)에 의해 다시 편찬되었다.

'명심보감'은 문자 그대로 마음을 맑게 해주는 보배로운 거울이다.

'명심'은 마음을 밝게 한다는 말이고 '보감'이란 보물과 같은 거울을 교과서로 삼는다는 뜻이다.

명심보감 '정기편(正己篇)'에 보면 이런 글귀가 있다.

"酒中不言眞君子 財上分明 大丈夫(주중불언진군자 재상분명 대장부)"

뜻을 풀어 보자면, "술 취한 중에 말하지 않음은 참다운 군자요, 재물에 대하여 분명함은 대장부다."라는 말이다.

평소에 말이 적은 사람도 술이 취하면 말이 많아지기 쉽다. 그러나 취중에 떠드는 말은 누구나 술주정으로 들려 위신을 잃기 안성맞춤이다. 그러므로 인격을 닦은 사람은 술을 먹으면 더욱 말을 삼간다.

일상생활에서 금전 문제는 다루기 힘든 경우가 많다. 특히 가까운 사이라도 소홀히 하면 우정이나 화목에 금이 가기 쉽다.

그래서 '정기편'에서는 "우선 당신의 인격부터 바로 잡으라. 남의 착함을 보거든 나의 착함을 찾고 남의 악함을 보거든 나의 악함을 찾아야 한다. 이와 같이 하면 바야흐로 곧 이익이 있다."라고 말하고 있다.

한서(漢書) '주천(酒泉)'에는 이런 글귀가 있다.

한나라 무제 때 곽거병이란 장군은 병사들의 떨어진 사기를 독특한 방법으로 다시 일으킨 것으로 유명하다.

병사들을 오아시스에 모이게 하고 병사들이 보는 앞에서 술을 타며 이렇게 외쳤다.

"이 물은 더 이상 물이 아니라 황제가 우리에게 내려준 술이다. 우리 이 술을 함께 마시고 황제의 은혜에 보답하자." 그러자 병사들은 눈물을 흘리며 전의를 불태웠고, 결국 서역 정벌에서 성공하여 돌아왔다. 그 후 그 오아시스를 주천(酒泉)이라 부르게 되었고, '仁者之鄕酒泉(인자지향주천)' 즉 배려(仁)의 고향 주천: 마음을 위로해 줄 따뜻함이 그리운 시절이다.

酒中不言眞君子(주중불언 진군자). 그러니 술에 취하면 사려 깊은 말을 하지 못하고 입(口)에서 아무 말이나 두서없이 말(생각)을 막 하면 술에서 깨어나서 후회막급이라는 것을 명심해야 한다.

곡식을 심는 것은 일년지계(一年之計)요, 나무를 심는 것은 십년대계(十年之計)요, 인재를 양성하는 것은 백년대계(百年大計)라는 말이 있다. 이렇게 앞을 내다보며 재물을 인재 양성에 뜻을 두는 것이 재상분명대장부(財上分明大丈夫)가 아닌가 하는 생각이 든다.

◉용인시민신문사 회장 이홍근 님이 보내주신 글입니다.

따뜻한 국화빵

_채세령

    찬바람이 얼굴과 손을 빨갛게 얼리는 추운 겨울, 재작년 이맘때였던 것 같다. 당시 중학교 1학년, 철없던 나는 엄마 모르게 친구 2명을 데리고 용인 재래시장에서 열리는 5일장을 찾아갔다. 시장은 생각과 달리 추운 겨울임에도 불구하고 인산인해를 이루었다.

    어릴 적, 시장 근처에서 오랫동안 살아왔던 터라 친구들이 좋아할 만한 먹거리나 볼거리가 있는 곳을 내가 앞장서서 둘러보았다. 신이 난 친구들과 같이 김이 모락모락 피어오르는 호떡이나, 구수한 냄새가 풍기는 구운 김, 올망졸망 귀여운 강아지나 고양이들, 두껍게 얼어붙은 내천을 보았다. 그 모든 것들은 우리의 눈과 코를 즐겁게 해 주었지만, 그것보다 더, 제일 직접적으로 몸에 와 닿아 느낄 수 있었던 것은 추운 날씨에도 웃으며 장사를 하는 상인 분들의 활력이었다. 아마 이게 시장이 화기애애한 이유가 아닐까 한다.

    그렇게 계속 돌아다니다가 친구가 허기가 졌는지, 길 한 켠에 위치한 국화빵 포장마차를 보고 국화빵을 먹자고 해서 발걸음을 그리로 했다. 나와 나머지 내 친구 한 명은 그다지 배가 고프지 않아 사 먹지 않았다. 그렇지만 주인이신 할아버지께서 1봉지에 10개가 들어 있어서 못 나눠 먹을 테니, 나누어 먹으라고 2개를 더 넣어주셨다. 처음에는 먹을 생각이 없었지만 국화빵을 먹었다. 국화빵을 먹는 게 기쁜 것도 있었지만, 감사함과 훈훈함에 비하면 아무것도 아니었다. 국화빵이 담긴 하얀색 종이봉투 위로 폴폴 올라오는 뿌연 김보다 뜨끈뜨끈한 느낌이었다. 어찌 보면 고작 국화빵 2개였을 뿐인데, 사람의 마음이 이렇게 따뜻해질 수 있다니. 찬바람으로 사람들의 옷은 꽁꽁 싸매어져 가는데, 그 분들은 그 추위를 이기는 에너지와 꽁꽁 시리는 손으로 난로보다 따뜻한 인심과 인정을 베푸신다.

참으로 신기한 것은, 이런 느낌이 드는 데 엄청난 시간이나 비용은 들지 않는다는 것이다. 사람과 사람이 서로를 조금만 더 생각해주고 배려하면, 쉽게 느낄 수 있게 된다. 시간이 흐를수록 사람과 돈, 일에 치여 세상이 각박해졌다면, 자신이 스스로 그 세상을 따뜻하게 만들어 보는 것은 어떨까.

◉용인 백현중학교 2학년 채세령님이 보내준 원고입니다.

영화 〈어바웃 타임〉을 보고 나서

_이인아

　과거로 돌아가 삶을 다시 돌려 보는 시간여행은 '서프라이즈' 이자 '미라클'이다. 우리네 인생은 그리 할 수 없기에…

　인생은 매 순간이 시간여행이라는 등장인물의 말이 인상 깊다. 그렇다. 하루하루 후회 없는 삶을 살고자 노력하는 우리에게 인생은 과거로 돌아갈 수 없지만 미래를 향해 가는 시간여행임이 틀림없다.

　오늘의 하루가 내일의 과거가 되고, 내일은 또 미래의 시간여행이라는 정해진 약속에 따라 움직인다. 그 속에서 일상의 소중함을 얻고자, 그렇게 후회하지 않으려 노력하는지도 모른다. 지금 내게 영화처럼 되돌리고 싶은 과거가 있다면? 현재 앓고 있는 가슴앓이의 원인을 제거하거나 그 원인이 된 일을 시작조차 하지 않을 수도 있겠다. 하지만 이미 과거의 시간여행 속에서 미련은 남았고 신비의 탈을 벗은 채 이미 현재의 시간에 돌아와 있다는 것이 아쉬움이자 후회인지도 모른다.

　'일찍 ~했어야 했다'라는 '어바웃 타임'의 단어는 마치 충분하지 않고 여운이 남을 때, 가끔 허전함과 아쉬움이 남을 때 쓰는 말이다. 그러나 그 말을 꺼내는 순간 지난 과거의 행동은 변화할 수 없다는 것, 또한 시간과 함께 묻히고 만다. 그러기에 인생의 시간여행 속에서 순간순간 하루하루를 즐기면서 살아야 한다는 것이 진리라 생각한다. 영화의 명대사 "인생은 모두가 함께 가는 시간여행이며 최선을 다해 만끽하는 것이다." 아름다운 말을 잠시 잊고 사는 것은 아닌지 생각해 본다. 이것이 우리네 인생이라는 것을…

◉이인아 님이 영화를 보고 난 뒤의 감상을 글로 써주셨습니다.

_유재란 〈죽〉

독서

0km/h - 『멈추면 비로소 보이는 것들』을 읽고
_우윤희

"내가 쉼 없이 달려온 건 아닌지, 내가 쉼 없이 너무 많은 말을 하고 있는 건 아닌지, 때때로 돌아봐야 합니다."

책 24쪽아래 부분에 위치한 글귀이다. 어릴 적부터 많은 사람이 그랬듯 "이거 해라.", "너는 나중에 ~가 돼야 해."와 같은 주위의 강요와 압박에 나 자신이 작아지고 진정한 자신을 잃어가는 사람들이 많다. 그리고 주위 사람들의 채찍질에 쉼 없이 달려왔다. 나 역시도 초등학교 때는 중학교를 위해 중학교 때는 고등학교를 위해 고등학교 때는 대학진학을 위해 그리고 지금은 취업을 위해 국, 영, 수, 스펙, 자격증 취득을 반복하여 좋은 곳, 좋은 직장에 취업해야만 한다는 생각이 무의식 중에 박혀있다. 어릴 적 내가 꿈꾸던 것들을 잊은 채 어느 순간 나는 나의 의지를 잃고 나를 이끌어주기 바라는 사람이 되어버린 것 같았다. 혜민 스님의 저 글귀를 잊고 어린 시절이 생각났다. 아직 교육체계에 몸을 담기 전, 아직은 순수했던 시절이었다. 부모님께서 상추농장을 운영하셨기 때문에 매일 상추만 보고 자라왔었다. 그때의 꿈은 농장 주인이었다. 정말 까맣게 잊고 있던 꿈이었다. 그리고 그 꿈이 기억나자 '아, 내가 쉼 없이 달려온 그런 사람이구나.'라는 생각이 들었다.

많은 시, 글귀, 노래, 영화는 사랑을 다룬다. 특히 요즘 노래의 거

192

의 99%는 사랑 노래이다. 인류가 살아오면서 가장 많이 느끼는 감정이 사랑이라고 한다. 그렇기에 사랑은 친숙한 주제이며 대중들이 보고 듣고 가장 많이 느끼고 공감할 수 있기에 우리 삶의 많은 부분에서 다가오는 것일 것이다. "아픈 상처를 억지로 떼어내려고 몸부림치지 마십시오." 대학에 입학하고 처음으로 남자친구도 사귀어 보고 다른 사람을 좋아도 해보며 나름 사랑이라는 것을 해봤다고 생각했다. 어릴 적에는 고백할 용기가 안 나 짝사랑이 여러 번, 그것이 사랑이었을까. 대학 입학 후 내가 느끼는 사랑의 감정은 중학교, 고등학교 때 느꼈던 단지 호감의 감정과는 많이 달랐다. 더 솔직하고 더 섬세하고 깊은 마음이 필요했고 잃을 때에는 정말 '아프다', '저리다'라는 말로도 형용하지 못할 마음이 들었다. '나는 사랑을 해봤습니다.'라고 말할 수 없다. 당시엔 나보다 심각한 사람은 힘들어 보이는 사람은 없어 보였고 나는 내가 내 인생에서 내 사랑에서 주인공이었다. 하지만 지나고 보니 나도 그 사람에게 혹은 다른 사람에게 조연, 엑스트라쯤 될 수도 있을 것이라는 생각이 들었다.

나도 내가 누군가를 좋아해본 적이 있고 좋았던 사람이 싫어진, 혹은 내가 좋아하던 마음이 사라진 경우가 있었다. 나는 그 사람들을 마음에 다 간직한 채 다녔다. 어찌 보면 미련해 보일 수도 있는 일이었지만 나는 그들을 놓지 못했고 혼자 끙끙 힘들게 앓더라도 매일 머릿속에 데리고 다녔다. 책 구절에서 "싫어하는 사람을 내 가슴속에 넣어두고 다닐 만큼 그 사람이 가치가 있습니까? 내가 사랑하는 가족, 나를 응원하는 친구만 마음에 넣어두십시오, 싫어하는 사람 넣어두면 마음병만 얻습니다."라는 짧은 세 문장의 구절이 있는데 이 구절을 본 뒤 다른 것에도 충분히 바쁘고 정신이 없는데 왜 내가 굳이 힘들게 생각해야 하나 하는 생각도 들었다. 하지만 지금은 '아, 다

잊어야지.'라고 생각하면서도, '천천히 잊어야겠다.'라는 생각이 지금은 들더라도 막상 그들을 보거나 생각하면 다시 데리고 다닐 것만 같다.

우리는 주위 사람에게 연애상담, 취업, 가족사 등 많은 고민을 털어놓는다. 그럴 때 주위 사람들의 태도가 눈에 보이며 날 위하는 사람과 아닌 사람, 진심으로 나를 이해하는 사람과 겉으로 이해하는 척하는 사람이 구별되며 느껴진다. 그럴 때가 있다. 어릴 적에는 느껴지지 않았지만 시간이 지나 많은 사람들을 만나고 겪으며 그것이 구별되었다. 내가 가장 털어놓기 쉽고 털어놓고 싶은 상대는 같이 험담해주는 사람도, 조언을 해주고 문제를 풀게 도와주려는 사람이 아니었다. 그저 '힘들었지.'라고 나를 감싸 안고 같이 울어줄 수 있는 그런 친구. 혹은 나에게 기쁜 일도 자신의 일처럼 같이 기뻐해주는 그런 친구이다. 그런 사람들에게 털어놓아도 근본적으로 문제는 해결될 수 없지만 잠시라도 짐을 내려놓고 마음의 위안을 얻거나 해결될 수 있는 계기를 만들어 줄 수 있다고 생각했다. 한번은 내 친구가 내 고민을 다른 사람에게 말해 화가 난 적이 있었다. 혜민 스님은 "내가 당장 실천할 수 있는 자비행은 다른 사람의 말을 잘 들어주고 공감해주는 것이에요."라는 글귀를 쓰셨다. 그 글귀를 보고 '맞아. 맞아.' 하다가 순간 '아, 나도 누군가에게 그런 사람일까 혹은 말하고 싶지 않은 사람일까.'라는 생각이 들었고 누군가에게 '저 사람은 고민을 털어놔도 돼. 믿으니까.'라는 생각이 들 수 있게 하고 그런 사람이 될 수 있다면 굉장히 기쁠 것 같았고 누군가가 나를 그렇게 생각한다는 것은 가치 있고 소중한 자산이라는 생각 또한 들었다.

나는 세상이 '지겹다'는 생각까지는 해본 적이 없지만 반복적으로 일어나 씻고 먹고 수업에 들어가 학점을 위해 공부하고 과제에 스트레스 받는 그런 일상에 무료함은 느꼈다. 통학이 아니라 기숙사생이기 때문에 더욱 그럴 수도 있다. "지금 삶에 재미가 없는 것은 내가 지금 내 삶에 집중하지 않았기 때문입니다."라는 글귀를 보고 '아!'라는 탄식을 내뱉었다. 나는 내 일상에 만족하지 못 했던 것이 아니라 안 했던 것일까. 나에게 세상이 모자라서 혹은 잘못된 것이 아니었다. 그저 내가 '아. 지루해. 재미없어'라고 말하며 나를 세뇌시키고 열심히 열정적으로 살아보려고 집중하지 않았던 것이 아닐까. 딱 한 문장인데도 정곡을 찌르고 내 스스로 생각할 수 있는 글귀를 쓰신 혜민 스님이 대단해 보이고 존경스러웠다.

『멈추면, 비로소 보이는 것들』, 책의 제목이 의미하는 바가 무엇일까? 이 책을 읽은 후 내가 생각한 의미는 현대사회의 사람들은 쉴 새 없는 레이스를 펼치고 있다. 선수 번호와 경기장만 보이지 않을 뿐 사회의 모든 구성원들은 한 명 한 명이 선수들이며 그들이 살아가는 장소 모든 곳이 경기장이다. 경기장에서 그들은 스스로 견제하고 긴장하고 있으며 라이벌 의식을 가지고 누가 잘났나 뽐내기 대회를 하는 것만 같다. 그 삭막하고 외로운 사회 속에서 혜민 스님께서는 잠시만 경주를 다 같이 멈추고 위에서처럼 쉼 없는 레이스에 쉼표를 찍고 둘러보지 못했던 주위를 둘러보면서 자신의 인간관계, 사랑, 상처, 열정, 믿음을 되돌아보고 미래를 다시 한 번 생각해 보며 마음의 안정을 찾고 속도 경주가 아닌 마라톤을 하기를 바라기에 '멈추면, 비로소 보이는 것'들 이라고 제목을 짓지 않으셨을까.

사실 이 책이 처음에 출판되었을 때 관심이 없었다. 주위에서 좋다고 읽어보라는 추천도 많이 받았지만 '그냥 흔한 자기계발서겠지', '인생이 어쩌고…, 하는 내용이겠지.'라고 생각하면서 시큰둥했다. 우연한 계기로 읽게 되었지만 한 구절 한 구절이 사람들의 마음에 와 닿아 공감을 이끌어내고 긴 문장이 아니더라도 긴 글이 아니더라도 사람들이 스스로 생각할 수 있게 하고 마음의 위안을 얻을 수 있는 책이라는 점에서 글귀들을 쓰신 혜민 스님이 대단해 보이고 본받고 싶다. 책을 보며 느꼈던 생각들을 하나하나 적으며 나도 내 생각들을 정리해 보아야겠다는 생각이 들었다.

●우윤희 님이 혜민 스님의 『멈추면 비로소 보이는 것들』을 읽고 쓴 서평과 감상입니다.

교감, 따뜻한 사회의 시작 –황순원의 「송아지」를 읽고

_박세영

    중학교 2학년이 되면서 글 쓰는 실력이 떨어지고 독서량이 부족하다고 느껴져 독서량을 늘리고 싶었다. 빠른 시간 내에 많은 독서를 해서 성취감을 느끼고 싶었는데, 단편집만한 게 없었다. 그렇게 한국의 대표 작가들의 단편소설들을 하나씩 읽어 갔고 그 중 하나가 황순원의 「송아지」였다.

    돌이는 아버지가 몇 해를 두고 푼돈을 모아 사온 송아지가 볼품없자 실망한다. 하지만 돌이는 송아지와 함께 날마다 방죽 위에서 뛰어놀았다. 가끔씩은 코뚜레 꿴 코가 아플 것 같아 고삐를 놓아주기도 했다. 송아지와 돌이가 친해질 무렵 6.25 전쟁이 발발한다. 온 동네가 피란을 가기 시작했고 돌이네도 떠날 준비를 했다. 그는 송아지를 데리고 가고 싶었지만 건너야 할 강 얼음이 얇아서 송아지를 데려갈 수 없었다. 피란길에 강을 반쯤 건넜을 때 송아지가 고삐를 끊고 달려오는 것을 본 돌이는 송아지를 마주보며 걸어 나갔다. 돌이와 송아지가 만나는 순간 얇은 얼음장이 그 무게를 견디지 못해 깨져 버렸고 송아지는 차가운 얼음물 속으로 가라앉았다. 돌이는 그러한 송아지의 목을 꽈악 그러안고 있었다.

    6.25전쟁 당시의 인간과 동물의 우정을 보여주는데, 송아지가 코를 꿰는 부분에서 눈물을 흘리고 코에서 피가 난다는 묘사를 보면 서

로 말이 통하지 않아도 감정을 교감할 수 있다는 걸 알 수 있다. 어릴 적 목줄이 묶여있지 않은 개가 달려들어 무서움을 느낀 나는 그 뒤로 동물에 트라우마가 생겨 이후로 동물을 좋아하지 않는다(무서워한다). 만약 내가 돌이였다면 송아지가 집에 들어왔던 날부터 신경도 쓰지 않고 송아지를 무섭거나 피하고 싶은 존재로만 여겼을 것이다. 하지만 돌이는 송아지의 마음을 헤아려 종종 함께 놀 때마다 고삐도 놓아주었다. 송아지와 같이 뛰놀며 자란 돌이는 송아지의 추억 때문에 피란길에도 송아지를 놓고 가는 아쉬움이 컸을 것 같다. 함께 가지 못하는 미안함, 그래서 편지를 남겼을 것이다. 마지막에 송아지가 돌이에게 달려 나오는 것은 그들의 교감과 우정이 깊다는 것을 말해준다. 그들은 강 위에서 재회하였지만 얇은 얼음장은 깨져버렸다. 돌이가 가라앉는 송아지를 보고 슬퍼하기만 할 것으로 예상했지만 그는 송아지의 목을 끌어안고 차디찬 얼음 강물 아래로 함께 가라앉았다. 이 작품의 결말은 정말 비극적이고 안타까웠다. 각박한 요즘 시대는 동물뿐만 아니라 사람끼리 교감하는 것조차 힘들다. 또한 타인을 역지사지의 입장으로 배려하지 않고 자신의 의견만 고집하는 이기적인 사람들이 늘고 있다. 주변 사람들의 말에 경청하고 관심을 가지는 것이 각박한 사회를 따뜻하게 만들 수 있는 지름길이자 초석이라 생각한다.

●용인 구갈중학교 2학년 박세영 님이 황순원의 단편「송아지」를 읽고 감상문을 써주었습니다.

○──── 독서

가치는 생각하기 나름 ─『왕의 꽃』을 읽고

_박세진

　이 책을 읽게 된 계기는 도서관에서 무슨 책을 읽을까 고민하다 표지의 그림이 화려하고, 제목이 궁금증을 유발시켜 읽게 되었다. 이 책은 주인공이 꽃을 사랑하는 마음과 싫어하는 마음 2가지를 담고 있다.

　이 나라에서는 성년식 때 자기를 지켜줄 수 있는 꽃, 수호화를 결정해 사람들에게 보여주는 문화를 가지고 있다. 내가 만약 성년이 되어 수호화를 결정한다면 해바라기를 골랐을 것이다. 햇빛이 없을 때는 시들지만 햇빛을 받으면 활짝 피기 때문이다. 주인공 나르치는 처음에 길에서 발견한 주홍빛 꽃을 결정해 예쁘게 키웠지만, 그 꽃이 지지대를 받쳐주어야 자라는 넝쿨꽃이라는 것을 알게 되어 속상한 마음에 물도 주지 않고 지지대도 세워주지 않았다. 그래서 그 꽃은 구석에서 시들게 되었다. 여기서 나르치의 두 가지 마음을 볼 수 있다. 꽃을 정성껏 키우는 사랑하는 마음과 꽃을 버리는 싫어하는 마음을 엿볼 수 있다. 내가 만약 나르치였다면 주홍빛 꽃을 다시 원래 자리에 도로 심어주면서 미안하고 정원에는 다른 꽃을 심었을 것이다. 나르치는 자신의 수호화를 예쁜 노란 튤립으로 바꿨다. 튤립이 예쁘게 자라는 동안 주홍빛 꽃은 구석에서 점점 시들고 있었다. 그러다 어느 한 사람이 구석에 놓인 주홍빛 꽃을 나르치에게 샀다. 나르치는 좌절에서 희망을 보듯이 좋아했다.

드디어 성년식 날이 왔다. 성년이 되는 모든 사람들은 자신의 수호화를 다른 사람에게 보여주었다. 나르치 역시 노란 튤립을 사람들에게 보여주었다. 수호화를 다 보여준 후 왕은 자신이 심은 꽃을 사람들에게 보여주었다. 그런데 그 꽃은 다름 아닌 주홍빛 꽃이었던 것이다. 예전에 나르치에게서 꽃을 산 사람은 바로 왕이었던 것이다. 왕은 나르치에게 이렇게 말하였다. "이 세상에서 하찮고, 고귀한 것은 없다오."

왕의 말이 내 가슴을 쿵 치듯이 다가왔다. 생각을 해보니 왕이 말한 것처럼 모든 사물이든 사람이든 가치를 갖고 있는 것이다. 우린 매일 먹어 지겹게 느끼는 밥이지만 굶주림에 허덕이는 아프리카 어린이들에게는 귀한 것이다. 이처럼 나에게는 가치가 없어 보이는 것도 다른 사람에게는 소중한 것이다. 반대로 책을 멀리하는 사람에게는 좋은 책이라고 해도 귀찮고 쓸모없겠지만 나에게는 내 지식과 마음의 양식을 차곡차곡 쌓을 수 있는 고귀한 책인 것이다. 앞으로 모든 것에 애정과 관심을 갖고 소중한 가치를 느끼고 지내야 한다는 마음이다. 결심을 행동으로 옮기기 위해 가까이 있는 것부터 살펴보기로 했다.

◉구갈초등학교 6학년 2반 박세진 님이 송현경 작가의 『왕의 꽃』을 읽고 독후감을 써 주었습니다.

너는 왜 좋으냐?

_김은미

"엄마~ 난 용인이 정말 좋아요. 평생 용인에서 살 거에요!"

이제 막 일곱 살이 된 아들이 식사하다 말고 뜬금없는 소리를 한다.

밥 한술을 꿀떡 넘기더니

"엄마, 아빠가 돌아가시면 용인에 무덤을 만들어 드릴게요."

아직 어린 녀석이 부모 무덤까지 챙기다니 허허 소리가 절로 나는데 자기도 돌아가면(?) 꼭 용인에 무덤을 만들어달라고 다섯 살 동생에게 신신당부까지 한다.

옛 말에 '생거진천 사거용인'이라 했는데, 우리 아들은 '생거용인 사거용인'인가보다

수십 년을 대도시에서 살던 나에게 결혼 후 처음 온 용인은 참 낯설었다. 교통도 불편했고, 산들이 많아 유독 춥게 느껴졌다. 지금은 이곳에 온 지 어느새 7년차가 되었는데 그 새 참 많이도 변했다. 교통수단도 다양해지고, 생활의 편의도 늘고, 정책들도 다양해졌다.

또한 가정을 꾸리고, 아이들을 낳고, 아이들의 소매 단이 점점 짧아질수록 보석 같은 추억도 늘어났다. 고사리 손을 잡고, 이곳저곳 찾아다니며 웃음을 채워 넣다 보니 우리 가족은 어느새 이곳에 애정을 담뿍 느끼게 되었다. 자연스럽게 나의 마음에도 내 고장을 사랑하

는 마음이 생겨나고 그것이 아이에게 그대로 투영된 것이리라.

어느새 용인은 나에게 소중한 삶의 터전이 되었다. 이곳의 행복과 추억이 밖의 눈처럼 아이들의 삶 속에 소복소복 쌓이길 소망한다. 그리고 그 행복을 발판삼아 힘껏 도약하는 용인의 아이들의 미래를 생각하며 오늘도 살포시 미소지어 본다.

봄이 되면 경안천 변을 한번 걸어 보세요

_이상희

경안천변을 걷다 보면 용인에 사는 것이 참으로 행운이라는 생각이 든다.

아름답게 휘어져 흐르는 물줄기와 봄, 여름, 가을, 겨울이 각기 다르게 연출해내는 경안천변의 풍경이 마치 한 폭의 그림 같다는 생각이 든다.

봄에는 벚꽃이 아름답게 피어나, 산들바람에도 벚꽃이 춤추듯 떨어지면 그 곁을 지나는 마음이 얼마나 설레는지 모른다. 자전거 도로를 덮고 있는 옅은 분홍색 꽃길을 걷다 보면 꿈길 같다는 생각이 든다.

여름에는 튼실해 보이는 진녹색 풀들이 쑥쑥 자라나서 경안천을 푸르게 푸르게 만들어준다.

가을에는 단풍과 갈대가 황홀하게 흔들리고, 겨울에는 흰 눈이 소리 없이 덮여 겨울의 운치를 한없이 돋운다.

나는 한때 경안천변에 길게 이어져 있는 자전거 길을 따라 자전거를 탄 적이 있다. 또한 건강 걷기도 한 적이 있다. 경안천을 가까이서 볼 수 있다는 것이 용인 시민의 자랑거리인 것 같아서 친척이라도 놀러와 경안천변을 차를 타고 달릴 때면 나는 늘 경안천을 자랑한다. 저것 좀 봐요. 자전거 타는 모습이 멋지죠! 혹은 저기 사람들이 많이 걷고 있네요! 나도 경안천변을 걷고 달릴 때가 있어요!

　머지않아 봄이 온다. 따뜻해지면 경안천변을 한번 걸어보거나 뛰어보거나, 혹은 자전거를 타고 달려보기를 강추한다. 꼭 한번 경험해 보시기를….

●글을 써 주신 이상희 님은 용인 처인구 역북동에 사는 주부입니다.

구갈초등학교 2학년 최주희 님의 그림입니다.

단상

두견화 화전(杜鵑花 花煎)

_박청자

　어느새 울안에 진달래꽃이 만발하였다.

　녹차를 다관에 우려 백자 찻잔에 부어 놓고 두견화 꽃잎을 한 잎 띄워 그이를 쳐다보며 예쁘지? 한잔 하시죠! 하며 찻잔을 탁자에 내려놓으니 분홍색 꽃잎이 나비인 양 나풀거린다.

　누가 차인 아니랄까봐, 하며 웃으며 여유롭고 우아하게 들고 있다.

　어머님 계실 때 화전(花煎또는花餠)을 팬에 부쳐 아버님 친구 오시면 안주로 내어놓으시던 생각이 난다.

　화전은 밀가루 반죽을 팬에 한 스푼 떠서 놓고 진달래꽃을 얹어 옆에 쑥 잎 하나 놓아 붙여 접시에 담아 놓으면 너무 예쁘고 그윽한 봄 향기가 나는 것으로 먹기가 아까울 정도다.

　꽃을 보기만 하여도 좋으련만 따서 요리도 만들고 효소를 만들기도 한다. 오늘도 바구니에 많이 따서 담으며 꽃님아! 아프지! 하며 미안해했다. 이 꽃으로 두견화 차를 담을 것 이다.

　두견화 차는 설탕을 동량으로 항아리에 넣어 100일 동안 숙성시킨 후 차(茶)로 쓰려면 그냥 물을 타서 들고 술을 만들려면 30도 정도의 소주를 넣어 두었다가 진달래술(杜鵑酒)로 사용하는 것이다.

　진달래 효소는 감기나 해소에도 좋다고 약이 귀한 시절에 많이 드셨다고 한다.

일요일이라 낮에 손주들이 온다고 하니 화전을 붙여 주며 추억거리를 만들어 보련다.

옛 시인들이 야외에 나가 자연을 만끽하며 화전놀이를 하고 시를 읊으며 술 한 잔 기울이며 풍류를 즐기던 생각을 해본다.

자연에서 나는 것은 다 좋은 것이지 안 좋은 것이 어디 있으랴?

봄기운에 취해 멍하니 하늘을 바라보며 정원 서쪽에 피어있는 목련꽃 향기가 바람결에 온 집안 뜰을 가득 채운 듯 향기가 너무 좋아 코를 벌렁거린다.

이 백목련화(白木蓮花)도 따서 차를 만들려고 하는데 아직 절정이라 따기가 아까워 보이기만 한다.

오늘은 그이와 마주앉아 두견화차를 마셔보며 봄기운에 취하여 진달래 노래를 흥얼거리며 불러본다.

"봄이 오면 산에 들에 진달래 피네
진달래 피는 곳에 내 마음도 피어…"

나는 전통차(傳統茶)를 사랑하고 좋아하기에 이번에 담은 진달래 효소 차는 성균관 600년이 넘었다는 은행나무 아래서 해마다 차인(茶人)들이 모여 하는 들 차회(野茶會)가 있을 때 가지고 가서 자랑하며 음미 할 것이다.

●시인이며 수필가인 박청자 님이 글을 주셨습니다.

 ○── 단상

따끈한 백병 탕 한 그릇

_송후석

   2013년 12월 31일 24:00분에 서울 종로 보신각(普信閣)의 종소리가 땡~땡~땡~… 서른세 번을 울리니, 일 년 동안 계사년(癸巳年)이라며 큰소리를 땅땅 치며 북새를 떨던 검은 뱀이 365일 동안 쓴 일기책만 싸들고 걸음아 나 살리라며 황급히 도망을 치니, 갑오년(甲午年)이 잽싸게 청마(靑馬)를 타고 의기양양하게 당당히 입성을 한다.

   수많은 사람들이 박수를 쳐 환호하며 청마의 입성을 환영한다.

   올해는 청마의 늠름한 기상에 치(治)꾼들의 치(齒)떨리는 치졸한 행태의 짓거리를 못하도록 치도곤(治盜棍)으로 매우 쳐 제정신이 번쩍 들게 하여주고, 밝고 바른 희망찬 사회가 열리기를 두 손 모아 염원하는 새해맞이다.

   60년 만에 돌아온 청마가 빈손으로 올 수 없어 따끈한 백병 탕(白餠湯)을 끓여 왔다며 아침상에 내 놓는다.

   떡국을 한자로 백병 탕(白餠湯), 첨세병(添歲餠), 백병(白餠), 백탕(白湯)이라고 하는데, 순 우리말로는 흰 떡국, 떡국, 가래떡이라고 한다.

   "떡국을 먹으면 나이도 한 살 더 먹는다."라는 말이 있다.

   나이는 매년 또박 또박 안 먹을 수 없는 숙명적인 것이지만 떡국은 안 먹을 수 있지만 떡국을 안 먹는다고 나이도 안 먹을 수 없으니… 떡국의 맛은 양력 새해 첫날 먹는 것보다는 수천 년 전부터 내려오는 음력 정월 초하룻날인 설날 먹는 것이 제맛, 제격이다.

어렸을 때, 설날이 다가오면 할머니 어머니들의 손길이 바빠진다.

물에 불린 쌀을 절구에 곱게 빻아 체로 처 시루에 넣고 찌면 동네 장년들이 두께 한 뼘 정도에 가로 세로가 2m 정도 되는 나무 떡판인 안반(按盤)과 통나무로 만든 떡메를 갖고 와서 마당에 볏짚과 멍석을 깔고 그 위에 떡판인 안반을 올려놓고 시루에 찐 설기를 쏟아 붓고 둘이서 번갈아가며 떡메로 쳐대면, 할머니 어머니들이 손으로 둥글고 길게 비벼 늘려 가락을 만들어 일정한 길이로 잘라 채반에 담는다.

잠시 후, 어머니는 흰떡을 한 뼘 정도의 길이로 잘라 접시에 담고 조청과 막걸리, 동치미를 소반에 올려 내 오며 떡을 치느라고 수고들 했으니 막걸리나 한 잔 하라고 하면 막걸리를 한 사발 쭉~ 들이켜고 방금 자기들이 쳐서 만든 흰떡 한가락을 조청에 듬뿍 찍어 먹으며 떡 안반을 지게에 지고 옆집으로 또 떡을 쳐주려고 간다.

어렴풋한 어릴 적, 설 전날의 풍속이다.

그러나 요즘은 안반과 떡메를 갖고 다니며 떡을 쳐줄 청장년들도 없고 있어도 그런 일을 하려고도 하지 않으며 주부들도 간단히, 빨리 빨리 편히 하려고 방앗간에서 기계로 흰떡을 뽑아 썰어 비닐봉투에 담아 넣은 흰떡과, 만두를 슈퍼마트에서 사고, 두부도 집에서 맷돌을 돌려 물에 불린 콩을 갈아 쑤지 않고 사다 먹는 편안한 생활을 하기 때문에 옛 할머니, 어머니들 같이 명절 무렵에 바삐 부산을 떨지 않아도 된다. 우리 조상들이 언제부터 흰떡을 만들어 먹었는지를 확인하기는 어려우나 벼농사를 짓고 시루와 절구를 생활도구로 활용하기 시작한 BC 4~5세기 경부터일 것으로 학계에서 추정하고 있다.

최남선(1890년~1957년)의 저서『조선상식문답』에 "새해 첫날 설날에 떡국을 먹는 풍속은 매우 오래되었으며 상고시대 이래 신년 차례 때 먹던 음복(飮福)음식에서 유래된 것"이라 하였다.

『동국세시기(東國歲時記)』에는 "가래떡을 백병(白餅)이라 하고, 흰떡을 길게 늘려 만드는 것은 장수(長壽)를 의미하며, 엽전같이 둥글게 써는 것은 재복(財福)을 상징하고, 설날의 음식으로 이를 병탕(餅湯)이라고 한다"라고 하였다.

조선조 서울 풍속을 적은 『열양세시기(洌陽歲時記)』에는 "좋은 쌀을 빻아 체로 쳐서 시루에 쪄 안반 위에 놓고 떡메로 쳐 떡을 만들고, 장국을 끓이다가 흰떡을 돈 모양으로 잘라서 국에 넣어 끓인다."라고 하였다.

우리 조상들은 오랜 옛부터 설날 떡국을 먹는 풍습은 깨끗한 흰색 음식으로 새해를 맞이함으로서 천지만물의 새로운 탄생을 의미하고 떡국을 먹으면 나이도 한 살 먹는다고 첨세병(添歲餅)이라고 하였다.

조상들은 쌀에는 곡령(穀靈)이 들어있다고 믿고, 흰떡인 가래떡은 깨끗해서 부정이 들지 못한다고 생각하여 새해 첫날인 설날 떡국을 끓여 조상들께 새해 차례를 올리는 의미를 가졌다.

『동국세시기(東國歲時記)』에 의하면 "떡국에는 꿩고기를 넣어 끓이는데 꿩을 구하기 어려워 꿩 대신에 닭을 넣어 끓인 데서 꿩 대신 닭이란 속담이 생겼다"고 한다.

소고기나 꿩 고기를 삶은 물에 흰떡을 끓여 고기와 계란 지단을 얹어 후춧가루를 약간 쳐서 먹는데 동치미를 곁들여 먹으면 찰떡궁합이다.

떡국에 만두 두세 개를 넣어 먹기도 하여 음식점에서는 '만두떡국'을 판매하고 있으며, 개성지역에서는 조랭이떡국을, 충청도 지방에서는 생쌀가루를 반죽하여 둥글게 만들어 끓이는 생떡국을, 북한 지방에서는 만둣국을 선호하기도 한다.

떡국의 이름이야 어떻든 겨울철 김이 무럭무럭 나는 따끈한 떡국을 시원한 동치미나 나박김치를 곁들여 먹는 맛은 절미(絶味)요, 일미(一味:逸味)이며 맛의 극치다.

◉시인이며 수필가인 송후석 님이 글을 주셨습니다.

민속촌의 설경

_ 한향순

사진_한향순

　아침에 일어나니 밤새 눈이 내려서 하얀 세상이 되어 있었다. 뉴스에서는 월요일 아침에 내린 눈 때문에 출근길 교통대란이 우려된다고 하지만 모처럼 설경을 볼 수 있다는 생각에 마음이 들떠 카메라 가방부터 챙긴다. 어디로 가야 멋진 설경을 찍을 수 있을까 생각하니 마음은 천리 밖인데 용기가 나지 않아 집에서 가까운 민속촌으로 방향을 정한다.

민속촌은 내가 자주 찾는 장소이지만, 어느 계절에 가도 아름답고 순수한 자연을 만날 수 있고 볼거리와 재미를 선물하는 곳이기도 하다. 그리고 까마득히 잊고 있었던 추억을 선물하기도 한다. 처마 끝에 매달린 수정 고드름을 볼 수도 있고 지신밟기나 달집태우기 등 잊혀져가는 민속놀이도 볼 수 있다. 장독대에 소복이 쌓인 눈을 보고 있으면, 어린 시절 속의 나를 만날 수 있고 마음은 화롯불처럼 따뜻해져 온다.

십여년 전, 서울에서 오래 살다가 아는 사람 하나 없는 용인으로 거처를 옮겨왔을 때는 삶의 뿌리까지 흔들리는 것 같았다. 빛도 보이지 않는 터널 속에 갇혀서 삶의 방향을 잃고 허우적거렸다. 다행이 집 근처에 있는 광교산을 매일 오르며 마음을 다스렸다. 한자리에 우직하게 서서 사람을 품어주는 나무와 숲과 바위들을 보면서 겸허해지려고 애썼고 마음을 비우려고 노력했다.

어디나 사람 사는 곳은 비슷해서 서서히 마음의 상처가 아물면서 이 동네에 정이 들기 시작했다. 동네 사람들과도 친숙해지고 민속촌처럼 좋아하는 곳도 많아졌다. 누구의 노래처럼 타향도 정이 들면 고향이 아니던가.

●수지구에 사는 사진작가이자 수필가 한향순 님이 글과 함께 사진을 보내주셨습니다.

용인문방구

_안준섭

사진_안준섭

용인초등학교 앞에 있었던 용인문방구는 지금 없어졌다. 이 사진을 찍었을 때 점포정리 중이었으니까. 벌써 4년이 지난 듯싶다. 용인에서 자란 사람들은 이곳이 어떤 곳인지를 안다. 나는 포곡초등학교를 나왔지만 이곳에 TV에 나오는 새로운 상품들과 비싼 프라모델들이 많았다. 그래서 운동회라든가 명절 다음날 돈이 생겼을 때는 버스를 타고 여기에 항상 왔다. 요즘처럼 세뱃돈을 몇십만 원씩 받는 때는 아니라서, 몇천 원을 쥐고 살 수 있는 척하며 괜히 하나하나 가격을 물어보았다. 곁에 있는 그림도 하나하나 감상하며 오랫동안 이것저것 몰래 열어보고 만져보았다. 사지 않을 거란 것을 아시는지 그때도 불친절하게 말씀해주셨다. 천 원, 이천 원으로 살 수 있는 물건은 예나 지금이나 없다. 돈은 많지 않고, 사고 싶은 탱크나 비행기는 왜 그리도 비싸고 멋지게만 보이던지, 겨우 맘에 차지 않는 것을 들고는 집으로 투덜거리며 왔다. 언제나 싼 프라모델은 단순해서 금방 맞출 뿐더러 꼭 부품 하나가 없거나 부러졌다. 그럴 때마다 참 속이 상했다. 싼 게 그럼 그렇지… 그때 처음 우리 집이 참 가난하구나하고 깨달았다. 그리고 그 가난을 주신 부모님을 원망했었다. 무스탕 전투기, UH-1H헬기, 치프텐 탱크… 잠이 들 때면 용인문방구에서 봤던 물건들을 눈을 감고 떠올렸다. 프라모델을 만들고 노는 상상을 한바탕 즐겁게 한다. 그리고는 기필코 사겠다는 의지와 함께 돈을 모아야겠다는 다짐을 하고 잠이 들었다. 그랬던 곳이다. 그곳이.

마흔이 돼 찾아갔을 때엔 점포정리라는 글귀가 기다리고 있었다. 돈은 안 되고 세는 비싸 닫을 수밖에 없다 하셨다. 아저씨는 예나 지금이나 똑같으신 것 같았다. 곧 없어지는데 사진은 찍어 뭐하냐고 짜증을 내셨다. 무례하게 나의 소중한 기억들을 몰래 사진기로 담았다. 그 어렸을 때 바라봤던 아저씨의 모습과 지금의 모습이 겹치면서 마음이 저려왔다.

◉용인 처인구에 사는 안준섭 님이 사진과 원고를 주셨습니다.

○── 그림

즐거운 나의 중3시절의 추억을 만화로 담아

_김다혜

학교에서 단합대회를 할 때 저녁식사 후 우리가 참여했던
담력훈련 장면

학교 축제 반별 부스 운영 때 우리 반이 운영했던 클럽 모습

　　즐거웠고 가끔은 힘들 때도 있었지만 이렇게 나의 중3시절 좋은 샘과 친
구들과의 추억이 서서히 지나가고 있다. 고등학교에 진학해서도 계속 진한
우정을 나눌 수 있는 친구들과의 미래를 꿈꿔본다. 그리고 1년 동안 우리 반
을 위해 애써주시고 사랑 주셨던 샘한테도 감사드리고 늘 건강하게 잘 지내
시길 바래본다. 고등학교에서도 좋으신 샘 만나야 하는데… 그렇게 되겠지
요?? 좋은 추억이 될 내 중학시절 안녕.^^

●처인구 고림동 김다혜 님이 예쁜 만화를 그려 주었습니다.

소설 같은 이야기 한 줄

_이동환

평창 하고도 한 숨을 더 간 오지마을, 입탄리 꽃 밭골 거기에
용인을 떠난 노 시인이 둥지를 틀었대요.
틀에 박힌 세상 시름이랑 훌훌 벗어던지고 낙향을 했다고 해요.
저만의 삶의 짜든 때 하얗게 씻으려 든 거지요.

그는 숲 나무 새와 어울려 시를 짓고 어둠 들면 색소폰 소릴 내곤 했
답니다.
그가 내뿜은 음률은 낮동안 햇빛 바람에 시달리는 숲나무 가슴을 파
고들다가 앞 내 장마물 넘칠 때면 도랑물 떨어지는 소리와 섞여 화음
을 이루곤 했다니까요.

더욱이 하얀 달빛 비추는 밤엔 미끈한 미루나무는 손 이파리를 흔들
어대며 더 없이 반겼다지요.

어느날부터였대요.
노 시인의 눈에 남다른 조짐이 일었다 해요.
어스름 밤 일면 어김없이 언덕 위 작은 집에선 색소폰 음률이 흘러
나왔고 그 때쯤 개울 건너 파란 함석집 옆 창에는 환하게 불이 켜지

216

곤 했답니다.
누군가 색소폰 소릴 훔쳐 듣기 위한 수작인 것 같았어요.
아마 그 집에 든 아낙의 숨긴 몸짓인지도 모를일이지요.

노시인은 그날 밤부터 숨죽인 숲나무 대신 켜진 창 불을 향해 색소폰 소리를 내곤 했다지요
첫 노래는 구절은 이 노랠 불렀대요.
어디 한 소절만 들어 볼까요.

"무작정 당신이 좋아요. / 이대로옆에 있어 주세요. /
하고픈 이야기너무 많은데 /흐르는 시간이 아쉬워."

어때요. 이 노랫말 괜찮죠?
은은한 색소폰의 음률을 누군가 몰래 훔쳤을지언정 이 노랫말은 못 훔쳤을 겁니다.
색소폰은 가사까지 다 할 수 없기에 말입니다.
노 시인은 몇 번이고 연주를 하다간 나중엔 다음 노래로 끝내곤 했답니다.
어디 이 노래 첫 소절도 들어 볼까요.

"그토록 사랑한 그 님을 보내고 / 어이해 나 홀로 외로워 하는 가 /
생각하면 무얼 해 만날 수 없는 님 / 차라리 손 모아 행복을빌리라."

어때요. 이 노래 의미도 참 깊지요.
누구나 다 그렇지만 아직 노 시인에게도 옛 그리움은 남아 있었나 봐요.

그리움은 또 다른 시 한편도 남겼다고 하니까요.
순수를 고백하는 詩 한편도 들어 보세요.

"아줌만 내게 해준 게 없어 / 아무것도 줄 수 없었기 때문이야
다만 꽃씨 몇 개만 빼앗아 갔어 / 그래도 난 싫지 않았어
그건 아줌마 맑은 미소뿐 아니야 / 내가 뿜어낸 색소폰 소릴 좋아했
기 때문이야
난 오늘 밤에도 색소폰 소리를 낼 거야 / 개울 건너 작은 집에서."

그래요. 이 시처럼 매일밤 어둠이 들면 색소폰 소리는 변함없이 흘러
나왔고 함석집 창에도 어김없는 불빛이 밝혀지곤 했다니까요.
개울가 홀로선 미루나무 역시 수많은 이파리 손을 흔들며 춤을 추곤
했다지요.
달 밝은 밤이면 물 폭포 소리와 어우러져 마치 작은 오케스트라를 보
는 듯했답니다.

어느덧 청별 빛 비추던 여름은 가고
차츰 찬 바람 일기 시작할 무렵이었다 해요.

노 시인의 색소폰 소리는 뜸하고 점점 멀어지더니 아예 들리지 않았
다 해요.
기러기떼 날아가듯 말없이 귀뚜라미 소리를 따라 가버렸나 봐요.
어둠이 와도 들을 수 없게 되었다 하니까요.
물론 함석집 창 불빛도 켜지지 않았구요.
북소리처럼 꽝꽝 울리던 물 폭포 소리도 더는 들을 수 없게 되었다

해요.

어쩌면 찬 겨울 언 바람이 물폭포 소리를 꽉 붙잡아 맨 것 같아요.

그 많던 미루나무 이파리 떨굴 때 물 폭포 소리 하나씩 물고 와 숨어

들었나 봐요.

홀딱 벗은 미루나무는 알몸이 된 채 저 홀로 찬 바람 맞고 있다 하니까요.

소리 소문도 없이 사라진 노시인의 행방도 궁금해요.

겨울을 따라 어디론가 철새처럼 훌쩍 떠나버린 건 아닌지 모르겠어요.

그 음률 다시 들을 수 있을까요.

함석집 창 불 밝힐 색소폰 소리 말입니다.

글쎄요.

그 음률 다시 못 듣는다 해도 원망은 하지 않으렵니다.

조금은 위안이 되는 일 있으니까요.

세월 가면 언젠가 떠나버릴지 모를 그 아낙을 위해

이미 그 아낙의 가슴에 숨겨 놓았지요.

함석집 처마 밑에 차곡차곡 그리운 음률을 쌓아 두었어요.

아니 영원히 남아 있을 수 있어요.

어스름 일면 언제든

그 음률 다시 꺼내 들을 수 있으니까요

누구도 남모르게,

　－겨울을 따라 간 어느 노 시인이.

닮고 싶은 박씨부인 -『조선의 여걸 박씨부인』을 읽고
_한유영

오빠가 도서관에서 책을 여러 권 빌려왔다. 그런데 그 중에 여자가 칼을 들고 있는 모습이 특별해 보이기도 하고 웃겨 보이기도 해서 읽게 되었다.

박씨부인의 아버지가 땅을 너무 사랑하셔서 하늘의 뜻을 어기고 말았다.

그 벌로 딸인 박씨부인이 이상한 허물을 쓰게 되었다. 어느 날 시집을 가게 되었는데 너무 못생겼다고 가족들이 박씨부인을 구박한다. 하지만 3년 뒤 아버지가 집을 찾아와 박씨부인에게 "허물을 이제 벗게 될 테니 허물을 담을 상자를 준비해라"라고 말했다. 박씨부인이 허물을 벗고 예뻐지자 남편과 가족들도 좋아하게 되었다. 또 박씨부인은 중국과 전쟁이 일어났을 때 자기의 생각을 말했지만 사람들이 믿어주지 않아서 지게 된다. 하지만 박씨부인은 열심히 싸워 많은 사람들을 구하는 데 성공한다. 그때부터 사람들이 박씨부인을 존경하게 된다.

나는 이 책을 읽고 박씨부인이 끝까지 포기하지 않는 점이 제일 기억의 남는다. 얼굴이 못생겼다고 구박하는 것은 잘못된 것이다. 어릴 때 못생겼다고 실망만 할 것도 아니라는 것을 깨달았다. 예쁜 마음을 먹고 바르게 행동하면 얼굴도 예뻐진다는 게 사실인가 보다.

나도 박씨부인을 본받아 포기보다 최선을 다하는 어린이가 될 것이고 외모로만 남을 평가하지는 말아야겠다는 생각이다.

박씨부인에게는 본받을 점이 참 많다. 멋진 인물이라는 생각도 든다. 이 책에는 인상 깊었던 장면, 재미있는 장면들도 아주 많아서 지루하지가 않으니 친구들도 꼭 한번 읽어보기를 권해주고 싶다.

●용인 청덕초등학교 3학년(예비 4학년) 한유영 님이 한겨레출판에서 나온 『조선의 여걸 박씨부인』을 읽고 쓴 독후감입니다.

수험생
_김혜준

하늘이 유독 파란 날이었다. 시나브로 겨울 티를 내는 날씨에 거리를 걷는 사람들의 옷은 제법 두툼해져 있었다. 여섯 시가 조금 넘은 시각 반 지하 주택의 현관문을 열고 집을 나서는 그녀의 겉옷 또한 그랬다.

앳된 얼굴의 그녀가 향한 곳은 사거리에 있는 커다란 빵집이었다. 이른 시각이었던 탓인지 가지각색의 빵들이 진열되어 있어야 할 선반들은 텅 비어 있었으나, 그녀는 아랑곳 않고 빵집 안으로 들어갔다.

"어서 오세요. 어, 희연이구나? 일찍 왔네."

"안녕하세요. 마음이 심란한 게 정리가 안 되서 밤잠 다 설치고, 그냥 일찍 일어났어요."

그렇게 중얼거리며 캐비닛 아래 놓인 유니폼을 꺼내 입는 그녀의 모습이 능숙해 보였다. 그녀의 왼쪽 가슴에서 낡은 플라스틱 이름표가 빛에 반사되어 유독 눈에 띄었다.

그날 아침은 그 어느 때보다 분주했다. 일주일 전부터 들여놨던 합격 엿에 할인 판매 스티커를 붙이는가 하면, 그날 새벽 공장에서 배달된 찹쌀떡을 진열해야 했기 때문이었다. 다른 직원들이 케이크와 빵을 만드는 동안, 그녀는 창고와 매장을 바삐 오가며 물건들을 정리하기 시작했다.

희연이 막 정리를 끝내고 한숨 돌리려 할 때였다. 교복을 입은 한 학생이 하얀 입김을 내뿜으며 들어왔다. 쌀쌀해진 날씨 탓인지 그녀의 볼은 옅은 홍조를 띄고 있었다.

"어서 오세요."

"합격 엿 살 수 있을까요?"

한참 동안이나 안을 둘러보던 그녀가 물었다.

"물론이죠. 오늘부터 할인 판매도 하는 걸요."

씽긋 웃는 그녀에게 희연은 다소 쑥스러운 듯 다가갔다.

"선배, 벌써 내일이 수능이래요. 시간 진짜 빠르다, 그죠?"

교복을 입은 학생이 나가고, 희연이 입을 열었다.

"그러게."

희연의 말에 무뚝뚝하게 대답한 선배의 손은 갓 구워져 나온 빵들을 비닐에 담아 리본으로 묶는 데 열중해 있었다.

"선배는 수능 봤죠?" 희연이 다시 말했다.

"당연하지. 우리나라 사람 중에 수능 안 본 사람도 있다니?"

한동안 말이 없었다. 빵을 골라 담는 데 정신이 팔린 손님들의 목소리만 왕왕거릴 뿐. 희연이 막 입을 떼려 할 때, 선배는 어깨를 으쓱 해 보이고 이번에는 포장한 빵들을 선반 위에 진열하는 데 집중했다. 희연은 그런 선배를 멍하니 바라보다 가만히 눈을 감았다.

2년 전이었다. 희연이 고등학교를 중퇴한 것은.

고등학교에 입학할 당시만 해도 그녀는 남부러울 것 없는 아이였다. 그렇다고 재벌가 딸은 아니었지만, 돈 때문에 하고 싶은 것을 하지 못하는 일은 없었다. 부모님이 다투는 일도 극히 드물었고, 딸 하나뿐이었기에 부모님의 사랑이 부족했던 적도 없었다. 그리고 그녀는 이 행복이 영원하리라고 생각했다.

불행은 너무나 갑작스럽게 찾아 왔다. 희연의 아빠가 친구 보증을 서 주다 몇 배로 불어난 빚을 고스란히 떠안게 된 것이 그 시작이었다. 희연의 가족은 그 일로 전 재산을 잃었고, 빚까지 졌다. 아빠는 잘 마시지도 못 하는 술을 틈만 나면 찾았고, 때로는 폭력도 휘둘렀다. 자연스레 희연과 엄마의 불만은 늘어 갔고, 때와 장소를 가리지 않고 말다툼을 했다.

"여보, 우리가 왜 이렇게 살아야 돼? 당신이 보증만 안 섰어도 이렇게 되진 않았잖아."

"어쩌라고! 어차피 그 돈 다 내가 벌어온 거잖아. 보태준 거 하나라도 있어?"

"무슨 말을 그렇게 해? 애 공부는 어떻게 시킬 거야? 희연아, 이리 와 봐. 엄마 말이 맞아, 아빠 말이 맞아?"

"제발 그만 좀 해! 이런다고 뭐가 달라져? 그냥 조용히 살면 안 돼?"

그 다툼은 언제나 희연의 외침으로 끝이 났다. 결국 희연의 부모님은 이혼 서류에 도장을 찍기에 이르렀고, 세 가족은 뿔뿔이 흩어졌다. 희연은 1학년이라도 끝내 보려 아등바등거렸지만, 수업료를 내기는커녕 숙식을 해결할 곳조차 없었던 그녀는 2학기 중반, 고등학교를 중퇴하게 되었다.

빵집 사장님과 인연이 닿지 않았더라면, 지금쯤 그녀의 침대는 지하철 역, 천장은 드문드문 별이 박힌 하늘이었을지도 모른다. 반 년간 자신의 집에서 먹고 자며 빵집 일을 도울 수 있게 도와준 사장님은 월급도 빼놓지 않았다. 지금 희연이 살고 있는 반 지하 월세 방도 월급이 없었더라면 구할 수 없었을 터였다.

그녀는 공부를 계속하고 싶었다. 고등학교를 중퇴하기 전까지, 그녀는 잘 하는 축에 속했다. 학업에 대한 열망도 있었고, 교사가 되길 희망했으니까. 이제 2년만 있으면 나도 수험생이구나, 언제나 이런 생각을 하며 공부를 게을리 하지 않던 학생이었다. 그 시간이 어쩐지 갑갑할 것 같다는 생각을 하지 않은 것은 아니지만, 자신이 수험생이라는 꼬리표 한 번 못 달아 볼 줄은, 정말 꿈에도 생각하지 못 했었다.

"희연아, 무슨 생각해? 오늘 점심은 내가 쏜다! 짜장면 먹을래?"

"어, 전 짬뽕이요."

선배의 말에 희연은 퍼뜩, 정신을 차렸다. 월급날인 선배 직원이었다.

"참, 내일이 수능이지? 하루 전이라 엿이랑 떡이 쭉쭉 나가네." 친한 하늘 언니가 말했다.

"내일 수능 시험 보시는 수험생 분들! 날씨 걱정은 안 하셔도 될 것 같습니다. 대체적으로 맑고 따뜻한 날씨가 이어질 전망입니다."

현우 선배가 틀어 놓은 DMB 일기 예보가 말했다.

다른 직원들은 몰랐다. 그녀가 고등학교 중퇴생이라는 것을, 수험생이 되는 것이 소원이라는 것을. 그 누구도 소원이라고 생각하지 않았을 그것이, 바로 그녀의 소원이었다.

텔레비전은 하루 종일 수능에 대한 이야기뿐이었다. 길거리를 걷는 사람들의 대화도 온통 수능에 대한 이야기뿐이었다. 수능 한 번 보는 것이 소원인 사람이 있을 거라곤 생각하지도 않는 사람들뿐이다.

어쩐지 내일은 일어나기 싫다고 생각했다. 하루 종일 이불 속에 푹 파묻혀 잠이나 자고 싶다고. 그 동안 한 번도 쓰지 않았던 휴가를 쓰기 위해, 그녀는 사장님께 전화를 걸었다.

_최은일 〈난〉

○── 시

내가 왜 했을까?
_소원섭

아빠가 공부를 하라고 하실 때
아, 네, 네 네….
입에서 툭 튀어나온 심한 말

과자를 사주실 때도
내가 먹고 싶은 것만 먹는다고 우기는 나쁜 고집

아빠, 죄송합니다.
아빠 마음속에 박힌 큰 상처
내가 말한 후 후회했어요.
아빠, 이제부터 열심히 공부할게요.

●구갈초등학교 6학년 소원섭 님의 반성이 깃든 시입니다.

시

눈물 한 방울
_서 장

눈물 한 방울에
당신의 사랑을 담을 수는 없지만
당신을 떠올리면
하염없이 흐르는 눈물뿐…

주체할 수 없는 눈물에
내 작은 몸뚱어리로
당신의 사랑을 보듬어
보려 합니다

내 육신의 작은 부위에
난 상처만으로도
마음까지 이리 찢기우는데
당신은
당신의 모든 것을
우리에게 부어 주십니다

장애로 인하여 신음하는
우리에게 당신께서 주신
피 한 방울은 우리에게
믿음의 뿌리가 되고

당신의 눈물 한 방울은
우리에게 소망으로 다가섭니다

●용인 처인구 양지면에 사시는 서 장 님의 글입니다.

228

반딧불이
_장혜선

작은 불 하나가
여기저기서 반짝이다

한곳에 모여
몸 녹이듯

한곳에 모인
작은 불

어두운 밤
달 비추듯

환히 비추는
반딧불이

만나러 가는 길

_이철운

여름을 여는 오늘
유월 초하루
투구득 툭툭 투구득 툭
떨어지는 빗방울을 받으며
내 사랑, 그대를 만나러 갑니다.

투구둑 툭툭 투구둑 툭
떨어지는 빗방울이 거세면 거셀수록
그대가 준 우산을 꼬옥 잡고
설레는 맘으로 그대를 만나러 갑니다.

이리보고 저리 생각해 봐도
보잘것 없는 나를
사랑해주는 그대의 모습
노래하는 빗방울 속에 그려봅니다.
세상을 있는 그대로 보고
있는 그대로
사랑할 줄 아는

어여쁜 나의 소중한 사랑

여름을 여는 오늘
유월 초하루
춤추는 나뭇잎들을 바라보며
나의 사랑, 그대를 만나러 갑니다.

올해 첫 폭염주의가 내린 오늘

_이혜경

튜브2개
펌프
패드1세트
오일
체인링크
공구세트
라이트2개
배터리 4개…예비용품

휴지 필수…작년에 미처 준비 못해
난처했던…

여벌 옷…
긴팔 옷 2벌, 긴 바지 2벌
양말

입고 갈 옷…
긴팔 긴 바지

232

우비…왜 항상 장마 때 하는지…
수건

행동식…
초코바, 오이, 이온음료, 생수, 김밥 2줄,
해독주스 등

이렇게 작성해 놓은 메모 한 장
남겨두고
새벽 한 시에 자전거를 들고
2012…. 작년
750여명 참가해서
36시간 안에
산에서 280km를 완주한
100여 명 중 공동 3등 한
랠리 참가차 현관문을 나섰다…

하필
오늘 폭염주의보라니…

산에서 자전거에 몸을 싣고
한발 한발
태산보다 더 큰 자기 자신과
끊임없이 싸우고 있을
멋진 당신을 응원합니다.

남들은 좋은 취미로 쉽게 보고
생각하겠지만
하루하루 무진 연습과 체력단련…
음식조절과
규칙적인 생활습관까지
1년을 준비해
해마다 1박2일
280 에 참가하는 당신을 보고 있는
가족들은
절제와 끈기와 열정을
보게 되고 느끼게 됩니다.

세 아이의 아빠로
몸소 산 교육의 모범이 되기도
한다는 걸 당신은 계획 속에
두고 있었던 것일까요?

욕심 부리지 말고
완주하는 것 까지만 목표를 두고
건강하게 돌아오기만을
당신의 전부이고
당신이 전부인 우리들은
기도하고 있습니다.

집에 도착해
꾸려갔던 물건을 내려놓는 시간
까지는
따로 있으되 같은 마음이며

벅차 포기하고 싶을 때
그려지는 얼굴 하나하나가
뜨겁게
강력한 에너지를 모으고 모아
사랑으로 응원하고 있음을 느꼈음
좋겠구요.

정말 많이 힘들면
그냥 오셔도
당신은 이미 좋은 기록보다
더 열정적이고 몰입하는 모습을
충분히 보여줬음을…

당신이 당신이라 자랑스럽습니다.
2013년 상반기 마무리는
많이 아쉽지만…이렇게 하더라도
아직 올해도 반이나 남았네요.
좀 더 열심히 살겠습니다.

지우도
지인이도
지강이도
같은 마음일 겁니다.
당신을 사랑합니다.
이런 당신을 존경합니다…

성지초등학교 2학년 송 윤 님의 그림입니다.

236

ㅇ——시

고무딱지

_민경원

알록달록 딱지들!
모두 장점들이 있지.
작아서 공격력은 없지만 방어력이 좋아 이길 수 있지.

큰 딱지는 커서 공격력 좋아 자주 이기지.
하지만 방어력이 안 좋아

내가 좋아하는 건 작은 딱지들!
작아도, 힘이 없어도, 큰 딱지들을 이길 수 있다는 것이 좋아.
왜냐구?

나는 크지만 힘이 없고 자주 울어.
때론 애들이 나를 너무 쉽게 생각해.
그래서, 크고 힘이 좋은 것을 이기는 작은 딱지들이 좋아.

짝사랑

_김병준

무심코 쳐다본 창가에 비치는 그대 얼굴
혹시나 눈이 마주칠까
조금씩 고개를 돌린다.

무심코 지나친 사진 속 보이는 그대 얼굴
그냥 지나치기 싫어서
천천히 눈 속에 담는다.

언제나 떨리고 설레는 이 느낌, 짝사랑
항상 구름같이 들떠있는 나지만
지금 이 순간은
천천히 아주 천천히
눈이 되어 포근하게 감싸주고 싶다.

○ 신갈고 1학년 김병준 님의 시입니다.

소양호

_박종덕

낙락장송이 따로 있더냐
소양호를 두르고 있는
산줄기 따라
곳곳에 자태를 부양하던
매끄러운 소나무와
겹겹으로 둘러싸인 산중에
남아있는 하얀 눈꽃,

물결 따라 출렁이던
그다지 크지 않은 유람선의
의기양양한 하얀 물 트림과
소양호를 휘감아 맴도는
쌀랑한 겨울바람이
울적한 가슴을
시원함으로 위로한다.

ㅇ용인 기흥구 구갈동에 사는 박종덕 님의 시입니다.

시

거울

_ 김대열

당신은 나를 아오
때 묻어 초췌한 당신을 나는 아오
어색한 넥타이
덥수룩한 수염이 애처롭소
세월이 앞선 것을 탓하지 마오
그것이 길인 것을 아니 갈 수 없으니…

◑용인 처인구 양지면의 김대열 님이 시를 보내주셨습니다.

시

가을을 보내며

_신혜숙

햇살의 눈부심에
블라인드 살 사선으로 눕히고
틈새로 보이던 가을

툭하면,
마음이 구리고 눈시울이 젖는다
그리고 가끔은
시인이라도 된 것마냥
내 머릿속 좁은 단상에
속내를 내뱉는 듯한
글을 썼다 지웠다~

고개를 들면 아직은 빛깔 고운 가을빛
숙이면 퇴색해 떨어진 낙엽,
아름다움과 안타까움이
뒤엉킨 실타래마냥~~,
놓아주기 싫은 가을이,
가을이 그렇게 뒹굴어 가고 있다~~

●용인 기흥구 상갈동의 신혜숙 님이 보내주신 시입니다.

o——시

뚝방길
_이형원

뉘엿뉘엿 해가 기울 때까지
플라타너스 나무 아래 벤치에 앉아
시간 가는 줄 모르고 지란지교를 나누다
하굣길에 걷던
코스모스 화사한 뚝방길이 생각난다.

해질녘 칠십 도쯤 기운 햇빛이
코스모스 꽃에 비추면
한 부분의 해맑은 반사가
바람에 흔들리는 가냘픈
꽃잎을 화사하게 해주었고

촘촘히 매달린 꽃송이로 하나 꺾어
톱니바퀴 만들듯
한 잎 한 잎 따 던지며
걸어가던 무료함도 이제는,
모두가 아름다운 추억이다.

●용인시 기흥구 상갈동 금화마을의 이형원 님이 시를 주셨습니다.

o—— 시

여유
_박순애

커피숍 넓은 창너머로
어둑 어둑 내리는 어둠의
빛깔이 좋다.
여직원의 주문 받는 소리에서도
드르르 커피콩 갈아대는 소리에서도
묻어나는 향이 일품이다
어둠을 따라 돌아가야 하건만
의자 깊숙히 들여놓은
무거운 엉덩이와
두발을 당겨 꼬인
다리를 풀기 싫다.
조금만 더 있다 가야지
아주 조금만,

●용인시 기흥구 지곡동의 박순애 님이 시를 보내주셨습니다.

많아지는 그대

_김종운

십자가에서
달까지
별들이 가지런하게 걸렸습니다.
어렸을 적
몸이 커져서
입을 수 없었던 옷들이
그 동안 별이 되었습니다.
키는 그대로지만
당신은
하루하루 커져서
밤 하늘의 별들이 많아지고 있습니다.

시

안개

_박진형

용인에는 걷히지 않는 안개가 있다
물안개가 경안천을 감싸는 새벽
투명한 막에 휩싸여 천변길을 걷는다
깊은 어둠은 쉽사리 사라지지 않는다
가라앉는 안개 너머로 노고봉 희미하게 보인다
전생의 기억처럼 익숙한 풍경인데 낯설다
용인에서 안개는 빽빽한 삼림이다
모든 것을 가두는 물방울 장막이다.
아직도 목마른 새벽은 장막 속에 갇혀있다
물기어린 경안천 둔치에 앉아 먼동 바라본다
강 안개 사이로 대지가 꿈틀거린다
희뿌연 안개 걷혀도 처인성 유골 밝아지지 않는다
안개가 걷히지 않는 용인, 길은 아직도 멀다

◉지은이 박진형 :
1985년 MBC 청소년 문학상 중편부문 〈우리들의 사랑을 위하여〉 장려상 수상
1989년 서울대학교 대학신문사 주최 제31회 대학문학상 단편부문 〈불꽃〉 당선
제17회 용인시민백일장 차상, 제11회 정조효백일장 차하, 제1회 청년작가 박범신 백일장 은상 수상

○——시

안부

_노광희

그 곳은 언제나 조용했다
마음에 드는 돌 하나 골라
탱
물 수제비 날린다
나비처럼 물결이
날개를 피고 오른다

살아 있었구나

탱 탱 탱
가끔 그렇게
맥박 뛰는 소리 들고싶다

앉았다 일어나면
허당으로 첨벙대는 세상
문득 그대의 안부가
그리워질 때면

내 가까운 물가로 인사차
물 수제비를 대신해
삶을 뜬다

○작가의 말 : 안녕하세요 노광희입니다 저는 한국문인협회 회원이며 용인여성문학회장을 역임하였습니다. 용인문협에서 활동중이며 1997년 순수문학으로 등단하였습니다.
시집 〈따뜻한 남자의 손은 두 개다〉와 공저 〈잊혀지는 것은 사랑이 아니다〉가 있습니다.

 ㅇ──시

天使
_김호정

천사는
부르크 쉴즈나 소피 마르소의 모습은 아닐 것이오

천사는
아홉 살박이 은지의 까맣고 동그란 눈에
사이가 뜸직한 앞니를 가진
작은 아일 거외다

물욕(物慾)으로 치면
사이다를 제일루 좋아하는
보조개 하나의 아이일 거외다

◉용인 북클럽의 운영간사인 김호정 님이 보내준 시입니다.

o—시

청마꿈
_**오미아**

세상을 어렵게 살려면
꽃처럼 살면 되고
세상을 편안하게 살려면
바람처럼 살면 된다
꽃은 자신을 자랑하지도
남을 미워하지도 않고
바람은 그물에도 걸리지 않고
험한 산도 아무 생각없이 오른다
청마꿈
꿈속에 가득하니
웃음으로 승화되어
소원성취 이루어
행복한 한 해 되소서~~~~

나의 천사

_이정석

맑은 호수 위에 곱게 새긴
그대 모습
오리 발장난에 없어졌고
푸른 잎사귀에 새긴
그대 모습은
한장 낙엽되어 없어졌네
서로 나눈 술잔에 굳게 새긴
그대 모습
마셔버리니 없어졌다지만
내 마음 깊은 곳에 아로새긴
그대 모습은
영원히 웃고 있는 나의 천사여라.

○시를 써주신 시인 청송 이정석 님은 〈문예사조〉 시 부문 신인 문학상을 수상하며 등단하였고 제7회 바다문예대전 시 부문과 제8회 바다문예대전 시조 부문을 수상하였습니다. 한국바다문인협회 회장과 서라벌문인협회 수석부회장을 맡고 있으며 시집 『내 허락없이 아프지도 마』(공저)와 사화집 『솔숲에 일렁이는 바람소리』(공저)를 냈습니다. 2010년 '자랑스러운 한국인' 문학예술부문 대상을 수상하였습니다.

o──시

방학

_김병훈

"와 드디어 방학이다."
라고 한 말이 어제 같은데
보고 싶은 것도, 하고 싶은 것도
무지하게 많았었는데…
한숨만 푹푹 쉬고
이리저리 심심해서 뒹굴거리다
갑자기 얼굴이 떠올라
보고 싶어지는 친구들과 선생님!
방학보다 친구와 함께 놀고
맛있는 것도 같이 먹고
이야기도 할 수 있는
일상이 나는 좋다.

o시를 쓴 김병훈 님은 용인 구갈초등학교 4학년에 다니고 있습니다.

시

너에게

_최가을

너에게 반해 버렸다.
너의 그 당당한 걸음걸이에
너에게 빠져 버렸다.
너의 그 수줍은 고백에
너에게 속아 버렸다.
너의 그 달콤한 말들에

하지만 헤어 나올 수 없다.
너에게서
하지만 벗어날 수 없다.
너에게서
한 번 더 속아보려 한다.
너에게

처음의 그 설렘도
나중의 그 익숙함도
없을 때 그 허전함도
싸운 뒤 그 그리움도
모두 너에게서

나의 하루, 일주일, 한달, 일년도
모두 너
너에게 물들어 간다.

내가 사랑하는 너에게

●용인 신갈고등학교 1학년 최가을 님이 보내준 시입니다.

○──시

매점

_김하림

등교할 때 한번
쉬는 시간에 한번
밥 먹고 한번
또, 쉬는 시간에 한번
하교 할 때 한번

마치 어둠 속의
빛과 같은 존재로
급식실 앞에 기둥같이
우뚝 솟아있네.

3년 후에
내 삶의 낙을
떠날 생각하니
가슴이 먹먹하네.

●용인 신갈고등학교 1학년 김하림 님의 시입니다.

시

봄햇살

_신윤정

노오란 불빛하나 얼굴을 내미네
마치 신호등 같아
봄을 준비하라는 신호인가보다.

밝디밝아 눈이부셔
마치 형광등 같아
내 앞길을 밝혀주려나보다.

따스하게 바라보네
마치 담요같아
나의 얼어붙은 마음까지 감싸주려나보다.

노오란 봄햇살 무심코 바라보니
푸우른 구름 틈 사이로 얼굴을 감추네
마치 어린애 같아
구름 틈 사이에서 숨박꼭질 하나보다.
내가 보고 싶은 봄햇살

●용인 신갈고등학교 1학년 신윤정 님이 보내준 시입니다.

 ○—시

한여름 밤의 결투
_이세라

남의 피를
호시탐탐 탐하는 너는 드라큐라
혹은 흡혈귀 후손

매혹적인 여자를
몹시도 탐하는 뱀파이어 왕국의 전사

부족해
아직도 피가 모자라
너의 것을 조금만 다오

싫어!
나는 네가 싫어
조금도 줄 수 없어

벌떡
일어나 너에게 결투를 신청한다
비장하게

차차착!
살의에 찬 칼을 마구 휘두른다

어둠만 좇는 너
흔적도 없이 사라지고
하릴없이 다시 눕는다

의기양양
오늘도 후대를 이어가는 역사적 사명을
완수하였노라
너는 승리의 팡파르 나발소리를 울린다

나는 패잔병
벅벅 여기저기 가려워
허벅지 긁는 사이
어느새 창밖은 하얘지고 있다.

●이세라 님은 주부이며 현재 경기도 광주에서 한국어 교사로 일하고 있습니다.

○——시

꽃가마 -사랑의 집 할머니들
을 위한 낭송시-

_김일제

흘러간 세월을 눈물로 대신하여
찔레꽃 노래를 울며 부르고,
동백아가씨를 목 놓아 부르는
노 가수들의 노래를 들으면,
눈물 속에 그 옛날이 떠오른다.

말 타고 장가들며,
연지곤지 바른 후
꽃가마에 올라 시집가던,
그 옛날의 추억이
눈물 속에 떠오른다.

꿈인지 생시인지 모르고
사랑과 꿈으로 살던,
그 시절 다가고
어느새 칠학년이 되고,
팔학년이 넘었다네.

허기대신 꿈을 먹으며
사랑으로 가난을 견딘 시절이
이제는 추억이 되었지만,
그래도 좋다,
눈물 흘릴 일이 남았어도 좋다.

가을단풍이 곱게 물들 듯이
이내몸이 백결처럼 휘날려도,
내 가슴이 단풍처럼
사랑으로 곱게 물들면
얼마나 좋을까.

●글쓴이: 불효자 백야 김일제(용인모범택시개인사업자)

시

인연이 되었으면 좋겠습니다

_김민자

가끔 가슴을 열어놓고 만나고픈 그런
인연이 되었으면 좋겠습니다

사소한 오해들로 등 돌리지 않고
오랜시간 함께 할 수 있는 그런 인연이
되었으면 좋겠습니다

같은 눈 같은 마음으로 같은 곳을
볼 수 있는 그런 인연이 되었으면
좋겠습니다

서로의 작은 비밀이 되어
가슴에 묻은 채로
좋은 인연이 되었으면 좋겠습니다

무언가 기대하기 보다는 주어도
아깝지 않을 그런 인연이 되었으면
좋겠습니다

서로를 소중하게 여기며
서로의 영혼을 감싸 안을 줄 아는 그런
인연이 되었으면 좋겠습니다

가끔은 그대와 마주 하는 듯한 맘으로
편안한 인연이 되었으면 좋겠습니다

그리고 먼 훗날 아주 먼~ 훗날
그것이 생명이었고
사랑이었으면 좋겠습니다

● 용인 수지구 신봉동의 김민자 님이 글을 보내주셨습니다.

시

존경심

_최순영

울 언니!!!

대한민국의 어머니상
경기도의 어머니상
용인시의 어머니상
우리 모두에 존경의 대상이 되는
어머니~~~**

지극정성과
무조건적인 사랑으로
가족을 위해
헌신하시는
그대는 영원한 우리 모두에
어머니~~~**

강인한 성품과
억척스러움으로
365일 쉬지 않고 일만하는
그대는 철에 여인 우리들에
어머니~~~**

그대는!!!
역사이며
자랑이며
희망이며
등불이며

생명같은 존재입니다

●용인 처인구 고림동에서 최순영 님이 시를 보내주셨습니다.

氷魚
_박춘희

한입 어둠 속을 밝히던 은 버들잎 몇 장

소소히 돋아나던 겨울밤 별 몇 점 아픔인가

어디 인적 드문 곳에서부터 눈발은 쏟아졌던가.

눈 속에 갇힌 풍경 밖에서도 눈은 쏟아져

삼동을 지난 얼음장 아래 구름 몇 장 보태져

墨畵처럼 깊어만 갔네.

o──시

동행
_정영희

잠시 머물다가는 세상

혼자왔다 혼자가는 길에서
어느날 내 그림자 옆에
나란히 그림자 하나 더 있어
함께 갑니다

지금은 애써 무어라
이름 짓지 않으렵니다

세월이 흘러 먼 훗날
서산에 해 기우는
여정의 뒤안길에서
반추해 보렵니다

○시를 주신 정영희 님은 용인 기흥구 공세동 탑실마을에 살고 있습니다.

_이동중 _고경석 _목민숙 _Endrio _윤영진 _최은일 _문은주 _구재환 _유재철 _나혜정
_공기평 _정가언 _양영민 _이은정 _엄미경 _김민규 _정성규 _김현주 _정준영 _김세환
_문완묵 _이도건 _박복임 _박주영 _김우용 _김명수 _구혜숙 _오수환 _유지형 _박지연
_이민행 _양경이 _권대응 _박은경 _이인숙 _김어영 _김봉환 _양보영 _하은애 _윤준원
_이원오 _박태호 _이경숙 _류미월 _장명숙 _봉후종 _지승민 _한정순 _천정옥 _임재혁
_이규옥 _신은희 _공기평 _박진옥 _김선봉 _김 백 _김대중 _김경희 _공다원 _홍승표
_안귀숙 _정찬민

함께 뛰는 용인人 이야기 Story

책도 읽고 돈도 벌고!

_이동중

저는 직업이 개인택시 기사랍니다.

날이 새면 택시를 끌고 터미널, 용인사거리, 동백, 구성, 신갈, 수지 등등 안 다녀 본 곳이 없을 만큼 거리 곳곳을 헤집고 다닙니다.

거리에서 손을 들면 모시던 손님에게 콜서비스를 하고 아파트, 빌라, 관공서, 학교 등등 손님이 계시는 곳은 어디든지 달려갑니다.

10년이 지났으니 요령도 생겨 출근시간이 끝나면 한가해지고 오후가 되면 시장 보러 움직이고 퇴근 무렵 반짝 손님이 있고…

1시간의 여유

30분의 여유

15분간의 여유

그 시간이 무료해서 2011년부터 도서관 출입을 시작했습니다.

신경림 작가의 『민요기행』이 맨 처음 대출.

후쿠자와 유키치의 아시아 『침략사상』 30권으로 그 해를 마치고

2012년 『안도현의 아침엽서』, 임어당의 『생활의 발견』까지 50권.

2013년에는 『명품직원이 고객을 움직인다』, 『도올의 아침놀』 해서 50권.

기억의 저편에 잊혀 지내는 게 다반사이지만 틈나는 대로 책장을 넘기며 받는 쏠쏠한 감동은 돈도 벌고 공부도 하고 일석이조의 기쁨

으로 채워집니다.

고졸 학력이 전부인 제가 이제는 당당해졌습니다.

수많은 글들에 여행하고 간접 경험하고 감동받고 부자가 되어가고 있음을 발견합니다.

인류의 보편적 가치가 숨겨져 있는 독서!

남녀노소 구분 없이 책을 읽으시라고 제 차에 모시는 손님에게 권합니다.

올해는 고전읽기에 도전해보려고 합니다.

자신에게 투자하는 것이 가장 훌륭한 재테크란 말이 가슴에 와 닿는 갑오년!

티베트어로 인사를 대신 할까 합니다.

"따시 델레."

당신의 행운을 기원합니다.

● 개인택시를 몰면서도 열심히 책 읽는 여유를 즐기시는 이동중 님께서 원고를 써주셨습니다.

시대를 분별하며 소망을 갖고 미래를 바라보자!

_고경석

2014년 새해가 밝았다. 지난 연말의 어수선했던 모습들을 뒤로하고 모두들 새로운 각오, 새로운 다짐으로 소망의 한해를 보내기 위해 출발선상에 서 있다. 그런데 아직 몸이 안 풀렸는지 아니면, 추운 날씨 탓인지 아직은 어리버리한 모습들이다. 출발 준비가 덜 된 모양이다. 어찌 보면 금년은 지난해보다 국내외 정치, 경제, 사회, 안보 면에서 불확실성과 불안정성이 더욱 증대될 것이다. 시작부터 한반도를 둘러싼 주변 강국들의 국익추구 움직임이 범상치 않다. 남북한 간의 제반 문제도 한치 앞을 내다볼 수 없다. 6월의 지방선거 승리를 위해 국내 정치세력들 간의 경쟁도 날로 치열해지고 있다.

경제적으로도 외적으로는 환율전쟁, 기술전쟁, 무역전쟁이 가히 가시적 전쟁보다 더 치열하다. 내적으로는 젊은이들이 희망이 없어 낙심과 좌절의 문턱에서 몸부림치고 있다. 오죽했으면 학생들이 '모두들 안녕들 하십니까?'라고 비아냥거렸을까? 안녕하지 못한 많은 사람들의 부아를 부추겨 길거리로 내몰며 문제를 해결해 보겠다는 심산인지도 모르겠다.

사회적으로도 복지문제를 비롯하여 국민적 합의를 이끌어내야 할 문제들이 산적해 있다. 우리 사회구조가 이미 노령화 사회로 진입하

266

고 있어 각계각층의 이해가 충돌하는 분야도 점차 세 대결 양상을 노정하기 시작했다. 노사문제도 매년 국가경영의 잠재된 뇌관이 되고 있다.

우리 사회의 이런 모든 모습과 원인을 총체적으로 들여다보면 우리 사회는 그동안 국가발전 과정에서 모든 사회계층이 탐욕과 거짓, 불신에 푹 젖어 있었음을 부인하기 어렵다. 이제는 이전의 탐욕과 거짓, 불신의 굴레를 벗어버리고 모든 국민이 새 소망과 새 희망을 가질 수 있도록 우리 모두가 정직하고 진실하며, 신뢰를 회복해야 한다고 생각한다.

연초에 방영된 KBS파노라마 "부국의 조건"을 인상 깊게 보았다. 세계 모든 국가들이 어떻게 부국이 되었으며, 어떻게 부국의 문턱에서 주저앉게 되었는가를 구체적으로 국가들의 사례를 들어 설득력 있게 잘 그려주어 KBS방송국에 감사하는 마음이었다.

그 프로그램을 보면서 부국이 되기 위해서는 국가 지도자의 사심 없는 국가와 국민을 위한 헌신과 공직자들의 정직과 청렴, 희생과 봉사, 그리고 국민들의 의식이 국가 발전의 동력이 된다는 기본적인 사실을 다시 한 번 깨닫게 되었다. 이제 우리는 2만 달러 수준의 국력에서 4만 달러 수준의 국력을 가진 선진국으로 나아가는 데 더 이상 지체할 시간이 없다.

그렇다면 이제 우리는 우리 자신과 우리 공동체를 위해 무엇을 어떻게 해야 하는가? 사람마다 여러 가지 문제의 해법을 제시할 수 있겠으나 여기서는 본인의 생각을 나름대로 정리해 보고자 한다.

먼저 정직하고 청렴한 지도자, 국민을 위해 헌신하는 공직자를 뽑는 일이 우리와 우리 공동체를 위해 다른 모든 일에 우선하여 무엇보다 중요하다고 생각한다. 모름지기 공직자란 그들이 선거나 시험을 거쳐 공직에 들어왔든, 어떤 채용과정을 거쳐 입문했든 상관없이 국민들이 위임해 준 공적인 권한을 가지고 공익을 위해, 그리고 국민을 위해 일하는 사람들이다. 국민 위에 군림하는 사람들이 아니다. 모든 공직자들, 공인들은 국민을 위해 헌신하고 봉사하는 정신을 망각하는 그 순간 부패한 공직자, 권력자가 되는 것이다.

우리는 그동안 너무나 많이 속임을 당해 왔다. 모두들 국민을 위한다고 하는데 누가 국민인지 잘 모르겠다. 지난 대선 때는 국민들이 호랑이처럼 무섭다고 난리치며 자신들의 기득권과 특권을 모두 내려놓겠다고 야단들이더니 지금은 국민들은 안중에도 없다.

항간의 얘기들을 들어 보면 공직자들 가운데 대통령께서 국정의 기치로 내건 '창조경제'가 무엇인지 모르겠다고 헷갈려 하는 사람들이 많다는 것이다. 우리 같은 범부들에겐 한마디로 말하면 일자리 창출이다. 많은 국민들에게 일자리를 만들어주어 행복한 삶을 영위하도록 모든 경제 주체들이 창조적인 사고, 창조적 혁신, 창조적 경영을 하는 것이다.

정부만 그런 것이 아니라 기업, 가계 모두가 창조경제의 주체가되어야 하는 것이다. 그래야 기회가 생겨 우리 모두가 공평한 혜택을 누릴 수가 있는 것이다. 대통령이 개념적 방향을 제시하면 장관을 포함한 모든 공직자, 국민들은 이를 구체적으로 형상화하여 각자의 위치에서 최선을 다해 실천하고 행동할 때에 기회가 생기고 국력이 증대되는 것이다.

금년은 우리 지방의 지도자를 뽑게 된다. 지도자에 따라 공동체가부유하게 되기도, 가난하게 되기도 한다. 지도자가 자신의 영달과탐욕만을 추구한다면 우리의 공동체는 영원히 추락하고 말 것이다. 그가 말하는 것이 진실인지 여부를 꼼꼼히 따져 보아야 한다. 그가

268

속해 있는 당이 어떠하던지 거짓을 밥 먹듯이 말하는 사람을 더 이상 우리 공동체의 지도자가 되게 해서는 안 된다. 이제 우리를 더 이상 바지저고리로 알게 해서는 안 된다. 국민이 낸 세금, 국가 예산을 쉽게 빼먹는 사람이 우리 공동체의 지도자가 되게 해서는 안 된다.

정치적으로 그럴듯한 말로 국민을 속이려 드는 사람은 우리가 두 눈 부릅뜨고 배제시켜야 한다. 정치적 이해에 얽매이지 말고 정말 정직하고 진실하며 진정으로 우리 공동체를 위해 헌신하고자 하는 사람을 우리의 봉사자로 세워야 할 것이다. 우리의 의식수준만큼 우리 공동체의 자유민주주의는 발전할 것이기 때문이다.

다음으로 우리 모두 우리 공동체의 신뢰를 회복해야 한다. 이미 쌓인 불신 앞에 신뢰를 쌓기란 쉬운 일이 아니다. 그러나 그럼에도 불구하고 우리가 서로 신뢰하지 않으면 공동체를 이룰 수가 없다. 아주 작은 부분부터라도 신뢰를 쌓아가기 위해 노력해야 한다. 그러기 위해서는 우리가 가지고 있는 특권과 기득권을 먼저 조금씩 내려놓아야 한다. 먼저 가진 자가, 누리고 있는 자가 조금씩 양보해야 한다. 특별히 사회 지도적 위치에 있는 사람들이 먼저 탐욕을 내려놓아야 한다.

우리 모두는 누구나 예외 없이 빈손으로 왔다가 그리고 빈손으로 간다. 인생의 시작과 끝은 누구나 빈손이다. 그런데 시작과 끝의 과정에서 어떤 사람은 어떤 이유에서건 많은 것을 누리고, 어떤 사람은 힘들게 살아간다. 그렇다면 좀 더 많이 누리는 사람이 힘들게 살아가는 이웃을 위해 조금씩 배려하는 것은 함께 더불어 살아가는 공동체의 일원으로서 너무나 자연스럽고 당연한 일일 것이다. 그것이 건강한 공동체가 아닐까? 그것이 공동체의 구성원으로서 각자 자기 책임을 다하는 공동체 윤리가 아닐까?

이제 정직과 진실이 통하는 공동체를 우리가 만들어 가야 한다. 그러기 위해서는 서로에게 친절해야 한다. 특별히 말을 잘 해야 한다. 말에 있어 상대를 배려해야 한다. 말은 사람들 간에 관계를 형성하게 하는 도구이다. 또한 말을 듣는 사람은 해석을 잘 해야 한다. 모든 사람들은 외부 세계에서 일어나는 현상들을 나름대로 해석하며 살아간다. 해석이 잘못되면 오해와 왜곡이 일어난다. 소통이 불통이 되는 것이다. 그래서 말을 잘 해야 함과 동시에 해석도 잘 해야 하며, 바르게 행하여야 한다. 관계를 회복하는 것이 신뢰를 회복하는 길이다.

마지막으로 아무리 시대가 힘들고 어둡다 하더라도 낙심하거나 좌절하지 말고 소망을 갖고 끝까지 인내하며 최선을 다하라고 말하고 싶다. 지금 우리가 아무리 힘들고 어렵다 하더라도 한국전쟁 후 50, 60년대 우리 부모세대에 비하면 너무나 좋은 환경에서 살고 있는 것이다. 그러하기에 환경이 주는 무게에 눌리지 말고 무엇을 하더라도 분별력을 가지고 잘 판단하고 지혜롭게 삶을 그려 나가라고 말하고 싶다. 소망이 없는 사람은 죽은 사람과 같은 것이다. 소망이 없을 것 같은 힘든 곳이라 하더라도 조용히 들여다보면 작은 소망이라도 발견할 수 있는 것이다.

오늘의 우리의 환경이 우리들을 힘들게 누르고 있는 것은 사실이다. 그러나 그럼에도 불구하고 어둠의 세력에 붙잡혀 있을 수는 없는 것이다. 우리 속담에 "쥐구멍에도 볕들 날이 있다."라는 말이 있다. 직장을 잃은 사람도 있을 것이다. 일터를 얻지 못한 사람도 있을 것이다. 차분하게 자신을 돌아보며 무엇이 부족하며 무엇이 문제인가를 잘 새겨서 자신에 맞는 해법을 찾아 희망을 발견하기 바란다. 인생은 오직 한 길 뿐인 것이다. 그 길 선상에서 현실을 보면 좌절과 절망이지만 앞을 내다보면 그래도 희망이 생긴다. 희망을 쏘아 올려야 한다. 그래야 새 힘을 얻게 된다. 희망이 우리 삶의 동력인 것이다. 그 동력은 누가 가져다주지 않는다. 자신이 스스로 발전을 해야 얻게 된다. 욕심을 부리지 않으면 희망을 쏘아 올릴 수 있다. 그러면 마음에 평안이 찾아오게 된다. 어떤 형태이든 탐욕을 피하고 마음의 평안을 누리는 것이 행복이다. 그리하면 기회가 찾아 올 것이다.

우리 모두 우리와 우리 공동체의 발전을 위해 시대를 분별하며 새 소망을 갖고 미래를 바라보자. 그리하면 기회의 문이 열릴 것이다.

●글을 주신 고경석 님은 오랜 공직생활을 거쳐 정년퇴직하였으며 이후 신학대학원을 졸업하고 목사안수를 받아 현재는 용인 수지에서 말씀의 집 가정교회 목사로 영혼구원 사역을 담당하고 있습니다.

나는 행복한 사람… "보육은 미래다"

_목민숙

졸업을 하고 아이들과 함께 교육현장에서 지낸지 어느덧 20년이 지났다.

세월이 빠르다는 것을 늘 알고 있으면서도 지나온 세월을 되돌아 보면 새삼스러워지는 마음은 어쩔 수 없는 것 같다.

처음 유아교육을 시작했을 때, 그때의 설렘과 떨림은 지금도 잊을 수가 없다. 이 세상에서 "자기가 가장 좋아하는 일을 하는 것이 가장 행복한 것"이라고 말했던 것처럼 난 지금 가장 행복한 사람이 되어 늘 이 길을 걷고 있다.

깔깔거리는 아이들의 웃음소리는 나의 시선과 궁금증을 움직일 수밖에 없는 큰 에너지다. 마당을 내려다보고 서 있는 나를 보고 "원장 선생님~ 원장 선생님~" 하며 반가워 어쩔 줄 몰라 하는 아이들의 모습은 어려운 보육 현실에서 나를 지탱해 주는 내 안의 '자양분' 같은 힘을 주는 존재이다.

보육은 세상이라는 숲을 이루는 데 있어 근원이라고 해도 과언이 아니다.

한 아이가 태어나서 튼튼한 나무 한 그루로 자라기 위해 처음으로 사회라는 곳에 첫 뿌리를 내리는 곳, 바로 우리가 초심을 잃지 않고 굳건히 지켜나가고 있는 '어린이집'이다.

초심을 가지고 시작했던 때와는 너무 다른 지금의 보육 현장 속에서, 정책이 바뀌고, 또 그 속에서 우리가 적응하기 힘든 상황이 발생하고, 보육의 뿌리가 흔들릴까봐 우리들은 전전긍긍 하며 서로의 자리를 지켜나가고 있다.

변화무쌍한 보육 정책 앞에서 아이들과 함께 참 보육 현장을 지켜나가고 싶은 것이 나의 작은 소망이다. 그러한 기대를 버리지 않기 위해 아이들을 보육하는 교사로서 개개인의 사명감을 지켜나갈 수 있도록 보육정책과 보육현장이 소통하는 그날을 기다려 본다.

●용인시 어린이집연합회장 목민숙 님의 글입니다.

교통은 변화를 부른다

_Endrio

어느덧 10년이다.

풍경의 변화가 10년, 사람의 변화가 10년, 편리함의 변화도 10년.

논밭 일구는 시골풍경이였던 곳이 어느새 아파트와 마트, 고속도로가 달리는 곳이 되었다.

예전엔 귀경길 정도로만 여겼던 곳이 지금은 완전한 주거지. 그 때문인지 젊은 층 비중이 많이 늘어난 것 같다.

한 시간 넘게 한 대 있었던 마을버스가 지금은 5분. 그리고 이곳저곳 간선버스가 생기고 고속도로도 뚫렸다.

세 가지 변화를 적어놨지만, 가장 체감하는 건 역시 풍경과 편리함, 특히 교통의 변화다.

처음 이곳에 살 때만 하더라도 하천 옆에 조그만 도로 한 개가 전부였고, 차 두 대도 지나가기 어려울 정도로 좁았다. 지금처럼 대로는커녕 자전거도 위험할 정도로 길이 좁았고 길로 쓸 곳도 마땅찮았다. 대부분이 논밭, 혹은 황야였기 때문이다.

심지어 집까지 가는 마을버스는 한 시간에 한 대, 한 시간 십 분에 한 대, 한 시간 삼십 분에 한 대였다. 버스 한 번 놓치면 PC방에서 놀다 갈 수 있을 정도로 간격이 길었다.

그랬던 곳이 지금은 아파트 천국, 큰 마트들도 줄줄이 서고 고속

274

도로까지 뚫려 서울까지 직행하는 곳이 되었다. 예전에도 그렇게 불리긴 했지만 교통의 요지라는 말이 딱 어울리는 곳이 되었다. 자동차를 통해서도, 대중교통 통해서도 원하는 곳까지 쉽게 갈 수 있게 되었다.

예전의 불편함을 생각하면 정말로 이곳은 많이 변했다.

그리고 앞으로 몇 년이 더 지나면 이곳은 훨씬 더 많이 바뀌어 있겠지.

지금 공사들을 보면 지하철이 연결되거나 연장되거나 하고 있다. 이곳도 지하철이 연결될 곳 중 하나. 그렇게 되면 이곳은 한 번 더 변화하게 될 것이다.

교통은 변화를 부른다. 이 용인도 불편한 교통에서 편한 교통으로 바뀌면서 한 번 변화했다.

물론 교통만 변화한다고 도시가 발전하거나 그러지는 않지만, 교통이 편하게 변하면 사람들이 몰려 발전하는 것은 분명하다.

지금 살고 있는 곳이 고속도로가 뚫리면서 버스 노선이 추가되고 사람이 늘어났으니까.

지하철이 오게 된 후, 이곳이 어떻게 또 변화할 것인지 이것저것 예상하면서 기대해 보게 된다.

교통의 변화는 장소의 변화를 부르니까.

●용인북클럽 아이디 Endrio 님이 원고를 보내주셨습니다.

내 꿈을 찾았다!
_윤영진

　오늘은 저한테 굉장히 특별한 날입니다. 오늘 저는 제 꿈에 대한 확신을 갖게 되었습니다. 제 꿈은 초등학교 교사입니다. 어렸을 때부터 틈만 나면 잔머리를 굴려서 어른들한테 영악하단 말을 자주 들었습니다. 사실 잔머리 좀 그만 굴려라 하는 식의 반어법이었는데 곧이곧대로 믿어버려서 제가 남들보다 똑똑하다고 생각했습니다. 그런 저의 착각은 제가 사람들을 가르쳐야한다는 오만으로 바뀌었습니다. 사소한 것조차도 남들이 저와 다르면 제가 옳고, 그 사람을 저랑 같게 만들어야겠다고 그렇게 가르쳐야겠다고 생각을 했습니다. 황당하지만 그게 제가 교사에 대한 꿈을 가진 첫 번째 계기였습니다. 저는 한동안 공부와 담을 쌓고 지냈습니다. 그 시간 동안 꿈에 대해서 생각조차 하지 않았고 교사라는 꿈은 잊고 있었습니다. 그러다가 제가 철이 들고 처음으로 공부란 걸 시작했습니다. 공부를 하면서 저보다 똑똑한 사람은 세상에 널리고 널렸고 나와 남들이 다르다고 내 말이 다 옳은 게 아니란 걸 깨달았습니다. 그리고 그때서야 아 어른들은 그때 나를 보고 칭찬을 한 게 아니었구나 하고 깨달았습니다. 괜한 데에 오기 부리는 성격 때문에 그럼 이제는 어른들이 진심으로 그 말을 하도록 만들어야겠다고 다짐하면서 어떤 장래 희망도 없이 공부만 열심히 했습니다. 근데 공부를 하는데, 뭔가 알아간다는 사실이 너무 좋았고 친구들이 질문을 하면 가르쳐준다는 것이 너무 좋았습니다. 그때 저는 어렸을 때의 꿈인 선생님, 나 잘나서 과시하려는 것이 아니라 진정으로 다른 사람에게 지식을 전달하는 교사가 되겠다고 다짐을 했습니다. 그것이 바로 제 꿈의 두 번째 계기입니다. 그런데 미처 생각하지 못했던 것이 있었습니다. 막연하게 교사가 되겠다고만 했지 초등학생을 가르칠지 중고등학생을 가르칠지, 내가 가르치고 싶은 과목은 무엇인지 등의 구체적인 생각을 하지 못했습니다. 고등학교에 오니 담임선생님께서는 "너는 중고등학생보다는 초등학생을 가르치는 게 더 잘 어울려"라고 하셨고 그 뒤로도 열 명 중 열 명한테 그런 소리를 들었습니다. 저는 얇은 귀때문에 사람들이 초등학교 교사하라 해서 초등학생을 가르쳐야겠다고 다짐하게 되고 이런 식으로 구체적인 미래 계획들이 남들에 의해 결정되었습니다. 그런데 최근 들어서 막상 초등학교 교사를 하겠다고 했는데, 내가 과연 어린 아이들하고 어울릴 수 있을까 고민을 많이 하게 되었고 그러다 보니 걱정이 많아져서 꿈을 포기할까 하는 생각까지 했습니다. 그러다가 학교 선생님의 추천으로 숲속마을 지혜민학교라는 사회아동복지센터에서 하는 봉사활동에 신청을 하게 되었습니다. 그리고 바로 오늘이 첫 봉사 날이었습니다. 첫날은 아이들과 만나서 노는 것보다 교육 위주여서 아이들을 본 건 거의 10분도 되지 않았습니다. 그렇지만 그 10분조차 안 되는 시간 동안 저는 아이들을 보고 너무 행복했고 고3이라 시간을 많이 뺄 수 없어서 아이들과 잘 어울릴 수 없는 오전 시간으로 신청했는데도 처음 보자마자 낯설어하지도 않고 "선생님!" 하고 다가온 지원이라는 이름의 여자 아이를 본 순간 시간을 빼서라도 봉사 시간이 없는 날도 와야겠다는 마음이 들었습니다. 집으로 돌아오는 길에 지원이가 말했던 "선생님!"이 계속 머릿속에

맴돌았고 초등학교 교사라는 꿈, 포기하지 않아도 되겠다고, 꼭 이루어야겠다고 다짐을 했습니다. 나중에라도 다시 이런 불안함에 기가 죽고 포기할까 하는 생각을 하게 되면 이 글을 다시 읽고 오늘 아이들을 봤을 때 선생님이란 말을 들었을 때의 느낌을 떠올리면서 초심으로 돌아가 다시 내 꿈에 대해 자신감을 갖게 되기를!

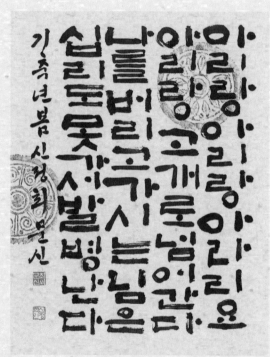

_최은일 〈아리랑〉

의견

北인권 문제를 위한 제언
_문은주

서울대 통일평화연구원의 '2012년 통일의식조사' 보고서에 의하면 응답자의 79.8%는 북한인권 개선이 가장 시급한 과제라고 답했다. 북한 내 인권침해 실태는 매우 심각한 수준이다. 탈북 도중 체포된 탈북자들은 정치범수용소에 수감되어 신체적 폭력은 기본이고 연좌제와 같은 인권을 침해하는 수준의 처벌도 받는다. 이뿐만이 아니라 1990년대 말 '고난의 행군' 이후 북한 주민들은 일상생활을 유지하는 데 필요한 가장 기본적인 물자가 없어 생존 자체에 위협을 받고 있다.

지난해 UN은 북한 내 인권침해 실태를 파악하기 위한 북한 인권조사위원회(COI)의 위원을 임명했다. 북한 인권조사위원회는 지난해 11월 채택된 대북 인권결의안에 따라 설치된 기관으로, 대북 인권결의안은 2005년 이후 매년 채택되어왔다. 하지만 북한은 과거와 마찬가지로 조사위의 활동이 정치적 목적을 두고 있다고 주장하며 결의안에 반대했다.

국제사회가 북한 인권 문제에 대해 아무리 제재적 결의안을 채택하고 입법을 했어도 큰 효과를 낳지 못하는 상황에서 한국은 북한 인권 문제에 대해 주체적으로 어떤 해결책을 마련하려는 시도조차 하지 않는다. 해결책을 찾으려는 노력보다는 국제사회의 움직임에 편승하려는 태도를 보이고 있다. 남과 북은 국가 대 국가로서, 북한 체제가 위협을 느껴 경계를 할 만한 언행을 하지만 않는다면 협력을 할 수 있다. 남북이 '갈라진', '숙명적으로 서로를 필요로 하는' 분단국가라는 것은 사실이다. 남북이 특수 관계에 있다는 것을 국제사회가 인정하게 된다면 북한 인권 문제를 해결할 수 있는 한국의 가능성 또한 커질 것이다.

그렇다면, 북한 인권을 개선할 수 있는 가장 현실적이며 확실한 방법은 무엇일가? 남북 차원의 해결이 필요한 시점에서 남한이 할 수 있는 유일한 방법은 남북이 두 국가라는 전제 하에서 대북 지원을 하는 것이다. 또 북한의 생존권(경제·사회·문화적 권리)을 보장하는 지원이 우선적으로 이루어져야 한다. 정치적인 목적의 지원은 북한이 안보를 위협당한다고 느낄 수 있기 때문에 순수하게 생존권 보장의 차원에서 접근하는 인도적 지원이 필요하다.

이와 함께 북한과는 인도적 지원과 정치적 관계 개선을 병행하는 투 트랙 전략이 필요하다. 이때 정치적 관계 개선이 이루어진 후에 인권 개선이 이루어질 수도 있고, 인권 개선이 이루어짐으로 인해 정치 관계 개선이 가속화될 수 있다. 정치와 인권이라는 투 트랙 전략과 병행하여 한국은 시민사회나 NGO의 대북 인도적 지원을 적극적으로 장려하고 지원해야 한다. 북한은 한국에 위협이 되는 돌발적인 도발과 상식적이지 못한 언행으로 힘들게 쌓아온 남북 간 신뢰를 무너뜨릴 수 있다. 이는 지금까지의 남북관계에서 충분히 알 수 있었다. 물론 한국이 먼저 북한의 신뢰를 저버리는 상황도 있었다. 이 경우 한국 정부의 북한 인권 개선을 위한 지원이 어려울 수 있다. 또 북한과의 정치적 관계 개선을 이루는 동안에 인권 개선을 위한 지원이 부족할 수도 있다. 그렇기 때문에 북한 인권 문제의 개선을 위해서는 당국 간 정치적 우호관계를 만들어 나가는 것과 동시에 시민사회나 NGO 중심의 지원을 장려해야 한다.

또 북한과 관련된 인권문제로서 빼놓을 수 없는 문제가 탈북자 문제다. 특히 탈북자 상당수가 한국에 입국하고 있는 오늘날 탈북자 문제는 결코 간과해서는 안 되는 문제다. 수많은 탈북자가 중국에 거주하고 있는 상황이다. 중국은 북한의 의존도를 높이기 위해서 탈북자들을 적극적으로 북송해야 하지만, 한편으로는 국제사회가 탈북자들을 난민으로 인정하기 때문에 이들을 보호해야 한다. 이처럼 중국은 이러지도 저러지도 못하는 상황에 처해 있는데, 이때 우리가 할 수 있는 일은 조용한 외교를 통해 탈북자들의 인권을 보장해주는 것이다. 한국이 비공식 채널을 통해 중국에 탈북자들의 남한 입국을 요청할 경우 중국은 들어줄 수 있고, 실제로 들어준 경우도 있다고 한다. 즉 한국은 조용한 외교를 통해 탈북자들의 인권 문제를 최선을 다해 지켜줘야 한다.

인권은 사람이 개인 또는 나라의 구성원으로서 마땅히 누리고 행사하는 기본적인 자유와 권리다. 기본적으로 누구나 누려야 할 권리이며, 어디서나 보장되어야 하는 요소다. 북한이라고 해서 예외는 아니다. 북한 주민들에 대한 인권유린은 여전히 진행되고 있으며, 이를 해결하기 위해서 더 이상 방관하지 말고 적극적인 자세로 받아들여야 한다. 새누리당 황우여 대표가 얼마 전 북한인권법 통과를 거듭 촉구한 것처럼 우리 사회도 북한인권법 통과를 위해 힘을 모아야 한다. 다만 북한 인권 문제는 그 원인부터 상당히 복잡하게 꼬여 있으므로 맹목적인 정책 변화와 개선을 요구하는 것은 옳지 않다. 개선을 위한 방안도 조심스러워야 하며 현실적인 상황을 고려해야 한다.

●동국대학교 사회과학대학 북한학과 3학년 문은주 님이 북한 인권 문제에 대한 생각을 보내주셨습니다.

 ○── 단상

자연은 차별도 편견도 없다
_구재환

春意無分別이요
人情有淺深이도다

〈해설〉
봄의 뜻은 분별할 수 없고,
사람의 인정은 얕고 깊음이 있도다.

〈한자 익히기〉
봄春(춘) 뜻. 생각意(의), 없다無(무) 나누다分(분) 다르다, 나누다別(별)
사람, 인간人(인) 정情(정) 있다有(유) 얕다, 부족하다淺(천) 깊다, 무성하
다深(신)

〈감상과 이해〉
자연과 사물을 대비한 형식을 통해 봄(자연)은 예나 지금이나 변함없
고 한결같으나, 사람과의 관계에서 정의(情意)는 얕은 사람과 깊은 사
람으로 변화가 있음을 그려내고 있다.
자연은 차별이 없고 차별하지도 않는다. 오직 자연을 바라보고 대하
는 사람만이 차별을 만들어내고 편견을 가질 뿐이다. 똑같은 사물을

함께 바라보는데 어떻게 다른 느낌과 생각으로 나타나는 것일까? 그래서 자연이 갖는 확실성(確實性)과 사회문화 현상이 갖는 확률성(確率性)의 원리는 서로 다른 학문 분야로 갈래를 지우는가보다.

한 치 깊이도 안 되는 사람의 마음은 도무지 알 수가 없다. 사람의 정(情)이란 자신에게 당장 눈앞의 이익을 쫓아서, 혹은 외모를 보고 가까이 하거나 멀리하려고만 한다.

현자(賢者)는 사람의 본성을 이해하고 다가가기 위해 그토록 오랜 세월을 고민했지만 군자와 소인의 깨달음의 차이란 종이 한 장처럼 가벼울 뿐이다.

●옛 선현의 말씀을 풀이해주신 구재환 님은 용인 신갈동에 살고 있으며 대한 검정회 용인 지도회 지도위원으로 있습니다.

효(孝)에 대하여

_유재철

효(孝)에 관련된 명언들이 많다.

공경하는 마음으로써 쉬워도 사랑하는 마음으로서 효도하기는 어렵다.(장자)

기색을 조심하라. 부모를 섬기는데 있어서는 부드러운 기색으로 대화하도록 한다. 이것을 조심하지 않으면 효행이 될 수가 없다. 색이란 단지 언색뿐만 아니라 태도 언행의 모든 것이 포함된다.(논어)

내가 어버이에게 효도를 하면 자식도 또한 내게 효도를 할 것이니 자신이 이미 효도를 하지 않으면 자식이 어찌 효도하게 되겠는가?(명심보감)

이와 같이 효(孝)를 행하기는 무척이나 어렵다. 특히 요즘 같은 핵가족 시대에서는 부모와 같이 3대가 살아가는 가정을 보기가 쉽지 않다.

부모 모심에 있어서 가장 어려운 점은 논어에 있는, 기색을 조심하라는 말인 것 같다. 부모와의 대화에서 화내는 표정, 짜증내는 표정, 무뚝뚝한 표정, 버릇없는 태도 등 자신도 모르게 부드러운 기색으로 대화하는 것을 조심하지 못한다. 부모를 있는 그대로 받아들이지 못하고 자꾸 자식들 사고방식으로 끌어들이려 설득을 한다. 그러나 부모는 연세가 있어 자식들이 원하는 방식으로 설득되지 않는다. 따라서 부모와 함께 살고 있는 자식들은 부모를 현재 있는 그대로 받아들이고 이해하도록 해야 할 것이다. 그래야 부모와의 마찰 없이 편안한 가정을 이끌 수 있을 것이다.

세속에서 말하는 불효에는 다섯 가지가 있다. 사지를 게을리 하여 부모의 봉양으로 돌보지 않음이 그 첫째 불효요, 노름과 술 마시기를 좋아하여 부모를 돌보지 않음이 그 둘째 불효요, 재물을 좋아하고 처자만을 사랑하여 부모를 돌보지 않음이 셋째 불효요, 귀와 눈의 요구를 채우느라고 부모를 욕되게 함이 그 넷째 불효요, 용맹을 좋아하여 싸우고 화내어 부모를 불안케 함이 그 다섯째 불효니라.(맹자)

이 다섯 가지 불효에 대해 늘 명심하고 부모님께 효(孝)를 다하도록 노력해야 할 것이다.

부모를 모시고 살면서 남들은 효자니 대단하다느니 하지만 정작 자신을 돌아보면 불효만 하고 사는 것 같다. 부모 섬김에 있어 정성을 다해야겠다는 생각이 든다.

속담에 '한 아버지는 열 아들을 키우니 열 아들이 한 아버지를 봉양키 어렵다'는 말이 있다. 모두 공감하는 말이라고 생각된다. 그만큼 부모님 은혜가 큰 것이다. 특히 요즘 자녀들이 이 속담에 공감하길 진심으로 바라고 싶다.

그리고 효(孝) 관련 시조 한 수를 소개 하고자 한다.

> 아버님 날 낳으시고 어머님 날 기르시니
> 두 분 곧 아니시면 이 몸이 살았을까?
> 하늘같은 가없는 은덕을 어디 대여 갑사오리
> ─정 철

효(孝)는 누가 시킨다고 되는 게 아니다. 효(孝)는 어렵고도 어려운 것이다. 아무리 잘 한다고 해도 늘 부족함이 있는 것이 효(孝)인 것 같다. 마음속에서 저절로 우러나와 스스로 배우고 실천하여 몸에 배도록 함으로써 부모님의 하늘같은 은덕 잘 헤아리고 살아계실 때 효(孝)를 다하여 부모님 은혜에 보답하여야 할 것이다.

효(孝)는 정말 어려운 것이다.

●글을 써주신 유재철 님은 현재 용인시 배구협회장으로 일하고 있습니다.

체험

소소한 행복이 있는 곳

_나혜정

어느 여름날 처음 숲속마을지혜민학교(지역아동센터)와 인연을 맺
게 된 날.

나도 이제 사회복지사구나!

사회에 첫발을 디딘 나는 부푼 꿈과 기대를 안고 아이들의 환호
속에 하루 시작을 생각하며 숲속마을지혜민학교로 당차게 걸어 나갔
다. 그런데 '어라? 누구지?' 하는 듯 아이들의 호기심에 찬 눈길은 아
주 냉담함으로 차가운 기운이 서려있어 가슴이 얼 정도였다. "누구
세요?"라고 물어주지도 않던 우리 아이들의 태도에 당찼던 나의 마
음이 얼다 녹다를 반복하여 콩알만큼 작아지기 시작했다.

간절히 말을 걸어주길 바라며 조용히 앉아있던 나에게 한 아이가
다가와서 감사하게도 말을 먼저 걸어주었는데 첫 마디로 시작하는
구절이 '언니 누구예요?'라는 질문이었다. "언니?? 내가 잘 못 들었
나??"라고 생각하며. "나는 새로 온 사회복지사 선생님이야!"라고 당
차게 말하고 싶었지만! 냉담한 반응 속에 이미 작아질대로 작아진 나
의 마음과 자신감 추락으로 '선생님'이라는 명칭이 쉽사리 입 밖으로
나오지 않았고, 결국 나는 옹알이로 아이들에게 내 자신을 소개하게
되었다.

걱정이 앞섰다. 머릿속에는 앞으로 어떻게 지내야할지, 어떠한 태

도로 아이들에게 다가가야할지, 어떻게 친해져야 할지에, 또한 이 아이들이 나를 선생님으로 받아들여 줄지 난감함에 안절부절 못하고 한나절을 보냈다. 그러던 중 지금은 대표 직무만 맡고 계시지만 당시엔 센터장 직까지 맡고 계셨던 엄미경 선생님께 조언을 구하였다. 엄미경 대표님께서는 "아이들이 아직 젊은 선생님이 익숙하지 않아서 그런 걸 거예요. 오늘 저녁식사 후 아이들 앞에서 공개적으로 소개하고 내가 호칭 정리를 해줄 테니 걱정 말아요"라고 말씀하셨다. 저녁 식사 후 자신을 소개할 수 있는 시간을 갖게 된 나는 아이들 앞에 서게 되었다. 묘한 기분이 들었다. 학생이 아닌 선생님으로서 나 자신을 소개하는 시점. "안녕 친구들 나혜정 선생님이라고 해 잘 지내자~"라고 말을 하며 나를 소개하였다. 그 후 나에게 언니라고 하였던 아이가 와서는 "선생님 죄송해요, 자원봉사 언니인 줄 알았어요."라고 수줍게 말을 꺼내었다.

이제는 사회복지사로서 내 입지를 굳힐 차례인 것 같았다. 아이들 한 명 한 명에게 다가가며 대화를 걸어보기도 하였고 같이 장난을 건네기도 하였다. 그 무엇보다 다양한 활동을 진행하면서 아이들과 나 사이를 연결해 주는 운명의 끈과도 같이 자연스러운 관계로 발전시켜주는 매개체가 되어주었다.

나는 아이들에게 고전적인, 무서운 호랑이 선생님이 아닌 친구 같은 선생님이 되어주고 싶다. 자연스럽게 고민을 털어놓기도 하고 언제나 친구처럼 함께하는 인생의 동반자와 같은 선생님.

오늘의 아이들은 나를 이렇게 부른다.

'나혜정 쌤 오늘 간식 뭐예요?'

'나 쌤 저 안아줘요.'

얼마나 소소한 요구인가?

소소한 대화 속에 소소한 행복이 있는 그곳.
숲속마을지혜민학교로 더욱 당찬 발걸음으로 내딛어 본다.

● 숲속마을지혜민학교 나혜정 선생님이 원고 보내주셨습니다.

_공기평 〈FunnyFunny11-胡蝶夢(The Butterfly Dream)4〉,
72.7x60.6Cm, Acrylic Oil on canvas, 2011..jpg

숲속마을지혜민학교 봉사 이야기
_정가언

나는 초등 3학년, 열 살 때부터 숲속마을지혜민학교에 다녔다.

지혜민학교에서 지원하여 주는 체험학습을 통하여 새로운 친구들도 사귀고 공부도 하며 많은 공부와 체험활동을 할 수 있었다. 5학년 때에는 각 학년마다 한 명씩 뽑아 과외수업을 받을 수 있게 해 주셨지만 버스도 타야하고 정말 가기 싫었지만, 특별히 선택 받은 수업이라 왠지 기회가 다른 아이에게 갈까봐 아까워서 했던 수학 과외수업 6개월 만에 수학 점수 100점을 받아 자신도 깜짝 놀랐던 적도 있었다.

왜냐하면 내가 수학 점수를 백점 받는다는 것은 상상도 못 했던 일이기 때문이다. 그때 과외수업을 통해 수학에 자신감이 생겼었지만 사실 지금은 좀… 노력을 안 하고 있어 선생님께 꾸중을 듣기도 했다. 그런데 겨울방학 시작 전 야간수업을 하던 중 선생님이 베트남 해외봉사를 갈 수 있는 기회가 있다며 가 보라고 권유하셨다. 솔직히 전국에서 20명 뽑는데 붙을 확률도 낮고 자기소개서 쓰는 것도 귀찮고 해서 선생님의 권유를 거부하다 결국 마감 날 다 되어서야 겨우 신청했는데 내가 붙었다.

처음에 붙었을 때는 얼떨떨하고 1차 심사에 붙은 거라서 다음 2차 심사에서 떨어질 수 도 있고 해서 미적거렸다. 하지만 선생님이 적극

직으로 도와주셔서 마지막까지 떨어지지 않고 베트남에 갈 수 있었다. 처음에 바로 베트남에 가지 않고 한국에서 국내 연수 2박3일을 받은 후 베트남으로 출발했다. 때문에 선생님이 나를 서울 대방동까지 데려다주셨고 2박3일 국내연수를 받은 후 베트남으로 출발했다.

베트남에 가서 첫날은 관광과 봉사를 함께 했는데 내가 베트남에서 봉사한곳은 어린이 보호소 겸 학교였다. 그곳에서 아이들과 가방 만들기, 명찰 만들기, 태권도, 딱지 만들기 등 여러 활동을 하면서 아이들과도 매우 친해져 헤어질 때는 헤어지기 싫을 정도였다. 그때 만난 아잉이라는 아이는 말을 못 하는 장애를 가지고 있었지만, 만들기도 아주 열심히 하고 애교도 많고 귀여워, 이런 밝은 아잉의 성격을 부러워하기도 했다. 봉사활동을 하고 한국에 왔을 땐 실감이 나지 않지만 김치랑 밥을 먹을 때 내가 한국에 온 것이 실감이 났다. 지혜민에 다니면서 나에게는 정말 좋은 기회가 많았던 것 같다. 지혜민 언니들이 의료봉사를 하러 간 필리핀에도 꼭 갈 기회가 생겼으면 좋겠다.

●매향고등학교 1학년 정가언 님이 숲속마을지혜민학교 이야기를 글로 보내왔습니다.

취약계층에 대한 편견과 오해
_양영민

2주 동안의 사회복무요원 직무교육을 마쳤다. 교육기간 동안 너무 많은 것을 배웠다.

고등학교시절 교회에서 장애인센터로 봉사활동을 나가곤 했지만 나와는 너무 달라 보이고 이상한 행동을 하는 장애아들을 가까이하기가 싫었다. 그래서 내가 같이 놀아주고 데리고 있어야 할 아이들을 내팽개치고 숨어 있다가 같이 온 친구 중 나와 같은 생각을 하는 친구들과 살짝 다른 데 가서 놀곤 했다. 그만큼 장애인은 나와는 완전히 다르고 같이 할 수 없는 존재라고 나는 생각하고 있었다.

하지만 2주 동안의 사회복무요원 직무교육은 이런 인식을 완전히 바꿔 놓았다. "장애인들도 생각이 있고 원하는 것이 있다. 그런데 우리는 그냥 우리가 봉사하고 있으니까 주는 대로 받아야 한다는 식의 생각을 가지고 있는 것은 잘못이다."라는 강의를 듣고 조금 충격을 받았다. 왜냐하면 이때까지 나는 장애인들은 나와 다르고, 바라는 것도 딱히 없는 줄 알았다. 장애를 안고 살아가는 데 많은 어려움이 있다는 것을 마음으로 알게 되는 가운데, 장애를 가진 분들을 섬기고 도와줘야 한다고, 그리고 내가 조금 희생해서 이들을 좀 더 이해하고 함께해야 한다는 생각을 갖게 되었다.

사회복무요원들에게 주어진 많은 교육 중 이틀간의 현장체험이 있었다. 나는 희망나래라는 장애인복지센터에서 계절학기 수업을 지원하게 되었다. 수업이 진행되는 동안 한 사람이 한 명의 장애아들을 돌보고 공부에 도움을 주는 일을 하게 되었다. 내가 맡은 아이는 말을 잘 하지 못하는 아이였다.

내 마음에 다시 걱정이 생겼다. "알아들어야 원하는 것도 알고 도와도 주고 할 텐데. 오늘 하루 또 힘들겠구나. 어쩌지?" 하지만 아이들과 체육활동도 하고 요리교실도 하면서 이런 감정들이 사라졌고 조금씩 더 이해하고 더 도와주려고 노력하고 있는 내 모습을 보게 되었다.

다른 사람을 위해서 내가 이렇게 열심히 하고 있다는 것이 신기하기도 했다. 그리고 많은 장애 체험활동들을 통해서 지체 장애인들의 고충도 알게 되었다. 장난감을 포장하는 상자를 만드는 직업 재활실에서 열심히 일하고 있는 사람들의 모습도 보았다.

이틀간의 현장체험이 끝나고 피곤한 몸으로 돌아오면서 내일부터는 이 사람들을 만나지 못한다는 생각이 들어 잠시 멍해지기도 했다. 조금 더 잘할 수 있었는데, 조금 더 열심히 할 걸, 하는 아쉬움과 나도 이렇게 변할 수 있다는 사실에 놀랐다. 교육을 통해 사회의 일원으로서 사회적 책임과 진정성을 가지고 사회취약계층을 더 잘 이해하고 더 친근하게 다가갈 수 있도록 도와준 의미있는 시간이었다. 숲속마을지혜민학교로 돌아가서 내가 할 일을 좀 더 잘할 수 있겠구나 하는 생각을 하면서 잘 해야지 하는 각오도 다졌다.

지금 이 시간에도 취약계층의 아이들, 장애인분들, 노인분들을 위해 힘쓰고 계신 모든 분들께 진심으로 감사와 존경을 보낸다.

●사회복무요원인 양영민 님이 원고를 보내주셨습니다.

숲속마을지혜민학교에 오다
_이은정

　내가 숲속마을지혜민학교에 처음 오게 된 것은 친구가 취직하여 사회복지사로 근무하던 곳이라 자원봉사를 하게 되면서였다. 다른 곳에서도 봉사를 해왔었지만 이곳 하는 것은 조금 특별했다. 물론 친구가 근무하는 곳에서 봉사를 한 터라 조심스러움에 신경이 쓰이기도 했지만 다른 봉사자들보다 조금 더 애착을 가지고 재미있게 봉사도 할 수 있었다. 대학교에 다니면서 수업이 없는 시간 중 일주일에 삼 일은 거의 숲속마을지혜민학교에서 봉사활동을 하느라 내 생활에 여유는 없었지만, 일주일 중 사흘을 아이들과 함께 먹고 놀고 프로그램지원에 적극적으로 참여하니 아이들과 금방 친해질 수 있었다. 대표님의 배려로 다른 봉사자들과는 다르게 사회복지사만큼의 대접을 받으면서 봉사를 할 수 있었다. 봉사를 한 지 8개월 정도가 지나고 다음 해에 나는 숲속마을지혜민학교에 사회복지사로 취직을 하게 되었다. 봉사 때와는 다르게 활동 평가도 써야 하고 캠프도 다녀오고 아이들과 부딪치는 일도 많았지만 아이들과는 어색하지 않게 지낼 수 있었다. 아이들은 내가 봉사자였는지 원래부터 선생님이었는지 헷갈려 하는 아이들도 있었지만^^;;; 우리 아이들은 나에게 늘 웃음을 가져다주곤 한다. 가끔은 너무 사소한 것들로 "선생님 저 언니 불량식품 먹어요!" "선생님! 선생님!! 선생님!!!~" 하고 너무 많이 불러서 지칠 때도 있고, 아이들에겐 큰일이겠지만 내가 생각하기엔 별거 아닌 일에 교실 떠나가라 울고불고 할 때면 힘이 빠질 때도 있다. 하지만 그것도 잠시, 매일같이 나에게 다가와서 애교를 부리는 아이들을 보면 그렇게 귀엽고 사랑스러워 보인다. 많은 아이들 중에 O현이라는 아이가 있는데 그 아이를 볼 때면 참 많이 컸구나 하는 생각이 든다. 1년 전 처음 그 아이를 만났을 때는 나에게 수시로 대들어서 그때마다 혼내기도 많이 혼냈었다. 내가 자원봉사를 할 때라 담당 선생님 보조자로 수업에 참여하고 있을 때이다. O현이가 신문 찢기 놀이가 재미없다면서 담당 선생님 말도 듣지 않은 채 다른 친구들이 찢어놓은 신문을 모조리 창문 밖에 던져버렸다. 프로그램 담당 선생님께서는 O현이의 그런 행동에 난감해 하시며 수업을 거부하고 방해하는 O현이를 잠시 진정시켜 달라며 나에게 맡겨 주었다. 나는 O현이를 살짝 데리고 나와 무섭게 혼을 내며 창 밖에 버린 신문들을 다 주워 오라고 시켰다. 하지만 O현이가 욕까지 하면서 선생님도 아니면서 왜 시키냐며 거부했다. 나는 O현이 앞에서 O현이가 버린 신문들을 직접 주워 쓰레기통에 버렸다. 그 당시에는 봉사자였기 때문에 O현이 거부를 받아들이기는 했지만 어린 아이에게 욕을 들은 것과 "선생도 아니면서"라는 말에 머리가 아찔했었다. 그랬던 O현이가 내가 취업을 하여 근무를 하고 담당 선생님이 되면서부터 변하기 시작했다. 내가 잠시 자리를 비울 땐 의젓하게 선생님 노릇까지 해주고 이제는 욕도 가려서 안할 줄 알게 된 것이다. 예전과 다르게 나에게 마음도 많이 열어주고 내 앞에 와서 애교도 많이 부리고, 센터장님께도 나를 제일 좋은 선생님이라고 칭하여 말해주는 O현이를 볼 때 그렇게 사랑스러울 수 없고 사회복지사 일을 하게 된 것에 뿌듯함을 느낀다.

●숲속마을지혜민학교 이은정 선생님이 글을 보내주었습니다.

용성 엄마

_엄미경

이런저런 사정으로 함께 일하던 선생님들의 사직에 익숙해져서일까? 어제까지 함께하던 선생님도, 주기적으로 오던 자원봉사자들도 그렇고 아이들 또한 사회복무요원들이 떠난 빈자리를 모를 리 없는데 그 빈자리에 대해 너무나 초연한 모습으로 후임자에게 바로 적응을 해 버린다. 적응이란 것이 친밀감보다는 일정한 거리에서 프로그램의 효율적인 참여 정도로 각자 자신에게 집중해 있는 모습이다.

그런 아이들을 보면서 요즘은 문득 '나의 빈자리에 대해서도 아이들의 반응이 이렇듯 초연하면 어떡하지' 하는 걱정 아닌 걱정을 하게 된다. 서로의 관계가 프로그램이라는 이해관계로만 유지되고 있는 건 아닐까하는 낙담과 함께… 정말 무섭고 겁이 난다.

이삼 년 전에는 명절 지내러 갈 친척집이 없다는 아이들의 요청으로 지혜민학교 문을 열어 놓았다. 명절 때도 한낮이 되면 주변에서 명절을 지낸 아이들이 몰려와 북적대며 웃음과 재잘거림으로 공간을 채웠었다. 그 아이들이 훌쩍 커서 떠나버린 지금은 끈끈한 일상과 몸 부딪치던 놀이가 사라지고 아이들마저 사라진 듯 휑한 찬 공기만 내 마음에 가득하다.

이런 찬 공기는 밥상공동체의 가치를 나누려던 의지의 상실에서 온 결과는 아닐까? 프로그램에는 열의를 가지고 참여하지만 아이들

사이의 친밀성은 약화되어 가는 모습 때문에 심각하게 고민하면서 아이들을 한 명씩 관찰하게 되었다.

주말을 보내고 온 아이들에게 주말 동안 내가 보고 싶었냐며 애살맞게 질문을 던지며 너스레를 떨어 본다. 사실 나는 아이들은 물론이고 주중에 함께 일하는 모든 사람들이 주말에도 보고 싶다. 이런 내 너스레에 아이들은 싫지 않은 표정이다. 그렇게 돈독한 관계를 회복하고 싶어 노력하던 차에 익숙한 말이지만 센터에는 어울리지 않는 어떤 호칭이 귀에 들어왔다.

선생님 말도 잘 안 듣고 아이들에게 무안 주는 말을 장난삼아 하는 한 여학생이 교실 문을 열자마자 "용성엄마, 용성엄마! 고구마 삶아 놨어요? 고구마 주세요." 하는 것이다. '용성엄마'를 따라다니며 간식 달라 보채어 챙겨 먹는 그 여학생을 요즘 자주 목격한다. 용성엄마라는 별칭이 싫지 않은지 그런 이름으로 불리는, 복무한지 8개월 된 사회복무요원은 마치 진짜 엄마인 양 학교 마치고 돌아온 아이의 간식을 알뜰히 챙겨 먹인다. 그 모습을 멀리서 지켜보고 있노라면 마냥 기분이 좋아 웃음이 나온다. 친밀감이 있어야만 연출될 수 있는 상황이기에, 부러움이 더 많이 섞인 웃음이다.

용성엄마라는 친밀감 넘치는 별칭을 얻은 사회복무요원을 주의 깊게 보니 있는 듯, 없는 듯, 물에 술 탄 듯, 술에 물 탄 듯, 자기 맛이 없이 뭔가 모를 심심함이 있다. 그 '싱거운 맛'은 타고난 것으로 보여 가히 쉽게 따라 할 수없는 모양을 가지고 있다. 하지만 그 어이없는 그 호칭은, 자신의 엄마를 여러 사람에게 빼앗겼다고 생각해 피해의식을 가지고 있는 한 여학생에게는 보모처럼 엄마의 자리를 대신해 주는 것이었다. 그것을 기꺼이 즐기고 있는 용성엄마를 먼 훗날에도 그 여학생은 맛있는 추억으로 기억할 것 같다. 나도 용성엄마처럼 아이들이 문을 열자마자 부를 수 있는, 항상 그 자리에 있는 듯 없는 듯 애살맞은 누군가가 되었으면 좋겠다.

◉숲속마을지혜민학교 대표 엄미경 님이 보내주신 글입니다.

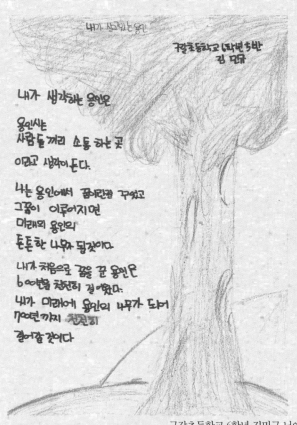

구갈초등학교 6학년 김민규 님이
'내가 살고 있는 용인'에 대한 생각을 시와 그림으로 표현해 주었습니다.

새마을금고 이야기

_정성규

올해로 새마을금고는 탄생 51주년을 맞이합니다.

일제 36년 동안 일본인들에게 모든 걸 다 빼앗겨 헐벗게 되었고, 곧이어 북한의 남침으로 말미암아 전 국토는 그야말로 폐허가 되었습니다. 당시 농경사회에 젊고 건강한 남자는 모두 전쟁에 나가 죽어서 일할 사람도 턱없이 부족하였고 식량이 없어서 굶어죽는 사람이 늘어나고 있었습니다. 당시 우리나라의 경제상황은 그야말로 최악의 상태였습니다.

그러한 때에 박정희 대통령은 1961년 5.16 군사정변을 일으켜서 국가 정권을 장악합니다.

박정희는 국민의 사고혁신과 자조협동을 통한 사회개혁을 이루기 위해 전국적인 조직을 만들었는데 그 이름이 재건국민운동입니다.

재건국민운동은 사회개혁의 첫 번째 사업으로 당시 농촌사회에 만연되어 빈곤의 악순환의 원흉이었던 고리채를 근절하기 위해서 1961년 6월10일 농어촌 고리채정리법을 공표하였고, 서민들의 금융을 적극적으로 지원하기 위하여 당시 문교부장관이었던 안호상 박사를 독일로 파견합니다.

정권을 잡은 지 한 달 만에 고리채정리법 공표와 서민금융 설립 계획을 세운 것 입니다.

그리고 2년 뒤인 1963년 5월 25일 경남 산청을 시작으로 전국에 120개 마을금고를 창립하고 이를 원동력으로 재건국민운동을 전국적으로 펼쳐 나갔습니다.

당시 독일에는 시민운동가 라이파이젠이 시민단체 조직으로 1850년 설립한 농촌지역 신용조합이 있었고, 도시지역에는 슐체신용금고가 도시 소상공인들의 경제적, 사회적 지위의 향상 목적으로 운영되고 있었는데 실제로 '라인강의 기적'이라 불리는 독일의 경제 기적을 일으키는 원동력이 되었습니다.

마을금고는 독일의 서민금융기관을 벤치마킹한 것입니다.

한국에서 마을금고는 독일 신용금고의 장점만을 채택하여 가장 이상적인 서민금융 정책을 갖고 창립하고 출발하였습니다.

내친 김에 세계의 서민금융을 살펴보겠습니다. 우리 마을금고가 생기고 10년 뒤 1973년에는 방글라데시에서 한국 마을금고를 쏙 빼닮은 그라민뱅크가 탄생하였습니다. 그라민뱅크를 우리말로 번역하면 '마을금고'입니다.

설립자인 무하마드 야누스는 약자를 위한 금융서비스의 공로를 인정받아 2006년 노벨평화상을 받았습니다.

우리나라 마을금고가 노벨상을 받았어야 하는데 짝퉁이 받은 것이죠…

안타까운 일이지만 아무튼 세계적으로 유명한 서민금융기관들, 독일의 라이파이젠, 슐체, 윌리암하스, 마을금고, 그라민뱅크 등 모두가 시민단체 사회운동가에 의해서 창설되었습니다.

새마을금고는 1973년에 시작된 새마을운동과 함께 크게 성장합니다.

1980년 박정희 대통령이 서거하기 전까지 전국에 4만여 개의 점포를 갖고 있었었지만, 전두환 신군부정권의 등장으로 새마을운동은 정치 입김으로 많이 왜곡되고 훼손되었지만, 마을금고는 울울창창한 거목처럼 흔들림 없이 시련을 이겨내고 명실상부한 민족자본으로 성장 발전했습니다.

소위 'IMF사태'라고 일컫는 1997년의 금융위기를 겪으면서 대부분의 금융기관들이 국민의 혈세인 공적 자금으로 연명해 가까스로 회생했지만, 마을금고는 단 한 푼의 지원도 받지 않고 스스로의 힘으로 그 위기를 거뜬히 극복했던 것입니다.

경제가 어려워지고 서민들의 고통이 커질수록 마을금고가 필요하다고 생각합니다. 세상이 각박해지고 이웃이 멀어질수록 마을금고는 이들을 잇는 질긴 끈이 되기 때문이죠. 용인에 금융기관은 많지만, 그 중 어느 기관이 지역사회와 우리 시민을 위해 실질적인 역할을 하는가 보십시오.

새마을금고는 단순한 금융기관이 아닙니다. 금융을 수단으로 하는 주민들의 협동운동입니다.

저는 세상이 변한다고 해서 마을금고도 그 숭고한 이념과 초심을 저버리고 상업성을 쫓아서 단순한 금융기관의 하나로 전락해서는 안 될 것이라 생각합니다.

기존 금융기관들이 보살피지 못한 서민들을 마을금고가 감싸 안아 왔는데, 금고 역시 그런 금융기관들을 닮아 뒤쫓아간다면 그 공백을 대체 누가 메운단 말입니까?

국경 없는 세계경제 시대를 맞아 이제는 국제금융이 운위되는 시대입니다. 그러나 마을금고의 가치는 변하지 않았다고 생각합니다.

내년이면 600년이 되는 전통문화와 유구한 역사를 자랑하는 용인은 지금 몸살을 앓고 있습니다. 용인경제가 파탄지경입니다. 이러한 때에 제1금융권을 거래한다면 그 돈이 다 어디로 가겠습니까?

지역경제를 살리려면 대형마트에서 물건사지 말자고 하지요?

은행도 경제단체가 운영하는 농수축협도 아닙니다. 그야말로 토종금융기관이고 순수 지역금융기관인 새마을금고와 거래해야 합니다.

세상을 바꾼 혁명도 한 사람의 가슴속 생각에서 시작되었다고 합니다.

우리가 조금씩 조금씩 관심을 더한다면 앞뒤가 꽉 막힌 용인시를 살기 좋은 도시로 바꿀 수 있습니다.

● 글쓴이는 현재 서용인새마을금고 이사장이며 (주)대유유통 대표이사, (주)한진체인 대표이사, (주)지앤택아이앤시 대표이사, (사)환경개선실천운동협의회 부회장, (사)음주문화시민연대 사무총장, 경실련 환경정의 시민연대, KEB회장, 용인서북부시민연대 대표, 수지하수종말처리장 비상대책위원장, 죽전 지하철추진위원회 위원장, 용인 서북부 난개발저지 공동대책위원장, 청소년음주 ZERO.NET 연대간사, 단국대학교 죽전이전 추진위원회 대표, 서용인I.C 추진위원회 공동대표, 동성2차아파트입주자대표회장, 용인시아파트연합회 이사, 용인사랑 공동대표, 국제로타리 3600지구 대지고등학교 총재특별대표, 죽전사랑의음악회 집행위원장, 죽전로타리클럽 회장, 용인서부경찰서 보안협력위 부위원장, 국제로타리3600지구 총재보좌역, 평화통일 네트워크위원회 공동대표, 단국대학교 새마을대학 운영위원장, 용인포럼 공동대표, 행복나눔로타리 e-클럽 창립 코디네이터, 용인북한이탈주민지원지역협의회 등 지역사회를 위해 활발한 활동을 하고 있습니다.

내 일(My job)을 찾아 희망을 품는
용인시 일자리센터

_김현주

지방자치단체의 고용업무는 IMF 경제위기로 인해 실업자가 대량으로 발생하자 공공분야 일자리를 만들어 저소득 실업자의 생계를 보호하고자 시행한 공공근로사업에서 시작되었다.

지난 30년간 기성세대의 취업은 고속성장의 엔진을 달고 열심히 노력하면 원하는 직장에 들어갈 수 있다는 공식이 깨진 지 오래다.

청년층 10명 중 8명이 대학을 나왔듯 학력사회는 이미 지났고 경쟁력이 될 수는 없다.

지난해 대학 졸업자 취업률은 50%에도 미치지 못하는 실정이었고 실업의 문제가 청년층에게만 국한된 사안은 아니다.

여성, 중장년층, 고령자 등 전 계층으로 확산되어 사회문제로 대두되고 있다.

고용 없는 성장과 경제위기 속에 실업 문제가 해결될 기미가 보이지 않자 일자리 창출이 국정의 최우선 과제가 되었고, 이에 발맞추어 용인시에서도 일자리센터가 2010년 2월 문을 열었다.

일자리센터에서는 청년층부터 고령자까지 전 계층에 대한 민간분야 취업지원 업무를 하고 있다.

구인업체와 취업을 희망하는 시민과의 연결고리가 주 역할이다.

구직자가 취업에 성공하기 위해서는 다양한 일자리를 발굴해야 하며, 기업에서 원하는 인재를 지원하기 위해서는 구직자 DB 확보가 무엇보다 시급하다.

용인시 구직자들을 보면 계층을 불문하고 스펙은 굉장히 높은 편이다.

특히 일과 삶의 경험이 풍부하고 건강한 고령자 중에도 취업을 희망하는 분들을 많다.

과거에는 소위 잘 나가는 분들이었지만 현재의 고용시장에서는 냉정하고 치열한 현실을 비켜가기가 힘들다. 이들의 문제를 해결할 수 있는 다양한 일자리 사업이 필요하다.

이제는 어떠한 인식을 가지고 취업이란 관문에 도전하느냐가 성공 취업을 열어가는 데 중요한 열쇠가 된다. 따라서 직업에 대한 인식의 문제, 취업의 선택 기준, 삶의 가치들에 대한 논의가 필요하다.

단순한 일자리 매칭을 넘어서 건전한 직업관, 삶의 기준을 재설정하는 데 일자리센터의 역할이 무엇보다 중요하다.

세상을 유연하게 살아가는 지혜와 직업생활이 주는 작지만 큰 행복을 열어갈 수 있도록 내 일(My job)을 찾아 희망을 품을 수 있는 일자리센터로 나아가고자 한다.

●용인시청 김현주 팀장님이 보내준 용인시 일자리센터 소개 글입니다.

 ○── 사진

_정준영

|
한줄기 빛

먹구름 사이로 한줄기 빛이 통과하는 상공엔 흡사 한반도의 모습이 보인다.
독도를 연신 넘보는 일본과 드넓은 대륙의 한켠을 차지했었던
찬란한 과거가 교차되면서
가슴 한 구석이 시려온다. 섬광처럼 시원하게 가슴 뚫어 줄 새 시대를 기대해본다

●용인 처인구에 사는 정준영 님이 보내준 사진 작품입니다.

용인경전철을 바라보며

_ 김세환

한국철도공사에 입사한 지 벌써 28년이 넘었다.

철도에 입문하여 역무원부터 수송업무, 승무업무, 운전업무, 사무업무, 관제업무, 관리업무를 거치며 다시 일선 현장에서 역을 운영하고 있는 기간도 3년째이다.

이토록 철도 영업에 관한 한 누구보다 자부하고 있는지라 지난해 4월에 개통한 용인경전철에 관련하여 몇 가지 작은 당부를 하고자 제언을 고(告)한다.

용인경전철은 분당선 기흥역장으로 부임하면서 관심을 가지고 지켜봐 온 터라 깊은 내막은 잘 알지 못하지만 분당선 기흥역과 신갈, 상갈역을 관리하는 역장으로서 어려운 부분이 있음을 인식하고 조금이나마 도움이 되었으면 하는 바람이 적지 않다.

용인경전철을 개통하고 한 해가 지났지만 아직도 15개 역사를 이용하는 고객이 1일 1만 명 이하로 수송량이 극히 낮아 많은 시민들과 언론으로부터 질타를 받고 있다.

처음 개통 당시에는 수많은 언론의 관심 속에 많은 승객이 호기심 반, 설렘 반으로 4만 명이 넘게 승차하는 기록을 남겨 관련 공무원과 시민들을 놀라게 하기도 하였지만 이후 승차율이 낮아지면서 어려움을 겪고 있다.

또한 각종 시민단체와 언론에서도 질타와 우려를 표명하고 있다. 하지만 용인경전철의 시작은 이제부터라고 나는 생각한다. 어느 철도 현장에서나 처음 개통 당시에는 어려움이 있어 수송량이 급증하는 현상이 발생하지 않는다.

원만한 완화 곡선을 그리며 수송량이 늘어나는 것이 철도의 정상적인 현상이다. 어려운 현실 속에서도 원만한 개통과 함께 커다란 사고나 장애요인 없이 용인경전철이 운영되고 있는 부분에 대하여는 관련 업무에 충실히 근무하는 모든 분들께 격려의 박수를 전하고 싶다.

이제 정말로 남은 일은 용인경전철을 활성화시켜야 한다는 것이다. 처음 개통 1년이 안전과 운영상의 안정화 기간이라면 그 이후는 활성화 기간이라고 볼 수 있다.

모든 선로는 건설만 해 놓는다고 바로 흑자가 나거나 이용객이 늘어나는 것은 아니다. 운영부분에 있어 전략적 마케팅과 적극적 홍보가 그 수익률과 수송량을 좌우할 수 있는 것이다.

개통 이후 많은 부정적 보도와 좋지 않은 이미지로 인하여 용인경전철이 어려움을 겪고 있다. 하지만 이는 한시적인 현상이라고 생각한다.

일정한 안정화 기간을 거치고 시민들의 적극적인 참여와 관계자 여러분들의 헌신적인 노력이 결합한다면 결코 용인경전철의 미래는 암담하다고 할 수 없을 것이다. 현재까지도 많은 분들이 우려를 표명하고 있지만 이제는 우려가 희망으로 바뀌어야 할 것이다.

내가 먼저 경전철을 이용하고 자원을 아끼는 마음으로 그린 용인을 만드는 데 앞장서서 주변의 다른 사람들에게도 친환경 용인경전철을 홍보하는 주인이 되어야 한다고 생각한다.

또한 용인경전철도 이제까지의 부정적 이미지를 탈피하기 위하여 뼈를 깎는 노력으로 바뀌어야 한다.

용인경전철만의 장점과 특수성 그리고 좋은 이미지를 적극 알리고 홍보하여야 할 것이다.

개통 이후 자꾸 잊혀져가는 용인경전철이 아닌 '살아 숨쉬는 용인경전철!' '누구든지 타고 싶은 열차!'로 '시민과 이용객이 함께하는 용인경전철!'로 다시 한 번 거듭나야 할 것이다.

●한국철도공사 김세환 기흥역장이 글을 보내주셨습니다.

정보

삶속에 활력을 주는 색채학
_문완묵

　우리가 잠에서 깨어 세상을 보는 순간 우리 눈에 펼쳐지는 모든 물질세계는 우리의 감성과 이성을 자극한다.

　조물주가 인간에게 부여한 기막힌 정보시스템인 오감! 우리는 이 오감을 통해 정보를 얻게 되고 그 정보에 의해 행동반경을 결정하게 된다.

　즉 시각, 청각, 촉각, 미각, 후각을 통해 자신의 몸을 지킬 방법과 지혜롭게 사는 방법을 취하게 된다.

　또 적과의 경쟁에서 이겨내기 위한 유리한 방법을 모색해내기도 하고, 좀 더 즐겁고 구미에 맞는 행복감을 만끽할 수 있는 방법을 찾기도 한다.

　옛말에 "몸이 천냥이면 눈은 구백냥"이라는 말이 있다. 과학이 발달하지 않은 시대에 이런 과학적인 말을 한 우리 선조들은 대단히 감각적이고, 지혜로운 민족임을 새삼 느끼게 한다.

　학자들의 연구에 의하면 오감센서(sensor)중에서 인간에게 가장 많은 정보를 제공하는 기관은 시각기관이라고 한다.

　5감각 기관에서 얻어내는 정보의 87% 이상은 눈으로 보는 것에 의한 정보라고 하며, 그 정보의 80% 이상이 색 감각이라고 한다. 한 가지 예를 들어, 우리가 감귤을 구매할 때를 상상해 보자.

덜 익어 푸른색을 띠는 귤이 있고, 노란 껍질에 윤기가 좔좔 흐르는 귤이 있고, 오래되어서 윤기도 없고 색깔도 칙칙하고 껍질이 딱딱해 보이는 귤이 있다면, 우리는 어느 것을 선택하는가?

굳이 누가 말해 주지 않아도 알고, 냄새 맡아보지 않아도 알며, 먹어보지 않아도 그 귤 맛을 짐작할 수 있고, 만져보지 않고서도 그 귤의 상태를 알 수 있다.

눈으로 보는 색깔은 이렇게 삶의 현장에서 쉽고 간편하게 그리고 빠른 시간 내에 우리에게 필요한 정보를 전달해 주는 역할을 한다.

색은 빛이고 빛은 색이다. 빛이 없으면 색은 보이지 않는다. 조물주의 작품인 삼라만상은 빛이 없으면 생명력을 잃게 되고, 저마다 색다른 특징적인 색을 가지고 있으며, 색은 생물의 생리를 자극하고, 색을 느끼게 한다.

우리가 파란 하늘을 바라볼 때의 마음과 붉은 노을이 진 석양을 바라볼 때의 심리상태는 다르다. 또 동일한 장소에서 여러 사람이 함께 바라보더라도 보는 사람마다 느낌이 다를 수 있다.

색깔은 인간심리를 파고 들어가 마음을 움직이게 하는데, 기업에서는 색의 조절을 활용하여 제품을 생산한다. 선풍기는 시원해 보이는 색으로, 전열기구는 따뜻한 색으로 만들어 고객의 욕구를 만족시키려고 노력한다.

한여름의 따가운 햇살을 피하고자 할 때 우리는 양산을 구매하게 되는데, 이때 예쁘고 시원해 보이는 색을 선택하는 경우가 많다. 하지만 하얀색, 밝은 하늘색, 밝은 핑크색, 연한 미색 등 밝은 양산을 사용할 경우, 햇빛이 많이 투과되고, 자외선 B 역시 많이 투과되어 양산을 사용하는 효과가 반감된다. 즉 피부의 멜라닌 색소자극을 완전히 차단하지 못한다. 왜냐하면 하얀색은 빛을 투과시키는 성질이 있어, 밝은 색들은 대부분 하얀빛과 유사하게 빛을 투과시킨다. 반면 검정색은 빛을 흡수하는 성질이 있어서 검정색의 양산이 햇빛을 다 흡수하므로 빛이 피부에 닿지 않도록 하여 피부를 검게 하거나 잡티가 생기지 않도록 해준다. 이렇게 색을 합리적으로 사용하는 것을 색채 조절이라고 한다.

사람마다 생김새도 다르고 신체색도 다르다. 생김새에 따라 어울리는 스타일이 있고, 신체색에 따라 어울리는 색이 따로 있다. 어울리는 색을 찾는 작업을 퍼스널컬러 분석이라고 한다.

퍼스널컬러를 활용하여 성공한 정치인으로는 케네디 대통령을 꼽는데, 그가 선거 유세 시에 자신의 피부색과 파란 눈에 잘 어울리는 파란색 드레스 셔츠와 넥타이로 젊음과 패기를 돋보이게 하여, 베테랑 정치인 닉슨을 누르고 당선된 사례는 유명하다.

반면 닉슨은 유세 내용에 신경을 쓰느라 피로에 지친 상태였고 외관을 꾸미는 데 소홀하여 병약한 이미지, 늙어 보이는 이미지로 인해 유동표를 케네디에게 넘겨주어 패하고 말았다. 이후 퍼스널 컬러에 대한 인지도는 높아지고, 세상에 널리 알려지게 되었다.

퍼스널컬러를 찾는 것은 정치인이나 연예인, 법조인, 경영인 등 특별한 사람에게만 필요한 것이 아니고, 삶을 풍요롭게 하고자 하는 모든 사람에게 필요한 작업이다.

퍼스널컬러를 알면 자신을 관리하는 데 도움이 되는 것은 물론이려니와 합리적이고 경제적인 소비생활을 할 수 있다.

옷장 속에 안 입는 옷을 누구나 몇 개는 가지고 있을 것이다. 그중 대부분은 자신과 어울리지 않는 색이기 때문인데 그 사실조차도 인식하지 못하고 있는 경우가 많다. 이런 경우 비합리적인 구매를 한 것이며 경제적, 시간적 낭비를 한 것이다.

퍼스널컬러(자신에게 어울리는 색) 찾기 자가진단법

1. 주위의 반응이 좋은 색의 경향을 보고 찾기

—예를 들어 로즈 핑크나 포도주 빛 셔츠를 입고 친구나 친지를 만났는데 멋지다거나 예쁘다고 칭찬받았다면 핑크는 잘 어울리는 베스트 컬러이고, 핑크뿐만 아니라 차가와 보이면서도 은은한 밝은 색들이 잘 어울리는 타입일 것이다.(여름타입)

—검정과 하양이 배색된 재킷이나 셔츠, 브라우즈를 입고 사람들에게서 칭찬을 받았거나 코발트블루가 잘 어울린다면 차가운 순색들이 잘 어울리는 겨울타입이다.(겨울타입)

—브라운과 크림색 배색의 상의가 잘 어울린다면 빨강, 노랑, 연두 등 밝은 순색이 잘 어울리는 봄 타입일 것이다.(봄타입)

—짙은 커피 브라운과 크림색으로 배색된 옷이나, 올리브 그린이 잘 어울린다면 따뜻하고 부드러운 색이 잘 어울리는 가을타입일 것이다.(가을타입)

즉 주위의 반응이 좋은 색의 경향을 보고 판단하는 방법이다.

2. 옷장 속을 보고 찾아보기

옷장 문을 열고 옷장을 조사해 보면 가장 많이 보이는 색이 있을 것이다. 한국 사람들은 대체로 검정 옷이 많은데, 그래도 검정이 한두 개밖에는 없을 경우에는 찬 색들(여름타입, 겨울타입)이 안 어울리는 타입이다. 즉 웜 타입에서 찾아본다.

예를 들어 브라운계가 많다면 가을타입. 노랑, 살구색, 주황, 연두, 빨강, 금색 등이 많다면 봄타입. 회색, 하양, 검정, 하늘색, 로즈핑크 등이 많다면 여름타입, 파랑, 검정, 빨강, 초록, 베이비핑크(아기들의 백일복 핑크), 베이비 블루 등이 많다면 겨울타입이다.

●국제 이미지컨설턴트 한국협회(aici korea) 문완묵 님이 원고를 주셨습니다.

자원봉사센터의 이해와 향후 과제

_ 이도건

'자원봉사' 그 시작과 역사는 참으로 오래되었다. 지역사회에서, 이웃과 정을 중시하는 한국사회에서 자원봉사란 조금 다른 의미를 갖고 시작하지 않았을까 생각해 본다.

현재 우리는 참으로 많은 일들을 하고 있다. 자원봉사를 확산시키고 교육하기 위하여 학교에서는 자원봉사인증제를 실시하고 있고, 자원봉사를 어떻게 하는가에 따라 대학에 입학을 할 수도 있다. 한국사회에 자원봉사라는 것이 이렇듯 생활 속에 녹아들기까지 많은 과정들을 겪어야 했을 것이다.

그 과정 속에 자원봉사센터의 역할도 적지 않다. 그러나 아직도 일부 사람들은 자원봉사센터를 모르거나 자원봉사자가 필요할 경우 자원봉사자를 무조건 연계시켜 주어야 한다고 생각하고 있는 것 같다.

현시점에서 우리가 생각하는 자원봉사란 무엇이며 자원봉사를 주업무로 하고 있는 자원봉사센터란 무엇을 하는 곳인지 많은 사람들이 인지할 수 있도록 하는 것 또한 우리의 역할일 것이다.

전국 시군구 자원봉사센터는 기본적으로 봉사자 수급정보체계를 종합 관리하며, 봉사자와 단체들의 등록과 상담, 교육과 훈련, 배치 등의 업무를 종합적으로 수행한다. 좀 더 구체적으로 나아가면 자원

활동에 관한 교육 및 훈련, 자원의 조직화, 네트워킹을 통한 기관 단체 간의 연계 등 중개자의 역할을 하는 곳이다.

더불어 용인시의 특화된 센터를 구축하고자 봉사자들과의 소통, 현시대의 이슈, 자원봉사 패러다임의 변화 등을 고려하여 청소년들의 수요를 해결하기 위하여 상설 자원봉사학교를 운영하여 한 해 동안 3,000여명의 봉사자를 발굴 및 육성하였으며 현재까지 지속적으로 운영하고 있다.

아울러 용인시의 도농복합지역의 특성을 살려 청소년과 미술전문봉사단, 미술교사 등 시민 400여명이 허수아비 250여점을 제작해 용인농촌테마파크에 전시하고 농가에 무료 제공하는 허수아비축제를 개최하였으며, 새로운 관광테마를 자원봉사자들의 힘으로 만드는 행사로 자원봉사의 패러다임 변화를 이끌어냈다.

자원봉사센터는 지역적 특성 및 봉사자들의 성향을 파악하여 프로그램을 기획하고 발전시켜야 한다. 그래서 용인시자원봉사센터에서는 용인시 관내 10개 대학의 인프라를 이용하여 대학생 전문자원봉사자를 육성, 인적자원 체계를 구축하고, 대학생의 전문성과 창의성을 활용한 다양한 자원봉사 프로그램을 개발하여 더욱 활성화시킬 것이다.

또한 대학생 자원봉사의 활성화로 인한 기대효과로 지역사회 전반에 전문적 인적자원을 파견함으로서 센터의 지역사회 내 긍정적 이미지를 제고할 수 있을 것이다.

그리고 자원봉사 참여자에 대한 인센티브제도 운영을 활성화하여 많은 자원봉사자들이 참여할 수 있도록 유도하며, 자발적 자원봉사 문화 정착 및 다양한 전문봉사자들이 참여하도록 제도의 구축을 마련할 것이다.

흔히 자원봉사를 촛불에 비유하기도 한다. 자신을 태워 주변을 밝게 비추는… 하지만 세상은 발전에 발전을 거듭하여 빠르게 변화하고 있다. 촛불로 세상을 비추는 일은 옛 말에 지나지 않는다. 자원봉사는 향수와 같았으면 한다.

작은 실천으로 주변의 모든 사람들에게 행복의 향기를 심어줄 수 있는 것이 자원봉사이기 때문이다. 그러기 위해서 우리 자원봉사센터가 촉진제 역할을 열심히 해나가야 함은 물론이다. 현 시점에서 무엇이 필요하고 무엇이 가능한가를 심사숙고하여 최적의 대안을 찾을 수 있도록 끊임없이 노력을 기울일 것이다.

◉ 용인시자원봉사센터 이도건 사무국장이 글을 보내주셨습니다.

만학의 꿈으로 만날 새로운 세상

_박복임

　나는 두메산골에서 자랐다. 전쟁둥이로 일찍 아버지를 여의었고, 산골마을에선 먹을 것이 귀했다. 배곯는 일상 속에서도 머리는 곯리지 않았다. 유난히 배움을 즐기던 나는 항상 운동장 바닥에 배운 것을 써보며 반에서 1, 2등을 했다. 선생님은 월반을 권했고, 주판부에서는 학교대표 추천을 받았다. 리더십도 있었다. 9년간의 반장을 거쳐 전교 학생회장을 지냈다. 50년대 중반 교내외를 누비는, 보기 드문 여학생이었다.

　당시 '가난'은 '삶'이었기에 슬픈지 몰랐다. 교과서는 사치였고, 공책은 가질 수 없는 물건이었지만 학교생활은 즐겁기만 했다. 그런데 졸업을 앞두고 상급 학교 생활이 가난한 자는 가질 수 없는 특권이란 것을 알았을 때, 나는 처음으로 가난이 왜 슬픈지 배웠다. 다른 친구들은 입학시험을 친다며 난리였지만, 나에겐 이제 모두 남의 이야기였다. 그 후 베개가 홀딱 젖도록 소리 없이 우는 날이 계속됐다. 그렇게 학교와의 인연은 끝났지만 배움은 끝이 아니라고 생각했다. 시간이 나는 대로 동네 언니에게 책을 빌려 읽었다. 홀어머니 자식이라며 손가락질 받을까 매사에 조심하며 행동했지만, 따로 가정교육을 위한 시간을 내는 것은 사치였던 우리 식구였기에, 나는 책을 스승삼아 스스로를 키웠다. 지금도 나는 잠자는 5시간과 다른 일을 하

316

는 시간을 제외하고는 책을 손에서 놓아본 일이 없다. 지하철, 버스, 심지어 화장실에서도 늘 관심사에 관한 책을 읽는다. 독서뿐만이 아니다. 회갑이 목전이지만 조금이라도 시간이 나면 새로운 것을 배운다. 50이 넘어 시작한 컴퓨터, 영어, 일본어 모두 가정주부로 고립될 수 있는 나를 새 세상으로 이끌어주었다.

일본어 공부를 위해 젊은 학생들과 어깨를 마주하고 학원을 다닐 때였다. 문득 학원에서 일본어를 공부하는 것뿐만 아니라 대학에서 더 폭넓은 공부를 할 수도 있을 것이란 생각이 들었다. 준비기간 내내 촉박한 시간이었지만 합격 여부보다는 배움의 즐거움에만 집중했다.

모든 필요한 관문을 통과하고 늦게나마 대학생이 된 지금, 나는 더 큰 꿈들로 가슴이 벅차다. 언제가 될지는 몰랐지만, 매일 새벽 5시 아침 신문을 마주할 때마다, 정치면부터 국제면까지, 내 삶이 활자가 펼쳐놓은 지면의 그 세상과 맞닿을 날이 있을 거라 생각했다. 그리고 비로소 들어온 대학의 교육이 나와 세상 사이 작은 다리를 놓고 있는 것이라 생각한다. 법학을 공부하려는 이유도 삶과 삶을 이어주는 법칙과 원리를 깨치고자 하는 데 있다. 실생활과 밀접한 관계를 맺고 있는 그 학문의 매력 속에서 법이 진정 사회의 소수를 위해 봉사할 수 있도록 작은 역할이나마 하려는 것이 나의 꿈이다. 학교 교육을 통해 새롭게 입문하게 될 세상을 생각하니 가슴이 부풀어 오른다. 비록 만학이지만, 앞에서 밝혔듯 꿈이 성취의 시작이라면 열정이야말로 성취의 가장 큰 부분이라 생각한다. 대학교육이란 다리를 밟고 바라볼 새 세계가 기대된다.

수많은 문화 자원이 활용되기를 바라며

_박주영

    용인에는 숱한 문화재가 많다. 유무형의 문화자산이 너무나도 많지만 제대로 꿰어내지를 못하는 것 같아 많이 안타깝다.

    어떤 도시는 문화재도 없고 도저히 뭔가 만들어낼 재료가 없어도 새로운 문화자원을 발굴하여 키워나가고 있다. 옛날에 부천에 대해 이야기를 들었을 때 그곳에는 별다른 문화유산이 남아있지 않았다고 했다. 그런데 그곳에서는 만화축제나 영화제를 만들어내서 추진하고 있다.

    용인은 에버랜드와 한국민속촌, 그리고 골프장에 만족하는 것 같다. 처인성 유적지와 고려 백자요지라는 엄청난 문화 보물이 있는데도 전혀 손도 대지 못하는 것만 같다. 해마다 처인성 축제를 하고 있다. 그러나 단지 일회적 축제에 만족해서는 안 된다고 생각한다. 유적지에 대해 제대로 조사하고 연구하는 자세가 필요하고, 또한 그에 따른 유적지 보호와 홍보가 있어야 한다. 고려 백자 요지가 있지만 전혀 활용되지도 않고 있는 것 같다.

    작은 도자기 파편 하나만으로도 뭔가를 만들어낼 수 있어야 하는데, 도자기 터가 고스란히 남아 있어도 전혀 활용이 되지 않고 있는 것 같다.

    나는 정말 이런 분야에 대해서는 잘 모른다. 나만 그런지 모르겠고, 혹시 내가 잘못 알고 있는 것일 수도 있다. 그러나 그냥 시민의 한 사람으로 용인에 살면서 이런 느낌을 갖고 살고 있다.

◉글을 준 박주영 님은 대학생이며 용인 역북동에 살고 있습니다.

용인 발전을 위한 지방선거를 기대한다

_김우용

2012년 18대 대선이 끝나고 현재 2014년 6.4 지방선거를 앞둔 지금 지방선거 최대의 핵심인 서울시장 선거를 비롯해 각종 선거 이슈들이 슬슬 달아오르고 있다.

현재 정치권에서는 이번 지방선거에서 기초단체장과 기초의회의 정당공천제를 폐지하느냐 마느냐를 비롯해 선거연령을 낮추고 투표시간을 연장하자는 등 다양한 논의를 하고 있다고 한다.

결과적으로는 크게 변동될 사항은 없을 것 같지만 이러한 논의가 쏟아지는 것이 지방선거가 얼마 남지 않았음을 짐작케 한다. 시계를 돌려 지난 18대 대선을 상기해 보면 당시 안철수, 문재인 후보의 단일화 이슈부터 시작해서 단일화 이후 박근혜 후보와 문재인 후보의 접전 등 여러 이슈들이 국민들의 정치에 대한 무관심을 돌려 투표장으로 나오게 했음을 알 수 있다. 이번 지방선거에서도 이러한 열기를 이어갈 수 있을지에 대해서는 좀 더 두고 봐야 하겠지만 개인적인 생각으로는 전망이 밝지는 않다.

2010년 지방선거에서는 투표율이 54.5%였다고 한다. 18대 대선투표율인 75.8%와 비교해보면 21%정도 낮은데 그만큼 상대적으로 지방선거의 관심이 떨어진다고 볼 수 있다. 물론 지방선거가 대통령선거에 비해서 국민적 관심이나 중요도가 떨어 질 수는 있다. 하지만 정말 지방선거가 대통령선거보다 중요한 선거가 아닐까? 국가적으로 큰 그림을 그려야 하는 대통령이 지역의 현안과 문제점을 일일이 해결해 줄 수는 없다.

　오히려 실제로 시민들의 민원과 고충을 들어주고 해결해 줄 수 있는 사람은 이번 지방선거에서 선출된다. 교과서적인 얘기지만 투표는 민주시민의 권리이자 의무이다. 대선의 열기를 이어받아 후보자들은 흑색선전이 아닌 정책대결을 시민들은 정당이나 학연, 지연이 아닌 정책과 누가 지역을 위해 일할 수 있는지를 보고 투표하는 선거를 기대하며!

◑글을 써준 김우용 님은 용인대 4학년 학생입니다.

봉사에 대한 나의 생각

_김명수

　현재 학교에서는 봉사를 의무화하여 3년 동안 60시간을 채우도록 하고 있다. 때문에, 학생들은 봉사를 하기 위해 우체국, 도서관, 요양원 등 여러 장소를 찾아다닌다. 그런데, 이렇게 의무화되어 어쩔 수 없이 다니는 봉사는 의미가 없다고 본다. 학교 측에서는 학생들의 인성 교육을 위해 봉사를 점수화해서 권장을 하지만, 봉사를 할 마음이 없는 학생이 가서 봉사를 한다면 그것은 그저 시간을 낭비하는 것에 불과하다. 봉사를 받는 입장에서도 봉사자가 불편한 상대일 뿐이다.

　봉사 시스템을 갖춰 시간 때우기가 아닌 봉사의 의미, 임하는 자세, 주의할 점 등을 알려줬을 때 인성 교육의 목표를 달성할 수 있다고 본다.

　지난해 나와 엄마는 학교에서 한 달에 한 번 봉사를 다니는 프로그램을 신청하여 요양원으로 봉사를 갔다 왔다. 요양원에 처음 봉사를 간 나는 할머니 할아버지들과 함께 할 일을 생각하는 마음에 들떠 있었다. 하지만 요양원에 들어섰을 때 그 들떴던 마음이 사라져버렸다. 우리에게 처음으로 주어졌던 일은 잡초 뽑기, 청소하기 등 '내가 요양원에 왜 왔을까?'라는 생각이 들게 만들었다.

　다시 요양원을 찾았을 때는 청소 후 남는 시간에 식사를 도와드리라고 했다.

　엄마와 나는 도와드릴 일을 찾던 중 반찬 올려드리는 일을 하기로 했다. 엄마와 함께 할머니 식사를 도와드리는 중에 요양보호사가 접시를 치우기 시작했다. 우리가 도와드리던 할머니는 접시 치우는 모습을 보고 눈치가 보이셨는지, 밥을 그만 먹겠다고 하셨다. 우리는 이 모습을 보고 항상 식사를 제대로 못하실 할머니의 모습을 상상하며 안타까웠다. 현재 우리는 요양원에 봉사를 가지 않지만, 안타까운 마음은 여전하다. 앞으로 사회에서는 인성을 중요시하여 봉사에 더 많은 비중을 두겠지만, 현재처럼 점수를 얻기 위해 봉사를 한다는 것은 결국 좋은 직업을 얻기 위한 일종의 쇼일 뿐이다. 따라서 봉사자들은 마음에서 우러나는 봉사를 하기 위해 노력해야 하고, 학교에서도 올바른 봉사에 대하여 구체적인 의미를 알려주고, 인지할 수 있도록 해야 한다.

●원고를 쓴 김명수 님은 현재 중학교에 다니고 있습니다.

세가(世佳)에서의 꿈

_구혜숙

　매우 지쳐 있었다. 사랑하는 사람을 저세상으로 떠나보내기 전 5년 간 나는 일종의 '전투병'이었다. 그의 몸에 깊게 침투한 병이라는 적과 싸우면서 내가 그를 돌볼 수 있다는 것이 기쁘기는 했지만, 모르는 사이 내 육신의 탈진이 진행되었던 모양이다. 그는 단 한번도 고통을 내색하지 않으면서 내게 힘을 주었고 우리는 사랑이 무엇인지 서로를 바라보며 매일 매 순간 확인했다. 그러니까 십 년도 넘는 지난 시간이었다. 365일을 다섯 번 이상 보내면서, 우리는 경기도 화성시 궁평의 바닷가 작은 뜨락에서 삶에 대한 감사와 사랑을 나누며 영원한 '이별의식'을 치렀다. 마지막 순간에 그가 보여준 고요한 미소는 내가 겪어낸 전투가 그에게 위로와 기쁨이 되었던 것을 잊지 않게 해주었다. 그렇게 내 곁을 떠나는 날이 올 것이라고 예상은 했지만, 막상 그것이 현실이 되면서 그동안 쌓여왔던 육신의 피로와 정신적 허탈감이 기습해왔다. "매우 지쳐 있었다."고 한 것은, 사실 나도 미처 알지 못한 일이었다. 그건 갑자기 목표를 상실해버린 사람의 비틀거림이었고, 나도 함께 세상과 이별하는 것이 차라리 더 나을지도 모르겠다는 생각이 일상을 사로잡고 있었음을 표현하는 '동사(動詞)'였다.

　본래 몸이 약하게 태어났던 나는 뭔가를 감당하며 산다는 일이 너무도 힘겨울 때가 많았다. 다른 사람들에게는 아무렇지도 않은 일이 내게는 정신을 차릴 수 없을 지경의 압박으로 다가오는 일이 적지 않았다. 하지만, 그게 자칫 과도한 신경증세처럼 보일까 싶어 그런 티를 내지 않고 사는 훈련을 나도 모르게 해왔다. 나의 실상을 잘 알지 못하는 남들은 그저 뭐든 쉽게 잘 하는 줄로만 알고 있었다. 그러니 정작 나는 더욱 죽을 지경이었다. 그랬던 내가 그의 몸을 삼켜버린 병마와 마주하면서 나도 모르게 강해져가는 것을 느꼈다. 하지만 그 강함은 그가 내게 준 오랜 사랑 때문이었다는 것을 나중에야 깨닫게 되었다. 돌이킬 수없이 분명해진 그의 부재(不在)는 나를 혼란스럽게 했고, 약했던 내 원래의 모습이 되살아나고 있었다. 그렇게 시간이 흐르면서 나는 나의 죽음을 예감했다. 죽는다는 것이 두렵지 않았고 그 죽음이 내게 매우 친절하게 다가와 내 손을 잡고 아무 미련 없이 세상과 작별할 수 있도록 해줄 것만 같았다. 차라리 잘 되었다는 생각과 함께, 이제 곧 생을 마감하려는 사람처럼 집 주변을 정성들여 가꾸기 시작했다. 내 마지막의 자리를 누가 보더라도 아름답고 깨끗한 세상임을 보여주고 싶었기 때문이었다. 그곳을 '세가(世佳)'라고 이름 지었다.

궁평은 바다가 보이는 곳이다. 내가 처음 그곳에 섰을 때만 해도 주변은 작은 동산이었고 적막했다. 병이 깊은 그에게는 평온한 안식을 취하기에 안성맞춤의 자리였다. 겨울이 되면 매서운 바람이 몰아치기도 하지만, 그래서 더욱 따뜻한 곳이었고 밤하늘의 별들이 또렷하게 내려다보고 있는 것만으로도 마음이 평안해지는 곳이었다. 남들은 주말 전원주택인가 하고 부러워했지만, 우리에게는 '생과 사'의 처절한 현장이었다. 그는 폐부 깊숙이 스며드는 바닷바람을 좋아했고 사방에서 흩날리는 꽃향기에 즐거워했다. 그곳에서 우리는 한 소년과 소녀가 되어 살았다. 그런데 이제 그가 없는 궁평은 너무나도 쓸쓸했고, 나는 그곳에 혼자 남겨진 유민(遺民)이 되어 있었다. 그에 대한 기억이 도처에 남아 떠오르는 그곳을 떠나야 할까 싶다가도 격렬한 세상과 마주할 용기도 없었던 터라 어느 새 나는 세상과 절연해 사는 존재가 되어 있었다. 궁평은 그렇게 나를 가두기도 했지만 안전하게 지켜주는 동굴이었고, 세상을 향해 단 한 발자국 나서지 않아도 되는 안식처였다. 바로 그곳에서 나는 그의 죽음에 이어 나의 죽음을 준비하는 사제(司祭)가 되었다.

꽃과 나무를 무척이나 좋아하는 나는 그날부터 꽃길을 만들기 시작했다. 언젠가 때가 되면 내 인생의 '상여'가 지날 길이었다. 야산을 직접 일구기 시작했다. 그리고 뜰 입구에서 오두막에 이르는 땅을 한 삽 또 한 삽 갈아엎었다. 진입로에 벚나무 묘목을 심고 벚나무 사이에는 단풍나무 묘목을 심었다. 봄이면 벚꽃 길을 떠날 것이고 가을이면 빨간 단풍 길을 따라 떠나겠지. 생의 전투병은 어느새 노동자가 되어 있었다. 여자의 몸으로, 게다가 지쳐 있는 육신으로 그런 일에 달려든다는 것은 어쩌면 미친 짓이기도 했다. 하지만 그 일은 어느 누구에게 맡겨서 할 일이 아니었다. 설령 그러다가 흙더미 위에 쓰러져 생을 마감한다 해도 좋을 일이었다. 모든 것을 잊고 전념하기 위한 마음이기도 했지만, 적어도 내게는 그 모든 일이 경건했다. 자신의 죽음을 위해 준비하는 시간에 감사했고 진한 흙냄새가 고마웠다. 삽과 곡괭이로 땅을 파고 나무를 심어 단단히 세우고 꽃씨를 뿌리면서 나는 영락없는 촌부(村婦)가 되었다. 내게 그 모든 것은 나의 '묘비명'이었으니 해가 뜨겁게 내리쬐어 얼굴을 태우고, 흙을 만지는 손바닥이 두꺼워지고 마디가 굵어졌지만 그 어느 것도 시간을 정지시키지 못했다. 그런데 생전에 해보지 않았던 이 치열한 노동은 시간이

지날수록 기이한 파동을 내 마음에 일으켜 놓았다.

자연스럽게 각오하면서 속으로 불렀던 '사(死)의 찬미'로 시작된 일이었는데, 꽃길은 다만 궁평의 집에만 만들어진 것이 아니었다. 꽃이 피고 나무가 자라 잎을 더하면서 내 마음의 풍경을 완전히 바꾸어 놓고 있었다. 꽃과 나무가 우거진 현실의 정원을 내 마음 속에 옮겨다 놓아준 것이다. 전투병에서 노동자 그리고 촌부가 되더니 나는 어느 새 농부의 모습을 한 정원사가 되어 있었다. 그뿐이 아니었다. 어느 뿌리에 묻어왔는지 후리지어, 크로커스, 양귀비 등 내가 심지도 않은 꽃들이 곳곳에 피기 시작하면서 나는 그 꽃들의 어미가 되어 있었다. 그렇게 또다시 5년의 세월이 흐르고 계절이 바뀔 때마다 생명의 잔치가 펼쳐지는 세가의 정원은 나에게 '생의 찬미'가 되어 있었다. 작은 미물이라도 그 생명을 지켜내는 일이 나에게는 너무나도 소중해졌다. 존재한 모든 것에 애정을 갖게 된 것이다. 내 목숨도 쉽게 놓아버리자고 생각했던 것에 비하면 하찮기 짝이 없다고 여겼던 것들에게 눈이 가고 그 생명이 활짝 피도록 하기 위해 온힘을 다하고 있는 자신을 새삼 발견하고 있었다. 그가 떠난 이후의 궁평은 다시 보니 깜깜한 동굴이 아니었고 도리어 내게 생명의 가치를 깨우쳐 준 은총의 정원이었다. 그리고 그 꽃과 나무들은 내 생명을 기쁘게 누리라고 그가 남겨준 메시지처럼 다가왔다. 한없이 허약했던 내 몸은 점차 건강을 되찾았고, 전에는 꿈도 꾸지 못했던 힘든 육체노동도 거뜬히 할 수 있게 되었다. 나는 나의 은거(隱居)를 즐겼다. 세상에서 완전히 잊혀진 존재가 된 것 자체가 오히려 홀가분했다. 이제는 장성한 아이들 외에는 달리 내가 소통하면서 살 이유가 없는 그런 시간들을 보내면서 나는 꽃들과 책 속에 묻혀 지냈다. 그렇게 보낸 5년의 노동은 궁평을 몰라보게 다른 곳으로 만들었다. 이름처럼 세가(世佳)가 되었다. 더 이상 그곳은 초라한 시골의 오두막이 아니었다. 그곳에 친구들을 초대하기 시작했다. 모두가 경탄했다. 그리고 그들의 찬사는 내가 쏟아온 세월에 존재감을 주었다. 세상과의 소통이 다시 시작되고 있었던 것이다.

그러면서 문학에 대한 열망의 촛불이 켜졌다. 시가 쓰고 싶어졌다. 그건 오래전 소녀시절부터 꿈꾸어왔던 일이었다. 그러나 그때와는 사뭇 달랐다. 문학에 대한 막연한 동경이 아니라, 바로 이 죽음과 삶, 노동과 열매의 이야기, 자연의 신비와 사랑의 힘, 곤고한 세월과 격투하면서 살아온 삶의 흔적들에 대해 말하고 싶었다. 그리고 그 욕구는 주체하기 힘든 갈망이 되어갔다. 그러나 주저하지 않을 수 없었다. 내 나이 예순을 넘기고 있었던 것이다. '지금 문학을 공부하기에는 너무 늦었어. 젊은이들이 보기에 볼썽사나울 거야. 아직도 몸은 약해. 제대로 하지 못하면 중도에서 포기하고 말 텐데, 그렇게 되면 더 큰 상처가 될지 몰라. 간다고 해도 어디로 가야 하는 거야?' 내안의 많은 질문들은 내가 세상살이에 서툰 사람임을 다시 한 번 돌아보게 해주었다. 그러나 일단 새로운 꿈이 내 안에서 씨를 뿌리고 자라나기 시작하더니 나무처럼 커졌다. 그리고 그 나무의 존재를 더는 부인할 수 없게 되고 말았다.

마침 단국대학교가 경기도 용인시 죽전으로 옮겨온 뒤였다. 용기를 내어 문을 두드렸다. 당연히 내가 최고령자였다. 부끄러웠다. 그러면서 기뻤다. 젊은 학생들 틈에 끼어 구석자리라도 차지하고 있게 된 것이 내 생애 최고의 행운이라고 여겨졌다. 그 행운에 이어, 나와는 동갑인 시인 이시영 교수님을 만나게 되었다. 그는 내게 시문학의 세계에 깊숙이 발을 들여놓게 해주는 놀라운 길잡이였다. 그분에게 듣게 되는 문단의 이야기와 시에 대한 여러 깨우침은 문학이 가지고 있는 빛깔이 내가 상상했던 것 이상의 것임을 알게 해주었다. 단국대학교 문예창작학과 석사과정을 거치면서 김수복 교수, 박덕규 교수, 강상대 교수, 그리고 석좌교수이신 시인 고은 선생님을 비롯해서 나에게는 평생 최고의 은사들이 생겨났다. 뿐만이 아니었다. 나이는 아래지만 적지 않은 후배 원생들이 주변에 든든한 우군이 되면서 나는 내 선택이 현명했고 옳았다는 확신을 갖게 되었다. 궁평에서의 10년은 어쩌면 바로 이러한 배움의 시간을 위해 준비된 시간이라고 생각해도 좋았다. 세상과의 절연, 죽음의 준비가 다였던 나에게 생명의 잔치를 새롭게 벌일 수 있는 기회가 마련된 것은 감당하기 벅찬 축복이었다. 나는 궁평의 꽃길을 낼 때처럼 치열하게 문학수업을 받기 시작했다. 글을 써본 지도 오래고 체계적인 공부를 한 지도 한참이 된 나는 작은 과제 하나 해결하는 것도 버겁고 온 신경을 곤두서게 하는 일이었다. 그렇게 일 년 이 년의 강훈련을 하면서 점점 자신이 붙게 되었고, 학업 결과도 좋은 평가를 받았다. 지도교수인 시인 김수복 교수님의 시 연구 논문을 쓰면서 사실 중도에 많이 후회도 했다. 논문을 쓴다는 일이 이토록 어려울 줄은 미처 상상도 하지 못했기 때문이었다. 그러나 이 역시 결과가 좋았다. 교수님들의 훌륭한 지도 덕분이었다. 내친김이라고 해야 할까? 학교 교수님들이 박사과정까지 아예 도전해보라는 것이었다. 그건 내 인생의 목록에 전혀 없던 일이었다. 뭔가 나도 모르게 덜컥 덫에 걸려버린 것은 아닌가 하는 우스운 상상이 들기도 했다. 사실은 고마운 격려였다.

박사과정 입문은 이렇게 시작된 일이었고 '시인 이시영 연구'로 연구 목표를 잡았다. 그의 시는 인간의 내적 고뇌와 역사의 현실을 하나로 포착해내면서 끊임없이 우리 자신과 이 시대에 질문을 던지고 있다. 그 질문의 힘이 나를 사로잡았다. 물론 아직 역부족이다. 하지만 주위의 많은 이들의 응원과 격려가 이 길을 걷도록 하는 에너지의 원천이다. 그리고 그 에너지를 더욱 충전시켜 준 것이 '한국장학재단'의 장학금 수혜 소식이었다. 기대하지 못했던 크고 기쁜 선물이었다. 또한 그것은 궁평에서 그대로 쓰러져 묻혀 지내다 세상에서 흔적 없이 지워질 뻔했던 내가 선택한 길에 엄청난 용기를 주었다. 아마 나처럼 주저앉았다 일어난 이들도 적지 않을 텐데, 이들에게도 한국장학재단의 격려는 이 땅에 새로운 희망을 낳는 기적의 사업이 되리라 믿는다. 그건 그저 장학금 지급으로 머무는 장학 사업이 아닌 희망을 일구는 농부요, 꿈의 꽃을 피우는 정원사의 일이기 때문이다. 세상 도처에서 그런 꽃들이 앞으로도 활짝 피어날 것이다. 나 또한 수많은 꿈과 희망을 꽃피우는 농부 시인으로서의 긍지를 가지고 아름다운 세상을 노래 할 것이다.

○ 글을 주신 구혜숙 님은 단국대 문예창작 과정 박사과정을 밟고 있으며 현재 용인 기흥구 보정동에 살고 있습니다.

o──시

故鄕의 가을은
_오수환

참새떼 소란스러운
고향의 가을은
황금물결로
허수아비 파수꾼이
조는 새 온다.

들마다
곡식이 영글고
산마다
곱게 묻어나는 단풍에
마을 큰마당은
시집가는 누이의 고운 울음바다

반도 차지 않은 곳간일지라도
상모 한발로 시름을 잊고
꽹과리 한 가락에 흥이 펼쳐진다

징 큰 울음을 장작불로 태우는 밤
고향의 가을은
깊어만 간다.

●처인구에 사는 오수환 님이 시를 주셨습니다.

시

고향 가는 길

_유지형

그리움 없이도
떠날 수 있다고
문득, 겨울 햇살마냥 떠오르는
그리움으로
가슴 설레며 서두른 고향 길

희끗희끗한
눈발 사이로
이제 꽃망울 머금은 매화꽃 향기가
은근히 마음을 파고들면
그곳에서,
정말 푸른 봄을 맞을 수 있을까

●유지형 : 단국대학교 대학원 문예창작학과 박사과정 수료

o —— 시

국화

_박지연

병아리 고운 빛깔 시샘하는 꽃이여
바람에 숨죽이는 소녀 같은 봉오리여
엄마의 젖가슴 같은 포근한 꽃잎이여

하양이 노랑이 어여쁘게 화장하고
지나가는 사람들의 눈길을 기대하는
그대의 다복스러운 그 이름 국화여

●시를 주신 박지연 님은 용인 처인구 포곡읍에 살고 있습니다.

기억상실증

_이민행

짙은 안개 속
별 없는 밤
무엇인가 희미하긴 한데
아! 그것이 무엇인지

지나온 날 침침해지고
오늘은 어디쯤 서 있느니
또 내일은

하지만 뚜렷한 것은
내 영혼이
저 뜨거운 태양에 불타버린
그 날 바로 그 날
나는 먼 타향의 길에서
삶의 터전 잃고
밀리는 고독 이기느라
온 살결 바싹바싹 움쳐들고

머리카락 쭈빗쭈빗 위로 치켜
올려졌다 아래로 힘없이 가라앉아
의지의 기추 최상에서 무너진 그 이후
아! 나는 다른 길을 갈 수 없는
필연의 이 길만을 걸어야 한다는 것

●용인 기흥구 이민행 님이 준 시입니다.

ㅇ—— 시

낯설음
_양경이

아
그… 그… 래

양심이 자꾸 뱉어내라고 채근하잖아

저…

아침에 살짝 다른 세상 여행을 해요

다른 세상이 궁금하지도 않은데
그곳에선 내가 필요한가봐요
가끔 아주 가끔 여행을 해요
그곳에서 기억이 없어요(기억하고싶지않아요)
이곳에서 기억이 없어요(괜찮아요몰라도)
벼락이 치고
천둥이 치고
날 부르는 소리에요

그리곤
기억이 없어요
비밀인가봐요

(내가 들여다보고 싶을 때)

가끔 감전이 돼요
아주 가끔 살짝요

양심이 뱉어낸 진실
이곳에서
난
이방인이 되었어요

여행에서 돌아오면
엄마 얼굴이 가장 먼저 보여요
괜찮아?!

◉용인 처인구에서 양경이 님이 시를 주셨습니다.

시

눈 먼 사람의 행복
_권대웅

그이의 모습은 미남이었다
대머리도 아니었고
이도 가지런했다

지금도 변하지 않는 그 모습에
거의 매일
사랑을 고백한다
옛 모습이 마음으로 끌린다
그는 혼자 눈물을 흘려도
나는 알고 있다

볼 수 없어도 보이지 않아도
소리는 들린다
철길을 달리는
기차소리는 그대로인데
계절은 바뀐다

눈 감은지 20년
그이의 젊음만 보고
살았으니
얼마나 행운인가

마음은 즐겁다
편안하고 행복하다

●용인 기흥구에 사는 권대웅 님의 시입니다.

노크

_박은경

1
가려운 잇몸을 가지 끝에 매단 진달래
바람이 놀러와 옆구리 꾹꾹 찌르더니
오매, 잡것들
그새 전기 통했나
치마로 얼굴 가리고
팬티에 불붙어 버렸네

2

언덕배기에 널브러진 쑥부쟁이
뽀얀 얼굴 내미네
매운바람 횡하니 몰고와
고개 끄떡이며 쓰다듬더니
세상에, 망측해라
얼굴 붉히며 뒷물하는 소리 들리네.

3

조여진 나사 반대방향으로
속내를 보인 개나리
뾰족해진 입 보여주더니
이 앙큼한 것 좀 봐
지난밤
제 몸 배배꼬더니
몸 풀어 버렸네.

●처인구 포곡읍에서 박은경 님이 시를 주셨습니다.

 시

마을버스
_이인숙

늘 그랬듯이
멀쩡한 눈을 뜨고
어린잎들이 산허리에 비친
젊은 산을 보았다

어느새
폭염으로
녹음 우거진 능선엔
바람조차 숨는다

실 같은 햇살
피할 양으로 두손 펴 그늘을 만든다

고즈넉한
정거장에서
어제와 같은 채워지지 않은 마을버스는
가슴 당겨 잡아두고
숨을 헐떡이며
제 시간에 찾아든다

바퀴 자국

_ 김어영

신정공원 둘레를 자전거로 돌고 있었다
조금 늦게 유모차를 할머니가 밀고 왔다
자국도 선명한 나란히 난 길을
팔자걸음의 자국이 훼방을 놓고 있다

초롱초롱한 아이의 눈빛을 본다
상쾌하고 깨끗한 아침이다
돌면서 내 눈을 쳐다본다
흐린 날의 시야가 마음을 가린다

반듯한 길을 만드는 저 아이의 꿈
지금은 할머니의 꿈이지만
언젠가는 두발자전거 자국으로
세상을 품고 달리겠지

모양만 다른 타이어 자국일 텐데
나는 손자들에게
어떤 흔적을 남겨야 할지
무수한 자국을 바라본다

◑ 용인 기흥구 김어영 님의 시입니다. 시에 나오는 신정공원은 수지도서관 옆의 공원이라고
  합니다.

솔바람 소리 들어라

_김봉환

눈발 휘날리는
이 추운 날에

광량한 우주
작은 별 한 귀퉁이
아름다운 언덕에서

기인 뱃고동소리보다 더 기인
솔바람소리 들어라

더도 말고 덜도 말고
푸르른 솔잎 훑으며
세상에 외치는
짙푸른 소리 들어라

네가 선 땅이 어디냐
너 가는 길이 어디냐

수천년 하늘에서 내려와
목 노아 외치는
솔바람 소리 들어라

새벽 일가는 아줌마
주머니 노리고 있는 뚱뚱보
꾸짖는 소리

천둥처럼 들려오는 소리
들리느냐

 ○─── 시

시집(詩集) 보내기
_양보영

시집
가기가 낯뜨거워
시어가
가입도 하기 전에
등업도 하기 전에
탈퇴 했나봐

시어가
숨박꼭질 하나봐
장독대도 없는데
냉장고 문
열었다 닫았다

시집
가기가 낯부끄러워
자음과 모음이
짝짓기 놀이 중이래
서로 간을 보고

조건을 맞추는 중이래
행은 행끼리
연은 연끼리
치장하는 중이래

그냥 조신하게 있어
알아서 시집보내 줄게.

○ 용인 처인구 양보영 님이 보내준 시입니다.

o —— 시

아저씨의 꿈
_하은애

우리나라에 온 지
15년 됐다는 밤보 아저씨

언제부턴가
손가락 지문이
하나씩 사라졌다

돌돌돌
풀려 나가

지금쯤
바다 건너
고향집에
도착했을까

◉하은애 님은 단국대학교 대학원 문예창작학과에서 박사과정을 밟고 있습니다.

○—— 시

찾아오는 봄

_윤준원

노란 나비가 날아올 때
연분홍색 벚꽃이 필 때
새로운 친구들과
선생님들
그와 항상 함께
찾아오는 봄
연둣빛 새싹이 나올 때
하얀 매화꽃이 필 때

새로운 연간 계획과
교과서들

그와 항상 함께
찾아오는 봄

오늘은 내가 봄을 찾아가 볼까?

○시를 쓴 포곡중학교 1학년 윤준원 님은 용인 처인구 역북동에 살고 있습니다.

월세방(月貰房)

_이원오

매달 끝자락에 겨우 채우는 임대료 같은 달
그 한 달 치의 달이
거미줄에 걸려 밝다

장마철에도 누군가 한동안 세 들어 살다가 갔을 것이고
지금은 그 방 눅눅함을 월세로 놓고 있다
곰팡이와 빼꼼 열린 창틈으로 새어나오는 빈 방의 공복
찬바람이 불 때쯤이면 허기의 냉기만 가득할 것이다

사람이 살고 있지 않은 빈 房
우리는 저렇듯이 아무도 세 들어 오려 하지 않는
빈방을 마음에 두고 기웃거리기만 할 뿐
하수구 뚜껑을 밟듯
가끔은 움찔 하는 기억만 있는 방
이정표도 없어 잘 찾아지지도 않는 빈방

달이 붉게 다녀간 아내와 딸의 저 몸도
상현달과 하현달을 오가며 상실의 시간을 밝히고 있다

346

달이 기울어 깎여 나오는 시간
오랫동안 월세 전단지가 붙어 있던 자리가 허전하다
가만히 보니 저 벽에 흰 종이로 붙어 있던
전단의 月이 떨어져 나가고
한동안 벽은 캄캄 하겠다

하늘을 올려다본다.
'월세 방 있음'이라는 전단지가 언제
허공의 밤으로 날아갔는지
서쪽 밤하늘이 환하다

◉시를 주신 이원오 님은 현재 용인 김량장동에 살고 있습니다.

일기(日記)

_박태호

하루하루를 아무 추락없이 산다는 것은
그리도 어려운 곡예
창문을 열고 파란 하늘에 걸린
시간의 허리를 꺾는다
세상의 풍경은 위대한 보호자
가슴에 사각의 거울을 품고
어머니의 젖가슴에서 빠져나와
목마른 뿌리로 일어선다
내게 잡혀진 그네를 타듯
오래도록 남겨진 풀어야 할 숙제 앞에서
아직도 몸살을 앓지만
인생은 아름다운 어릿광대
오늘오 욕심없이 생의 페이지를 메우기 위해
주어진 탈출을 준비하는
삶은 늘
아슬아슬한 외줄타기

●용인 처인구에서 박태호 님이 시를 주셨습니다.

○—— 시

자애원 할머니 식사

_이경숙

작은 기쁨이 모여 도란거리며
정말로 조그마한 평화와 사랑이 숨어 산다
진실이 숨 쉬고 갈대꽃같이
솟은 머리 나래 접은 꿈들
추억과 기억을 소탈한 심정으로
오물거리며
품 안에 돌아올 것 같은 세속의 녀석들
한 해가 기울고 기다림으로 야위어질 것 같아
담 너머 장독대 옆 봉숭아 꽃물처럼
모정 머금고 소쩍새 울던 고향 산골
향수에 마음 주고 살며시 터지는 미소 속에
달그락거리며 부지런히 서툰 규율 속
자신을 모두어 가슴을 적신다

사랑과 은혜로 더 이상 피어낼 수 없는 꽃잎은
힘겨운 농부의 수확을 알아
천사의 다스림 같아지는
순박한 구원의 방패 속에 알뜰하고 소박한

소명을 이끌고 가듯
못함이 없는 작은 은혜로
진실을 깨끗이 머물린다
솔향 피워 들고 술 맑게 걸러
잔치한 듯
영원한 생명의 끈으로
사랑 없는 삶은 죽음보다 못하다며
은총의 기적을 수놓는다

티티새의 하루 – ㅈ요양원에서

_류미월

날갯죽지 접고 있다,
둥지 옮긴 아비새가
비바람에 엉겨 붙은 흙먼지 털어내고
속울음 삼키는 저녁 어미 살내 맡고 있다.

퀭한 두 눈 깜빡이며
남은 초록 쪼아대다
야윈 얼굴 맨다리로 외딴 집 되돌아 나와
침묵의 그루터기에 하얀 깃털 나부낀다.

잎마름병 번진 줄기
비어가는 관절마다
활짝 핀 꽃잎들이 한 잎 두 잎 떨어진다.
떠밀린 당신들의 천국* 뉘를 위한 천국인가

＊이청준 소설 제목에서 차용

◯류미월(柳美月) : 시인, 수필가
『창작수필』신인상 등단, 한국문인협회 회원, 한국문예창작학회회원, 단국문인회회원, 열린시조학회회원,
중앙일보시조백일장 차상, 해남전국시조공모전 우수상, 정조대왕 숭모 전국백일장 시조부문 입상,
제1회 항공문학상 자유시부문 장려상.
공저로 수필집『봄날꿈속에』, 『나는 행복하다』, 동인시집『가을햇살폭포처럼 쏟아지는데』등 다수
현재 한국문화예술교육진흥원 문학예술 강사

풀씨
_장명숙

볕 잘 드는 창가에 제라늄 화분을 놓았다 여름내 꽃대 아래 바람이 묻어 둔 풀씨도 따라왔나 보다 처음엔 허연 실타래처럼 똬리 틀고 뭉쳐 있더니 어느새 새싹의 시간들이 조밀하다 뽑을 때를 놓치고 무심코 지나쳤더니 어라, 쌍떡잎을 쫑긋 달고 보란 듯이 커간다 노란 녹두알 같은 꽃망울들 다다다닥 매단 채 화분을 빈틈없이 채우고 있다 정작 제라늄 꽃대는 누렇게 말라가고 풀씨는 날마다 온몸 햇살 바르며 깔깔거린다 지난 봄 여름이 묻어 둔 씨앗, 겨울 한복판에 피어오른다

●장명숙 님은 단국대학교 문예창작학과 석사과정을 졸업하였고 지금 용인 수지구 동천동에 살고 있습니다.

시

호명호수에서
_봉후종

호명산에서 천지를 그린다

북한강변 병풍 속에
먼 하늘 그리움으로
채색한다

자연과 인간의 속삭임
흐르는 구름
네게로
내 마음 받고 싶어지는 곳

태초의 공간
우거진 삼림 속에 백호가 살았는데
이제는, 호수 둘레길
구절초 피어나고
天地人 호수되어

빛으로 태어난다

◉시를 쓴 봉후종 님은 수지구에 살고 있습니다.

우리는 친구

_지승민

우리는 친구
진정한 친구
좋은 친구
다 똑같은 친구

우리는 친구
계급이나 순위가 없다
다 똑같은 친구인데
순위가 있어선 안된다

우리는 친구
콩 한쪽도 나눠 먹는다
다 똑같은 친구인데
누구만 많이 먹을 순 없다

우리는 친구
아픔도 같이 아프다
다 똑같은 친구이니까

◉처인구의 지승민 님이 보내준 동시입니다.

o —— 시

용인문학회 시창작반
_한정순

또 다른 희망을 품기에는
이미 지쳤거나 익숙해졌을 어른들이
혹은 나름의 가업을 일구었을, 어엿한 가장들이
밥도 안 되는 시를
누추한 지하실, 한 상 가득 펼쳐 놓는다

낱말 하나에 낙심하다가
글 한 줄에 벅차오르고
들키고 싶은 마음 온통 들키며 수줍어하고
낡은 상처와 새살의 기미
속 깊게 위로하는 선한 눈빛들

힘들게 들쑤시고
살면서 불편하기만 했던
감정 과잉이
여기서는 축복이 된다
더 심하게 상처받고
지금이 고통스러운 마음을

여기서는 고개 끄덕여 준다

몸 구석구석
지난 생이 박아둔 돌조각들이
시가 되려는 욕망들로 환해지는 시간
보내지 못한
젊은 나를 위하여
눅눅한 황혼녘의 경건한 의식이
이제 곧 시작이다

오라, 마음 한 번 휘청하는
아픈 신호여

●용인 처인구에 사는 용인문학회 시창작반 한정순 님이 보내준 시입니다.

○── 시

사춘기

_천정옥

나는 보았어요.

영롱한 소녀의 눈빛이 이글거리는 활화산처럼 미치광이로 변해가는

소녀를 나는 지켜보았어요.

오늘도 방문을 쾅~

저만큼이나 마음의 문고리도 채웁니다.

어디로~무엇을~찾아 헤매고 있는 걸 까요~

얼마나 깊은 수렁에 빠져 허우적거렸는지

온몸이 상처투성이고

눈물이 고인 눈에는 슬픔이 가득합니다.

그저 나는 바라만봅니다. 그리고 기다립니다.

영롱한 눈빛을 가진 소녀를~~

◐용인성인장애인 평생교육센터 가온누리 시창작반 수강생 천정옥 님의 시입니다.

시

꽃샘추위

_임재혁

'꽃샘추위라는 단어 하나 속에,
사랑을 지키려는 독한 여인의 집착이 보이네.

꽃샘추위라는 단어 하나 속에,
다가오는 봄 처녀를 시샘하는 가련한 여인의 서러움이 보이네.

꽃샘추위라는 단어 하나 속에,
봄 꽃 닮은 소녀의 붉은 뺨이 보이네.

꽃샘추위라는 단어 하나 속에,
아지랑이 닮은 새 꿈이 보이네.

●용인성인장애인 평생교육센터 가온누리 시창작반 수강생 임재혁 님의 시입니다.

행복을 만드는 아픈 손가락

_이규옥

옛날 어느 시골마을에 한 여인이 있었습니다.
한 가정의 외동딸로 태어나
남부러울 것 없이 곱게 자랐습니다.

그러던 어느 날
부모님의 뜻대로 한 남자를 만나
새로운 가정을 꾸렸습니다.

삶이 힘들고 괴로워도 외롭고 무서워도
오직 다섯 손가락 같은
자식들의 행복만을 위해 참고 견디며
지금까지 살아왔습니다.

깨물어 안 아픈 손가락 없다하는데

그녀에게는 깨물지 않아도 보고만 있어도
마음을 저미는 듯 아픈 손가락이 있었습니다.

그녀에게는 무엇이든 다 해주고픈
장애인 딸이 있었습니다.
얼마 전 남편을 먼저 떠나보내고
아무 힘도 없는 딸을 의지하고 사십니다.

옛날 장애인 딸이 엄마가 전부였듯이
이제는 장애인 딸이 엄마를 위해
하루를 준비하고 웃음을 만듭니다.
이제는 아픈 손가락이 그녀에게 행복을 가져다줍니다.

그녀는 바로 소중한 우리엄마입니다.

◐용인성인장애인 평생교육센터 가온누리 시창작반 수강생 이규옥 님의 시입니다.

시

어느 가을날
_안귀숙

빛바랜 책갈피속 노오란 은행잎
케케묵은 사진첩속 빠알간 단풍잎
이가을 옛추억 새록새록 떠오르네

때맞춰 떨어지는 낙엽을 바라보며
지난날의 아름답던 추억의 보따리들
이가을 다시한번 그 정취에 젖어보네

식지않는 열정에 새빨갛게 물든 낙엽
이세상 모든 집착 던져 버린 파란 낙엽
이가을 마음밭 추스리며 멋진 비행 준비하네

●안귀숙 : 숙명여대 교육 대학원 국어 교육과 졸업 / 경기도 초등 교감 명예퇴임
생활 문학회 시조 시인 등단 / 생활 문학회 회원 / 교사 문학회 회원
복사골 문학회 회원 / 숙명여대 청매회 회원
현재 용인시 기흥구 갈곡초등학교 기간제 교사로 활동 중

추억의 호도

_신은희

대천에서 배를 타고 하늘과 맞닿은 듯
끝없이 펼쳐진 바다를 달리고 나서야
만날 수 있는 섬 '호도'

호도는, 여우가 우거진 숲속에서 움츠리고 있으면
잘 안 보이듯 서해안에 그 모습을 숨기고 있었다.

호도는 여인의 부끄러운 몸짓처럼
바닷물이 빠지고 나면 숨겨두었던
눈부신 은빛 백사장을 살며시 드러낸다.

그리고 호도는 또 하나의 보물을 가지고 있었다.
그것은 바로 굴이다.

푸른 미역과 함께 바위에 붙어있는 굴을
조새(쪼세)라 하는 기다란 쇠꼬챙이로 따는 주름진 손

순식간에 소쿠리에 하나 가득 차고

주름진 손길은 따온 굴을 검정 무쇠 솥에 넣고
김이 모락모락 나도록 쪘다.

입을 꽉 다물고 있던 굴들이 쩍쩍 입을 벌렸다.
"진짜 맛있당께. 얼마나 맛난지 몰러! 묵어봐"

●용인성인장애인 평생교육센터 가온누리 시창작반 수강생 선은희 님의 시입니다.

_공기평 〈FunnyFunny11- 胡蝶夢(The Butterfly Dream)6〉,
53.0x45.5Cm, Acrylic Oil on canvas, 2011.

 ○──시

계절을 찍는 꼬마 사진사
_박진옥

핸드폰을 손에서 놓을 줄 모릅니다.
스위치를 눌렀다, 다시 끄고 또 켜고,
칠흙처럼 어두운 장막이 켤 때마다 환한
빛의 커튼으로 변하며
화려한 장미꽃 넝쿨을 입체화시킵니다.

색 바랜 하얀 담장 위에서 금세라도 우르르
쏟아져 내릴 듯 붉은 꽃무리가 가슴으로 시리게
파고듭니다.

"엄마 핸드폰에 여름이 가득 차있네.
너무 예쁘다."

벌에 쏘여 발갛고 퉁퉁 부어오른 볼이 마치
복어배 같습니다.
불룩, 불룩.
복어배가 웃고 있습니다.
"엄만 이제 꽃이 잘 안보이니깐, 내가

이쁜 꽃 많이 찍어 보여줄게."

봄이면 개나리, 진달래, 철쭉.
여름이면 아카시아, 장미꽃.
가을이면 시린 색감으로 물든 낙엽.
겨울이면 아무도 밟지 않은 눈길까지.
점점 흐려지는 엄마의 눈에 계절을 옮기느라
무시무시한 벌이 제 볼에 앉은 것도 모릅니다.
연신 셔터를 누릅니다.
찰칵, 찰칵.
계절을 찍는 꼬마 사진사.

제 눈엔 어미 눈을
어미 마음엔 제 마음을 담습니다.
두 눈이 함께 웃고, 두 마음이 함께
서로를 부둥켜안고 눈물 짓습니다.

●용인성인장애인 평생교육센터 가온누리 시창작반 수강생 박진옥 님의 시입니다.

가을 낙엽과 인생

_김선봉

가을에 나뭇잎이 떨어지는 건
지극히 자연스러운 현상이다.
나뭇잎이 떨어지는 이유를
아무도 물어보지 않으며
아무도 알려고도 않는다.
정하여진 수명을 다했기에
나무에서 떨어질 뿐이며
이것은 아무도 막지 못한다.

인생이라는 삶의 여행 역시
탄생의 순간 죽음이 기다린다.
죽음이라는 삶의 과정을
자연스런 현상으로 받아들이면
현재 삶은 더욱 풍요롭게 된다.

피해갈 수 없는 엄연한 죽음의 과정이
교만보단 겸손해질 수밖에 없게 만들며
삶을 이해하지 못할 때 거만하게 된다.

삶은 우리에게 아무 것도 약속하지 않으나
우리가 삶을 이해할 정도의 시간은 준다.

인생이란 짧은 시간으로 삶을 이해하기에는
넉넉하지 않으며 생각의 함정도 도사리기에
최종지점까지 도달하기에는 매우 험난하다.
시작이 있기에 끝이 있는 것과 마찬가지로
삶이 있기에 죽음이 있는 것이므로
삶을 제대로 이해한다면 죽음마저도 아름다울 것이다.

◉ 용인성인장애인 평생교육센터 가온누리 시창작반 수강생 김선봉 님의 시입니다.

시

땡볕

_김백

버스는 나를 기다려주지 않았고 내 집은 가깝지 않았다.
벌써 세 대째 버스는 그냥 지나친다.
나는 시계를 보지 않았다.
따가운 땡볕이 나를 말릴 듯 머리위에 쏟아진다.
하지만 나는 고개를 숙이지 않았다.
나를 피해가는 사람들보다
따가운 햇살이 더욱 고마웠기 때문이다.

◑용인성인장애인 평생교육센터 가온누리 시창작반 수강생 김백 님이 보내준 시입니다.

시

마음의 빛 1.
_ 김대중

마음의 빛에게…
안녕? 나의 마음의 빛아! 이젠 건강하고 긍정적이니?
나는 김씨로 불리는 인간 세상의 황인종인 한국 사람이야.
시각장애를 가지게 되어서인지 아니면 스스로가 그러한 것인지는 잘
모르겠지만
육신의 눈으로 세상을 뚜렷하게 보지 못하게 된 중학교 때부터
마음의 눈을 뜨게 된 것 같아.
누군가 이야기 했었지 세상에는 육신의 눈과 영혼의 눈 그리고 마음
의 눈이 있다고.
육신의 눈은 부모에게 받는 것이요,
영혼의 눈은 신과 수행을 통한 깨달음으로 받는 것이며,
마음의 눈은 타인을 생각하면 생겨나게 되는 것이라고.
나에게도 어느 날 부터 마음의 눈이 생겨 난 것 같았어.
그리고 나는 그 눈을 통해서 마음의 빛, 바로 너를 보게 된거야.

그리고 나는 순간순간 너의 모습이 변한다는 것을 알고 있단다.

검어져 침울해지고,

파랗게 행복해하고,
빨갛게 화내다,
다시 하얗게 비워버리는 너.
나는 파란 너를 많이 보고 싶단다.
노력할게 약속할게
너를 행복하게 해줄게.

마음의 빛 2.

그날은 내가 안내견을 끄는 친구와 영화관을 가게 되었지
그런데 안내견은 개라는 이유로 절대 영화관에 같이 들어갈 수 없다
는 거였어.
거기다 영화관 직원은 우리를 보며 말했어.
집에나 있지 굳이 영화관까지 왔냐고 조금의 망설임 없이 불평을 했어

그날 돌아서오는 길에 나는 보았어.
네가 빨갛게 모습을 드러내더니
이내 검게 변해 가는 걸.
미안해. 가끔은 내 노력만으로는 너와의 약속을 지키지 못할 때가 있
구나.

◉용인성인장애인 평생교육센터 가온누리 시창작반 수강생 김대중 님의 시입니다.

시

작은 손님 큰 기쁨

_ 김경희

오늘은 토요일 내 작은 손님 오는 날

오늘은 무슨 요리를 할까? 오늘은 무슨 간식을 먹을까?
살며시 문이 열리고 참새 같은 목소리 들리네.

"할머니 은이 왔어, 고은이 왔어."

젊은 시절 사는 게 바빠
지 애비는 정 주어 한번 안아주지도 못했는데
고마운 내 손녀가 품에 안기네.

"할머니, 할머니는 눈 안 보이니까 은이가 도와줄게."

계단 앞에서 5살 조가비 같은 손을 내 손에 포갠다.
젊은 시절 삶에 쫓겨
언제부턴지도 모른 채 병은 깊어졌고 시력마저 잃었는데
바싹 마른 내 가슴에 봄바람을 일게 하네.

◑ 용인성인장애인 평생교육센터 가온누리 시창작반 수강생 김경희 님의 시입니다.

1974년 어느 겨울날
_공다원

어머니
그 날 저는 칼바람을 맞으며 자주색 돕바모자를 당겨쓰고
벽돌담 모서리에 쭈그리고 앉아있었습니다.

월남치마 좁은 폭이 터지도록 바쁜 걸음으로 당신이 오시는 모습을
기다리는 것이었지요.

땅거미가 짙게 내려앉고
골목길에는 벽돌담을 따라 송송 뚫린 봉창마다 불이 밝혀지도록
당신의 16문 작은 고무신은 오지 않았습니다.

나는 저려오는 발가락에 얼음이 붙은 듯 따가워서
작은 몸을 일으켜 제자리걸음을 걸었지요.

그때 머리위에 뚫린 정지 봉창에서는
악마의 입김 같은 유혹의 향기가 새어나오고 있었어요.

갈치 비늘이 석쇠에 붙어 타는 그 냄새는 참말로 악마의 입김처럼 나

를 녹이고 있었어요.

나는 어디서 그런 용기가 났었는지
벽돌담을 따라 마당도 없는 그 집으로 살금살금 들어갔습니다.

텅 빈 정지를 향해 발걸음을 옮기던 내 눈에 괴물 같은 두려움이 띄고야 말았습니다.

단칸방인 듯 보이는 방문 앞에는 열 짝도 넘어 보이는 신발들이 구르고
창호지 바른 방문에는 바가지를 세워놓은 듯 사람의 머리통이 대여섯은 비치고 있었어요.
나는 기겁하여 돌아 나왔지만
달그락거리는 숟가락 소리와 각색의 웃음소리는 내 뒷덜미에 붙어 따라 나왔습니다.

그날부터 나는 지금까지 해 질 녘이 되면 뒤통수에 붙은 두려움 때문에 어깨를 떠는 병을 앓고 있습니다.

이제 센머리 늘어가는 나이가 되어
겨우 그날 내가 본 두려움은 괴물보다 더 무서운 부러움이었다는 것을 알지만
여태 뒷덜미를 감싸는 내 병 하나 다스리지 못하고 늙어갑니다.

●용인성인장애인 평생교육센터 가온누리 운영자 공다원 님의 시입니다.

 o—시

등대
_홍승표

바람을 맞으면서도
사철 노여움 없이 고독하여라
어둠 속에서
어둠 속에서 고독한 영혼을 이끌어,
이끌어 제 길을 알려주리니
소금기 배인 몸뚱이를
피해 가는 영혼이여

그대의 고집도 꺾이고
거품 속에서
불꽃으로 앞다투며 서는 것은
처음부터 사랑했고
지금도 그러하기 때문이다

●용인성인장애인 평생교육센터 가온누리 시창작반수강생 홍승표 님의 시입니다.

○──시

용인
_정찬민

무엇을 얻으랴
또 무엇을 남기고 가리야
조급한 마음으로 사랑을 하리야

네 있는 것이
네 사는 것이
그저 반가운 일인 것이

너를 보면
나는 너로하여 가득하여진다.

●대표저자인 정찬민 님은 중앙일보에서 20여년 동안 기자로 재직하면서 전직 대통령들 비
자금 사건, 후원회 비리사건, 화성씨랜드 화재사건 등 10여 건의 특종상을 받는 등 활발한
기자생활을 하였습니다.
2013년에는 월드컵태권도대회 대한민국 선수단장, 나눔기부모임 천사회 중앙회장 등을 거
치며 스포츠와 봉사활동에도 힘을 쏟고 있습니다. 저서로는 기자시절의 취재를 바탕으로
2011년 출간한 망명팩션『작전명 뜨는 해』가 있습니다.